BASTEI
LÜBBE

Aus der Taschenbuchreihe BASTEI-LÜBBE-THRILLER sind nachstehende Romane erhältlich. Fragen Sie im Buch- oder Zeitschriftenhandel nach diesen Titeln:

19 001 Steve Kahn
Die Montagsmillionen
19 002 Andrew Coburn
Der Babysitter
19 003 Michael Strong
Keine Jungfrau in Orléans
19 004 Gunnard Landers
Nicht zum Abschuß freigegeben
19 005 Kenneth R. McKay
Im Schatten der Klinge
19 006 Andrew Coburn
Die Schwarzarbeiter
19 007 William L. DeAndrea
Mordgespinste
19 008 Charlotte Paul
Mördervision
19 009 Carol K. Mack/ David Ehrenfeld
Projekt Chamäleon
19 010 Lulla Rosenfeld
Das chinesische Orakel
19 011 William L. DeAndrea
Ausgeschaltet
19 012 Chet Cunningham
Der Poker-Club
19 013 Caroline Crane
Der Unschuldsengel
19 014 Nicholas Brady
Nur für Kenner
19 015 Heywood Gould
Bombige Aussichten
19 016 Tim Wynne-Jones
Der ungebetene Dritte
19 017 Arthur Wise
Kettenreaktion
19 018 Caroline Crane
Der süße Duft des Sterbens
19 019 William L. DeAndrea
Filmriß
19 020 Jonathan Cox
Judasküsse
19 021 Tim Wynne-Jones
Der ungebetene Dritte
19 022 Arthur Wise
Zwei kleine Luder
19 023 William Rotsler
Die Gierigen von Hollywood
19 024 R. Wright Campbell
Stiche im Dunkeln
19 025 Stanley Cohen
330 Park Avenue
19 026 Lila Ramsey
Die schöne Leiche von Seite eins
19 027 Lee Wells
Zuviel Finderlohn
19 028 Caroline Crane
Die Kinder sind weg
19 029 Willo Davis Roberts
Den Tod im Kopf
19 030 R. Wright Campbell
Unternehmen Oscar

MARIA DANIELLE

DAS URAN-KOMPLOTT

Roman

BASTEI
LÜBBE

BASTEI-LÜBBE-TASCHENBUCH
Bastei-Lübbe-Thriller
Band 19 031

Deutsche Lizenzausgabe 1984
Bastei-Verlag Gustav H. Lübbe GmbH & Co., Bergisch Gladbach
Originaltitel: Fieldwork
Ins Deutsche übertragen von: Barbara Heidkamp
Titelillustration und Umschlaggestaltung:
Loermann/Schrödter, Essen
Druck und Verarbeitung: Ebner Ulm
Printed in Western Germany
ISBN 3-404-19031-9

Der Preis dieses Bandes versteht sich einschließlich der gesetzlichen Mehrwertsteuer.

Für Hamani, François, Madibo und Maurice.
Schade, daß es nicht mehr waren.

1

Aus dem ersten Stock des großen Palastes genoß Laurie in der Abenddämmerung den Blick auf den Niger. Hinter den Hügeln auf der anderen Seite des Flusses ging die Sonne unter; die schroffen Felsen lagen schon im Dunkeln, und die Silhouetten der dornigen Akazien zeichneten sich scharf gegen den rötlichen Himmel ab. Vom Wasser her kam eine leichte, kühle Brise. Moussa fand es lustig, daß sie ihn immer bat, das Fenster offen und die Klimaanlage aus zu lassen. Er sagte dann: »Mein ganzes Leben habe ich darauf hingearbeitet, in den französischen Gouverneurspalast zu kommen und künstliche Kühle genießen zu können, und jetzt, wo ich sie habe, wo ich Präsident der Republik bin, willst du, daß ich sie abstelle und das Fenster auflasse. Jeder Bauer kann hinausgehen und den Wind fühlen.«

Moussa Koulibaly, Präsident der Republik Gobir, entsprach keineswegs dem Bild, das sie sich von einem afrikanischen Präsidenten gemacht hatte. Er war kein so guter Liebhaber, wie sie es sich gewünscht hätte, aber das lag daran, daß Frauen für ihn nicht wichtig genug waren, um für sie zu arbeiten. Er dachte immer an etwas anderes. Selbst wenn er zärtlich zu ihr war, kam es vor, daß seine Stimmung plötzlich umschwang und er telefonierte oder einen Adjutanten hereinrief. Aber er war liebenswürdig, und manchmal erklärte er ihr, wie schwer es ihm fiel, Leute erschießen oder einsperren zu lassen. »Sie sind immer hinter mir her, weißt du. Meine Minister sind neidisch auf den Palast, meine Offiziere sind neidisch auf die Minister, die Soldaten sind neidisch auf sie, und die Beamten sind neidisch auf die Armee. Jeder kämpft um das bißchen Geld, das hier ist, und es ist nicht genug für alle da. Ständig gibt es Komplotte und geheime Verschwörungen gegen mich. Es stimmt, daß ich mich damit abfinde, weil ich meinem Land helfen kann, aber es gibt noch andere Gründe. Glaubst du, ein hübsches amerikanisches Mädchen wie du wäre bei mir, wenn ich nicht Präsident wäre?«

Laurie antwortete nie darauf. Sie liebte Moussa fast, und er war sehr nett zu ihr. Allerdings konnte sie nicht leugnen, daß sie der Palast und sein exotisches Flair der Macht stark anzogen.

Es war Ende August. Die Regenzeit näherte sich ihrem Ende. Es hatte noch kurz vor Sonnenuntergang geregnet, aber jetzt war der Himmel wieder klar, abgesehen von ein paar dünnen Wolken. In etwa einer Woche würden auch sie für neun lange, trockene Monate verschwunden sein. Laurie würde in zwei Tagen abreisen müssen, und sie wollte nicht. Die Zeit war viel zu schnell vorbeigegangen. Sie war auf Kosten der Ford-Stiftung hierher gekommen, um ein Buch über »die Rolle der Frauen in einem afrikanischen Entwicklungsland« zu schreiben. Das Stipendium war aufgebraucht, und in zwei Wochen sollte sie wieder an der Washington-Universität in Seattle zu unterrichten anfangen.

Während Laurie vor dem großen Fenster stand, konnte sie hören, wie Moussa seinen Schreibtisch öffnete und Papiere herausnahm. Moussa stand oft mitten in der Nacht auf, setzte sich, in ein weites, afrikanisches Gewand gehüllt, an seinen Schreibtisch und las Papiere. Heute abend würde sie das nicht zulassen. Der Wind fühlte sich wundervoll auf ihrem Gesicht an, und ohne sich umzudrehen, zog sie ihre Bluse und den BH aus und schlüpfte aus ihren Sandalen. Es war ein herrlich wollüstiges Gefühl, mit nackten Füßen und nackten Brüsten auf dem kalten, harten Fußboden zu stehen. Sie drehte sich um und ging auf Moussas Schreibtisch in der Ecke des großen Raumes zu. Er las, also beugte sie sich leicht vor, bis ihre Brüste fast sein Gesicht berührten. Etwas verärgert hob er den Kopf, doch dann lächelte er, als er sie so halbnackt vor sich stehen sah.

»Wenn du wüßtest, meine liebe Laurie, was ich hier in den Händen halte, würdest du nicht an Sex denken. Du wärst viel zu aufgeregt, wie ich.« Er wandte sich wieder seinen Papieren zu und nahm einen Stift, um sich etwas zu notieren.

Laurie war beschämt. Da stand sie nun, eine dreißigjährige amerikanische Universitätsdozentin in einem einfachen Rock und mit nackten Brüsten, und versuchte, die Aufmerksamkeit eines Mannes zu erregen, und er hatte nur Gedanken für seine Papiere. Es war nicht nur eine Frage des Stolzes. Die Brise, die mit dem Geruch nach exotischen Pflanzen vom Fluß heraufkam, der Gang über den Boden, der rötliche Himmel und die Gedanken an Macht und Sex hatten sie erregt. Sie wollte Moussa leidenschaftlicher sehen. Sie wollte ihn erregen, so daß er für eine Weile seine Arbeit vergaß. Nur wußte sie nicht genau, wie. Wenn ihn ihr halbnackter Körper und ihr verführerischer Blick nicht erregen konnte, verbot es ihr Stolz, es auf andere Weise zu versuchen.

»Es tut mir leid«, sagte Moussa. »Diese Papiere hier enthalten den Beweis, daß es großen Reichtum in unserem Land gibt. Diesmal werde ich die Franzosen da haben, wo ich sie haben will. Entweder werden sie uns einen fairen Preis zahlen und aufhören, uns zu berauben, wie sie es in den letzten fünfundsiebzig Jahren getan haben, oder wir werden zu einer anderen Großmacht gehen. Wir müssen das Maximum herausholen, das absolute Maximum, und dann werden wir vielleicht genug Geld haben, um ein richtiges Land aufzubauen, mit richtigen Äckern statt Sand und Häusern statt Grashütten oder Schuppen als Schulen.«

»Was für Reichtum?« fragte Laurie. Es interessierte sie, was er sagte, aber sie war auch enttäuscht, und sie beschloß, energischer zu werden. »Moussa, in zwei Tagen muß ich wieder zurück nach Hause. Kannst du nicht deine Arbeit für einen Augenblick vergessen? Ich möchte mit dir schlafen. Du kannst das ganze nächste Jahr arbeiten, während ich in Amerika vor Anthropologiestudenten Vorlesungen über fremde afrikanische Sexualpraktiken halte. Wie will ich ihnen etwas Vernünftiges erzählen können, wenn du mir nicht ein paar dieser fremden Praktiken zeigst?« Sie öffnete den Verschluß ihre Rockes und ließ ihn zu Boden sinken. Nur noch mit ihrem Slip bekleidet, trat sie aus ihm heraus.

»Findest du das hier nicht viel aufregender?« neckte sie ihn. »Ich weiß, daß dich nackte Brüste nicht erregen können.

Wahrscheinlich hast du die Frauen in deinem Dorf immer so gesehen. Das ist bei uns ganz anders. Aber dafür würde hier eine Frau in der Öffentlichkeit noch nicht einmal ihr Knie zeigen, geschweige denn ihre Schenkel. Ich hätte vielleicht mit dem Rock anfangen und meine Bluse anlassen sollen.«

»Ich kenne die europäischen Sitten, Laurie.« (Er sprach ihren Namen immer französisch aus, und sie fand, daß es zärtlich und romantisch klang.) »Ich habe fünf Jahre in Grenoble, dieser eisigen Bergstadt, studiert, also habe ich schwarz auf weiß, daß ich zivilisiert bin. Ich weiß, welchen Wert französische Frauen ihren Brüsten beimessen, und ich brauche darüber keinen Vortrag von dir.«

»Es tut mir leid, Moussa. Ich habe es nicht so gemeint. Ich wollte nur mit dir schlafen.« Laurie ging zurück zum Fenster und zog ihre Bluse an, aber während sie beschloß, sich nicht lächerlich zu machen, stieg gleichzeitig ihre Begierde. Sie kam zurück zu seinem Schreibtisch und zog ihren Rock an.

Moussa sah auf seine Papiere und lachte. »Ich glaube, Gobir wird ein reiches Land werden. Ich glaube, daß wir jetzt wirklich unabhängig werden können.« Er legte das Schriftstück zurück auf den Schreibtisch. Es waren ungefähr ein halbes Dutzend Bögen im Format von Briefpapier, die mit Wörtern und Zahlen in Schreibmaschinenschrift beschrieben waren. Sie ging um den Schreibtisch herum und blickte über seine Schulter.

»Nein, nein«, wehrte er ab. »Sie sind zu wichtig. Du würdest sie sowieso nicht verstehen. Es ist besser, wenn du nichts darüber weißt. Man würde dich für diese Informationen töten, wenn man glaubte, du wüßtest, was in diesen Papieren steht. Diese verdammten Franzosen. Dieser dreckige kleine Dieb von einem Botschafter, der meint, daß er besser an meiner Stelle mein Land regieren sollte. Und er ist nicht der einzige. Wo großer Reichtum ist, da verlieren die Leute die Kontrolle über ihr Moralempfinden.«

Moussa seufzte. »Ich werde die Papiere weglegen. Dann kannst du dich noch einmal für mich ausziehen, damit ich dir sagen kann, was für ein glücklicher Mann ich bin, daß sich eine so schöne Frau vor mir auszieht, weil sie mich will.«

Laurie sah noch immer auf die Papiere. Er hatte recht, sie konnte so gut wie nichts mit ihnen anfangen. Aber er hatte ihr Interesse geweckt. Moussa äußerte sich so selten optimistisch über sein Land, Gobir. Was konnte in diesen Papieren stehen? Es mußte sich um Bodenschätze handeln. Vielleicht Öl? Gold? Diamanten? Sie konnte es nicht sagen. Sie wollte wissen, was in ihnen stand, aber sie wollte auch mit Moussa schlafen.

Er hatte sich mit seinem Sessel so herumgedreht, daß er ihr jetzt gegenübersaß, während sie vor ihm stand. Moussa griff um sie herum nach dem Verschluß ihres Rocks und öffnete ihn. Er glitt zu Boden. Dann nahm er ihren Slip und streifte ihn bis über ihre Knie herunter. Das letzte Stück rutschte er von selbst. Laurie trat zurück und begann, langsam auf das Bett zuzugehen, wobei sie ihre Bluse auszog. Sie wußte, daß Moussa ihren Po viel interessanter als ihren Busen fand, und daß er Frauen mit einem großen, dicken Hintern mochte. Er hatte Laurie einmal gesagt, daß dies ihr größter Fehler sei – daß ihr Po nicht groß genug sei. Worauf sie ihm erklärt hatte, daß die Männer in Amerika Frauen wollten, die große Brüste hätten und im übrigen ganz schlank seien. Das hatte Moussa natürlich gewußt.

Er hatte versprochen, sie nicht zu zwingen, dick zu werden. Es war ein Spaß, den sie oft machten, wenn sie zusammen im Bett waren. Er strich dann mit der Hand über die Rückseite ihrer Oberschenkel, massierte ihren Po und murrte, daß sie nicht genug Hirse essen würde und daß alle Nachbarn glauben würden, er sei ein geiziger Mann, der seinen Frauen nicht genug zu essen gäbe. Daraufhin strich sie dann über seinen Bauchansatz und beschwerte sich, daß er alles allein aufessen würde, so daß für sie nie genug übrigbliebe, um selbst dick zu werden.

Die Sonne war inzwischen untergegangen, und der Schein der kleinen Lampe auf Moussas Schreibtisch hüllte den Raum in ein dämmriges Licht, das die kalten Ecken und den harten Fußboden milderte. Das Fenster stand noch immer offen, aber der Wind hatte sich gelegt. Es war wieder heiß.

»Mach das Fenster zu; die Moskitos kommen sonst rein«, sagte er. »Ich lasse die Klimaanlage noch aus. Ich weiß ja, daß du es nicht gerne kalt magst.«

Als Laurie hinüber zum Fenster ging, schwenkte sie die Hüften, um ihn zu erregen. Sie schloß das Fenster und drehte sich um. Moussa stand nackt neben seinem Schreibtisch. Die Papiere lagen noch immer da, im Augenblick vergessen.

»Komm, leg dich aufs Bett. Ich werde dich massieren und dafür sorgen, daß du an etwas anderes denkst«, sagte Laurie.

Er ging hinüber zu dem breiten Bett, wobei er sie nicht aus den Augen ließ. Dann legte er sich auf den Bauch und stöhnte leise, als sie sich rittlings auf seine Beine setzte. Sie begann, seinen Nacken zu massieren und arbeitete sich seine Schultern und den Rücken hinunter. Ihre Hände kneteten und streichelten gleichzeitig. Sie glitt von ihm herunter. Abrupt rollte er sich auf den Rücken und zog sie zu sich heran.

»Du weißt, Laurie, ich bin ein alter und von Sorgen geplagter Mann; komm jetzt zu mir. Wenn du mich zu sehr erregst, komme ich zu schnell.«

»Moussa, du bist wundervoll.« Sie meinte es. Er war zwanzig Pfund zu schwer, aber er war auch über einsachtzig groß, von breiter, muskulöser Gestalt, und das Gewicht stand ihm. Sie selbst war auch groß und mochte große, kräftige Männer. »Zeig mir doch ein paar von diesen exotischen afrikanischen Liebesstellungen«, neckte sie. Sie beugte sich über ihn und nahm die Spitze seines erigierten Penis zwischen die Lippen. Er atmete geräuschvoll aus und drückte sich tiefer in ihren Mund. Als er versuchte, sie auf sich zu ziehen, wehrte sie sich, und er drehte sie herum auf ihren Rücken. Aber sie rollte zur Seite und vom Bett herunter.

Laurie hatte noch nie gewagt, so mit ihm umzugehen. Doch das Bewußtsein der nahenden Abreise, die Hitze, die Aufregung über die Papiere und der frustrierende Gedanke, daß er sie letztendlich doch nur als ein leicht zu ersetzendes

Objekt benutzte, machten sie kühn. »Monsieur le Président de la République du Gobir«, sagte sie befehlend, »legen Sie sich auf den Rücken und benehmen Sie sich.«

Moussa ließ sich zurücksinken, blieb regungslos liegen und sah sie an. Sein erigierter Penis pulsierte leise im Rhythmus seines Herzschlags. Laurie stieg auf ihn, nahm ihn in die Hand und ließ ihn in sich gleiten. Moussa entspannte sich und lächelte glücklich.

Als es vorbei war, rutschte sie von ihm herunter, küßte ihn und kuschelte sich, noch immer schwer atmend, an ihn. Sie wollte schon wieder, sofort. Sie war angenehm erregt und gleichzeitig völlig entspannt. Moussa lag auf dem Rücken, am ganzen Körper naß, die Augen geschlossen. Er lächelte. Sie küßte seinen Hals, seine Brust und seinen Bauch. Dann nahm sie seinen Penis in den Mund, um ihn schnell wieder zu erregen, doch er schob sie sanft von sich.

»Nein, meine liebe, liebe Laurie. Du bist wunderbar. Du bist besser als alle französischen Frauen, als alle Songhay-, Djerma-, Haussa-, Fulanie- und Tuaregfrauen, die ich gehabt habe. Du bist sogar besser als jede Kanurifrau, die ich kenne, und jeder weiß, daß sie die besten in Gobir sind. Aber ich bin ein alter Mann. Ich möchte heute abend arbeiten. Es war sehr schön. Und jetzt schlaf ein bißchen.«

Er stand auf und ging in sein Badezimmer. Auf dem Weg dorthin schaltete er die zwei großen Klimageräte im Raum ein. Sie hörte, wie er sich duschte, und als er wieder aus dem Bad kam, trug er ein gestärktes weißes Gewand, das in eleganten Falten bis auf seine Knöchel hinunterfiel. Laurie verließ das Bett und ging in das große Badezimmer, wo sie sich in dem großen Spiegel an der Wand betrachtete. Sie war nicht unzufrieden mit ihrem Anblick. Ihr Körper war schlank und sportlich, das Haar von der Sonne gebleicht und jetzt fast blond. Zusammen mit ihrer Bräune unterstrich es auf attraktive Weise ihr hübsches Gesicht und betonte die grüne Farbe ihrer Augen. Sie hatte noch nie besser ausgesehen.

Laurie duschte sich und legte sich dann wieder hin. Sie fühlte sich befriedigt, und ihr Verlangen nach mehr Sex war vergangen. Sie lag im Bett und sah zu Moussa hinüber, der sich mit seinen Papieren beschäftigte. Laurie war schläfrig, aber ihre Gedanken kreisten um das, was sie in den letzten zehn Monaten erlebt hatte und hielten sie wach.

Es schien gerade erst her, daß sie die Nachricht über ihr Stipendium von Ford bekommen hatte. Sie würde ein Jahr von der Universität beurlaubt werden, um Feldforschung zu betreiben. Ihre Doktorarbeit in Philosophie hatte sie über geschiedene Frauen in den Vereinigten Staaten geschrieben, und das hatte ihr zu einer respektablen und langweiligen wissenschaftlichen Karriere an der Washington-Universität verholfen, aber sie wußte, daß ihre männlichen Kollegen auf sie herabsahen, weil sie noch nie »die Praxis« in einer heißen, von Schweiß und Armut geprägten primitiven Kultur erlebt hatten. Sie behandelten sie mit Herablassung. Sicher, man mußte sich heutzutage auch um die Probleme der Frauen kümmern, aber was weiß die hübsche kleine Laurie schon von echter Anthropologie? Diese eingebildeten Idioten. Sie würde es ihnen schon zeigen.

Laurie war noch nie außerhalb der Vereinigten Staaten gewesen, und als ihr Stipendium bewilligt worden war, hatte sie sich zwar gefreut, aber auch ein bißchen Angst gehabt. Sie hatte zwar Französisch gelernt, würde aber in die Dörfer gehen und eine der afrikanischen Sprachen lernen müssen. Sie hatte Gobir gewählt, weil sie Jean Rouchs Monographie über religiöse Kulte bei den Songhay und Haussa gelesen hatte und sie fasziniert gewesen war. Sie hatte versprochen, Haussa oder Songhay-Djerma zu lernen, und das hatte der Ford-Stiftung genügt. Das Thema Frau war immer noch groß in Mode, wenn auch nicht mehr ganz so stark wie ein paar Jahre vorher, und Amerika war wieder an Afrika interessiert. Gab es eine bessere Kombination, als die Rolle der Frau in einer Entwicklungsgesellschaft wie Gobir zu studieren?

Laurie sah hinüber zu Moussa hinter seinem Schreibtisch. Was für ein seltsamer Weg ins Bett des Präsidenten! Als sie in Maradi, der Hauptstadt Gobirs, eingetroffen war, hatte sie sich völlig fehl am Platz gefühlt. Alles war so armselig.

Staubige Straßen und Adobehäuser beherrschten das Bild, und die wenigen neuen Gebäude waren klägliche Imitationen schlechter moderner Architektur. Es war so gut wie immer heiß. Von der Sahara wehte der Staub heran, das Wasser war schlecht, und das einzige gute Restaurant in der Stadt wurde von der vietnamesischen Geliebten eines einflußreichen Ministers geführt. Aber sie hatte sich schnell angepaßt. Die Ford-Stiftung hatte eine Unterkunft für sie im europäischen Viertel der Stadt besorgt. Ein Koch kam mit dorthin.

Das Ministerium für Jugend, Sport, Arbeit und Wissenschaft (der Minister bestand darauf, daß er immer mit seinem vollen Titel angeredet wurde) hatte sie unter seine Fittiche genommen, und sie hatte bald gelernt, daß es in der winzigen Gesellschaft, die sich aus der Beamtenelite, den Angehörigen der ausländischen Botschaften und den französischen Beratern zusammensetzte, nicht schwer war, eine Prominente zu werden. Es war eine Entdeckung für sie, zu erfahren, wie schön und begehrenswert sie war. Einsame junge Franzosen, die als technische Berater in Gobir waren, Mitglieder des Parlaments von Gobir und sogar der westdeutsche Botschafter, den seine Frau langweilte, versuchten, sie in ihre jeweiligen Betten zu bekommen. Sie war zu jedem offiziellen Dinner in der Stadt eingeladen worden. Zuerst fühlte sie sich sehr geschmeichelt, aber sie wurde es bald leid. Das künstliche gesellschaftliche Leben von Maradi war steril, und die jungen Männer, die hinter ihr her waren, versuchten nur verzweifelt, dem langweiligen täglichen Einerlei ihrer Pflichten zu entkommen. Trotzdem zögerte sie, hinaus in den Busch zu gehen. Sie glaubte, die Sprache noch nicht gut genug sprechen zu können und war unsicher, wie sie sich den Dorffrauen nähern sollte.

Sie war noch nicht weiter mit ihrer Forschungsarbeit, als sie Hawa kennenlernte, die bildschöne und würdevolle Fulanifrau des Präsidenten. Jede hatte in der anderen sofort die Verwandtschaft der ehrgeizigen Frau in einer von Männern beherrschten Welt erkannt. Hawa hatte ihr eine Lehrerin besorgt, die ihr vernünftig Haussa beigebracht hatte, sowie ein

Team von Interviewern aus dem einzigen Ministerium, das richtig arbeitete, dem Ministerium für wirtschaftliche Planung. Laurie hatte Forschungsteams organisiert und sie in die Dörfer des Landes geschickt, wo sie Informationen über die Rolle der Frau sammeln sollten. Von Maradi aus machte sie mit einem Dolmetscher, einem Fahrer und ihrem Koch im Landrover Touren in eine bestimmte Region, wo sie sich mit ihren Interviewern besprach, ihre Fragebögen durchging, mit dem Dorfoberhaupt redete und dann nach Maradi zurückkehrte. Sie hatte das große Land in fünf Regionen eingeteilt. Jede umfaßte sechs Musterdörfer, und in jedem dieser Dörfer saß ein Interviewer. Eine Tour dauerte ungefähr eine Woche. In Maradi übertrug sie dann die Informationen auf ihre Aufzeichnungen und schickte sie in die Vereinigten Staaten. Eine Kopie ihrer ganzen Notizen ging an Hawa, die sich dafür interessierte, was Laurie über Frauen in Gobir herausfinden würde. Dann ging es weiter in die nächste Region, um die sechs dort ausgewählten Dörfer zu besuchen. Ihre Arbeit machte ausgezeichnete Fortschritte.

Vor vier Monaten, zu Beginn der Regenzeit, hatte sie dann auch Hawas Mann, den Präsidenten, kennnengelernt. Es war auf einem großen Empfang im Park des Palastes gewesen, und der erste Eindruck von ihm war der eines lustigen, etwas übergewichtigen Mannes gewesen. Er ging unter den Gästen umher, schüttelte Hände und war freundlich. Hawa war bei ihm, und sie hatte ihn Laurie vorgestellt.

Moussa Koulibaly war liebenswert und nahm sie offensichtlich nicht ernst. »Mein Gott, Sie sind also diese berühmte Anthropologin, über die ich schon so viel gehört habe. Ich bin es nicht gewohnt, vor gelehrten Frauen zu stehen, die in der Welt umherreisen. Aber meine Frau und ich erwarten Wunder von Ihrer Arbeit. Vielleicht werden Ihre neuen Erkenntnisse über unsere Frauen das Geheimnis enthüllen können, das Gobir reich machen, unsere Arbeitskräfte befreien und uns in die Neuzeit bringen wird. Genau wie in Amerika oder China, wo man die Frauen für so wichtig hält.« Er lachte über seinen eigenen bissigen Scherz.

Laurie hatte ihn nicht besonders gemocht. Er hätte ruhig

auf seine gemeinen Bemerkungen über Frauen verzichten können, und sie war überzeugt, daß er einen Mann an ihrer Stelle mit mehr Respekt behandelt hätte, anstatt sich über dessen Arbeit lustig zu machen.

Doch als sie am nächsten Tag vom Büro zurückkam, wartete ein langer schwarzer Mercedes vor dem Haus, in dem sie wohnte. Ein uniformierter Fahrer hatte sie an der Tür abgefangen und ihr erklärt, daß sie in einer Stunde zum Dinner im Palast erwartet werde. Sie hatte protestiert und vorgegeben, müde zu sein, aber der Mann hatte ihr freundlich zu verstehen gegeben, daß Seine Exzellenz, Moussa Koulibaly, Präsident von Gobir, nicht mochte, wenn seine Befehle mißachtet wurden. Er würde solange warten. Laurie hatte sich umgezogen und war dann zum Palast gefahren worden.

Sie war überrascht gewesen, als man sie in einen großen Speisesaal mit einem Tisch geführt hatte, der nur für zwei Personen gedeckt war.

Der Präsident begrüßte sie.

»Wo ist Hawa?« hatte Laurie gefragt.

»Beschäftigt.«

»Aber ich verstehe nicht.«

»Sie sind hier, um vom Präsidenten von Gobir verführt zu werden«, hatte er lächelnd geantwortet.

Sie war zornig gewesen. Hawa war ihre Freundin. Moussa hatte kein Recht . . .

Er hatte ihr dann erklärt, daß sie schließlich Moslems seien und daß er, auch wenn er nur eine Frau hatte, dem Gesetz nach vier haben dürfte. Hawa sei daran gewöhnt. Außerdem sei sie selbst es gewesen, die Moussa darauf aufmerksam gemacht hatte, daß Laurie eine interessante und schöne Frau sei. Moussa war so charmant gewesen, daß Laurie nach ein paar Flaschen guten französischen Weins fast bereit gewesen wäre. Aber letzten Endes hatte sie dann doch abgelehnt. Sie konnte nicht ganz das Gefühl abschütteln, daß es ein Verrat an ihrer Freundschaft mit Hawa gewesen wäre. Außerdem brauchte sie Hawas Unterstützung, um ihre Arbeit zu Ende zu bringen, und Erfolg war für ihre Selbstachtung wichtiger als die Gelegenheit, mit einem

Mann zu schlafen, selbst wenn es sich dabei um den Präsidenten eines Landes handelte.

Als sie am nächsten Abend nach Hause kam, wartete wieder derselbe Mercedes vor ihrer Haustür. Wieder hatte sie mit Moussa Koulibaly zu Abend gegessen und es abgelehnt, nach dem Essen noch zu bleiben. Am nächsten Tag hatte sie Maradi zu einer ihrer Touren verlassen, und nach ihrer Rückkehr hatte sie sich mit Hawa getroffen, um ihr alles zu erzählen. Hawa hatte gelacht und ihr erklärt, daß sie Bescheid wisse. »Du solltest geschmeichelt sein, meine Liebe«, hatte sie gesagt. »Moussa ist dreiundfünfzig, und er ist nicht mehr so leicht zu erregen wie früher. Er kann jede Frau im Land haben, und nach ein paar Abenden verliert er gewöhnlich wieder das Interesse. Er muß dich sehr gern haben, wenn er zweimal mit dir zu Abend gegessen hat und trotz deiner Ablehnungen immer noch an dir interessiert ist. Schlaf mit ihm. Er ist ein netter Mann.«

Bis dahin hatte Laurie erst zweimal mit einem Mann geschlafen, seit sie in Gobir eingetroffen war. Das eine Mal war es ein gutaussehender, aber selbstsüchtiger und uninteressanter junger Franzose gewesen, das zweite Mal hatte sie mit dem Minister für Transport und Handel geschlafen. Er war offenbar mehr daran interessiert, seinen Freunden über seine Erfahrungen mit weißen Frauen zu erzählen, als daran, mit ihr zu schlafen, und nach dem ersten Mal hatte er sie nicht wieder eingeladen. Laurie wollte geliebt, nicht nur benutzt und bewundert werden, und das Gespräch mit Hawa veranlaßte sie dazu einzuwilligen. An jenem Abend hatte sie mit Moussa im Palast geschlafen. So hatte es angefangen, und es war sehr schön gewesen. Sie und Hawa sahen sich noch oft, und ihre Forschungsarbeit machte weiter gute Fortschritte. Jetzt näherte sich alles dem Ende, und Laurie wünschte, noch ein Jahr bleiben zu können.

Mit den Gedanken an die Zeit, die hinter ihr lag, schlief sie ein. Moussa kam erst viel später ins Bett. Er weckte sie, um ihr einen Kuß zu geben, und nebeneinander schliefen sie ein. Sie wurde abrupt geweckt, als die Tür zum Schlafzimmer aufgestoßen wurde.

2

Ein Diener kam hereingestürmt und schrie »*Maigiuda! Maiguida!*« Moussa setzte sich rasch auf, während Laurie ohne nachzudenken das Laken über sich zog, um ihre Brüste zu bedecken. Ein Schuß war zu hören, dem mehrere andere folgten, dann fiel der Diener stöhnend zu Boden. Moussa war hellwach, aber er rührte sich nicht. »Zieh dich an«, sagte er.

Laurie schloß die Augen und hoffte, daß sie nur träumte. Sie hörte das Geräusch von Stiefeln, die den Gang entlanggelaufen kamen. Dann Schreie und wieder Schüsse. Als sie die Augen öffnete, sah sie einen Soldaten in der Tür stehen, der eine von diesen Maschinenpistolen in den Händen hielt, wie sie die Präsidentengarde trug. Einen Augenblick dachte sie: Gott sei Dank, die Garde ist hier. Es muß ein Attentäter im Palast sein. Sie werden ihn schon schnappen.

Drei Männer kamen in das Zimmer gerannt und hielten ihre Gewehre auf sie und Moussa gerichtet. Der Diener auf dem Boden stöhnte wieder, worauf eine der Wachen auf ihn schoß. Er schrie auf, hustete erstickt und versuchte hochzukommen. Aber am Fußende des Bettes fiel er wieder zurück, und sein Kopf blieb auf der Decke neben Laurie liegen. Blutiger Schaum quoll aus Nase und Mund, und er kippte rückwärts auf den Boden, wobei sich eine Hand in seinen Bauch krallte, wo sich ein großer roter Fleck auf seinem Hemd ausbreitete. Er zuckte, öffnete den Mund, um etwas zu sagen, und drehte leicht den Kopf. Aber kein Ton kam heraus, und dann lag er auf dem Boden, und seine Augen starrten zur Decke hinauf.

Laurie hatte schreckliche Angst. Bitte laß das vorbeigehen, dachte sie, bitte, laß es nicht wahr sein.

»Los, auf mit euch, ihr beiden! Beeilung!« befahl einer der Soldaten. »*Plus vite, gros cochon!*« brüllte er. »Du widerst mich an.«

Die Beleidigung machte Laurie klar, daß dies kein Traum oder ein Irrtum sein konnte. Wenn sie Moussa ein fettes Schwein nannten, war alles aus. Dieser Mann war ein Mitglied der Präsidentengarde und beschimpfte seinen Präsidenten. Man würde sie erschießen, hier auf der Stelle. Sie würde sterben, in Afrika, ohne Kleider und ohne Würde, und sie fühlte, wie ihre Glieder zur Unbeweglichkeit erstarrten. Sie verlor die Kontrolle über ihre Blase und machte das Bett naß. Moussa saß noch immer aufrecht im Bett, und trotz eingeschalteter Klimaanlage rann ihm der Schweiß über den nackten Körper. Sie hatte ihn noch nie so erschrocken und still gesehen. Es verging ein Augenblick, dann erschien ein Offizier in einer bunten Uniform in der Tür. Laurie hatte ihn schon vorher im Palast gesehen. Salissou, oder so ähnlich. Ein Haussa, erinnerte sie sich, konnte sich aber nicht auf seinen Nachnamen besinnen. Er hielt eine Pistole in der Hand und brüllte Befehle den Gang hinunter, während er in das Zimmer kam.

Er trat vor das Bett und meinte kalt und boshaft: »Auf mit euch, alle beide, oder ich lasse euch ohne Gerichtsverhandlung hier auf der Stelle erschießen. Sie sind nicht mehr Präsident, Koulibaly. Sie werden für Ihre Korruption und Ihre Verbrechen am Volk von Gobir bestraft werden.«

Laurie hörte den Haß in der Stimme des Mannes und sah die Pistole einen Meter von ihrem Gesicht entfernt. Moussa, der sich bemühte, seine Angst zu unterdrücken, sagte etwas in Djerma zu den Soldaten, worauf der Offizier wütend vor Laurie trat und sie mit der linken Hand ins Gesicht schlug.

»Er will, daß wir dich gehen lassen, du weiße Hure«, sagte er. »Wir sollen seiner Freundin nichts tun.« Er grinste, und sie wußte, daß er ihr ansah, welche Angst sie hatte. »Keine Sorge, du Hure, wir brauchen keine Ausländerinnen in Gobir. Wir werden einen neuen Präsidenten bekommen, dem die einheimischen Mädchen genügen. Du hast nichts mit uns zu tun. Wir haben andere Dinge im Kopf. Und du«, fuhr er fort, während er sich zu Moussa herumdrehte und diesen in der vertrauten *tu*-Form anredete, als würde er zu einem Diener sprechen, »du, Moussa Koulibaly, du stehst jetzt auf und ziehst dich an. Du stehst auf Anordnung des Revolutionskomitees für Öffentliche Sicherheit unter Arrest. Du«, und wieder benutzte er *tu*, »Frau, zieh dich an.

Das Flugzeug von Abidjan nach Paris wird in vier Stunden hier zwischenlanden. Du wirst mit ihm das Land verlassen. Wir können im Augenblick keine Proteste von der amerikanischen Botschaft oder einen schlechten Ruf in den UN gebrauchen. Wenn wir eine weiße Frau töten, wird man uns Wilde und Barbaren nennen, aber niemand hat sich darum gekümmert, als dein Freund Koulibaly Hunderte von Schwarzen eingesperrt und gefoltert hat. Du solltest wegen Korruption der Moral unseres Landes für ein paar Jahre zur Zwangsarbeit in die Salzgruben von Bilma geschickt werden, aber das kann ich jetzt nicht riskieren. Wenn wir dein Gesicht noch einmal in Gobir sehen, kannst du sicher sein, daß wir keine Gnade kennen werden.«

Laurie hörte seine Worte, aber sie glaubte es nicht. Sie konnte nur auf die Mündung seiner Waffe starren und den Zorn in seiner Stimme hören.

Moussa stand auf, streifte sein Gewand über und wurde dann von zwei Soldaten ergriffen, die ihm ihre Gewehre in den Rücken stießen und ihn abführten.

An der Tür drehte er sich noch einmal um und sah Laurie an. Er lächelte, formte mit den Lippen einen Kuß und wurde hinausgeschoben.

Diese kleine Geste, die zeigte, daß er seine Selbstbeherrschung wiedergefunden hatte, rettete Laurie vielleicht das Leben. Ihr Verstand, der schneller als normal zu arbeiten und sich zu überschlagen schien, weil er mit keinem Teil ihres Körpers mehr verbunden war, sagte ihr, daß es nicht sehr weh tun würde. Sie sah sich schon tot und fragte sich, was ihre Kollegen und Freunde in den Vereinigten Staaten wohl denken würden. Aber Moussa hatte gelächelt. Vielleicht gab es doch einen Ausweg. Und dann dachte Laurie an die Papiere auf dem Schreibtisch. Sie sollte sie an sich nehmen. Vielleicht hatten sie etwas mit dem Putsch zu tun. Moussa hatte gesagt, sie wären gefährlich. Der befehlshabende Offizier hatte nicht auf den Schreibtisch geschaut, und jetzt steckte er gerade seine Pistole zurück in die Halfter. Ruhe breitete sich in ihrem Körper aus. Sie würde ein großes Risiko auf sich nehmen. Sie würde versuchen, die

Papiere an sich zu nehmen; nein, sie *mußte* diese Papiere an sich nehmen.

Laurie stieg aus dem Bett, ohne sich um die Blicke der beiden Männer zu kümmern, die im Zimmer geblieben waren. Der Soldat machte eine obszöne Bemerkung in Haussa zu dem Offizier. Sie verstand, was er sagte. Oh, nein! Sie wollten sie vergewaltigen. Dann würde es doch aus sein. Sie würden sie umbringen. Laurie dachte an Moussas Lächeln und an sein Vertrauen. Sie mußte sie irgendwie stoppen. Ihr fiel ein, daß die Männer überrascht sein würden, wenn sie in Haussa zu ihnen sprach. Vielleicht fanden sie es gut, und vielleicht konnte sie sie beschämen. Ihr Haussa war zwar nicht sehr gut, aber es reichte aus. »Darf ich mich jetzt anziehen oder nicht?« fragte sie. »Haltet ihr mich für gefährlich, eine Frau allein? Dreht euch um, damit ich mich anziehen kann.«

»Du kannst Haussa?« fragte einer der Soldaten. »Du bist die erste weiße Frau, die ich kenne, die sich die Mühe gemacht hat, unsere Sprache zu lernen. Gut für dich. Vielleicht kannst du nichts dafür; nein, natürlich nicht. Koulibaly war schon ein schlechter Mann, lange bevor er dich kennengelernt hat.«

»Ja.« Der Offizier sah den Mann an, der das gesagt hatte und nickte. »Wache, sie darf sich anziehen. Dann bringst du sie nach unten und begleitest sie zum Flughafen. Ein Jeep wartet schon. Sie darf nicht in ihre Wohnung zurück und mit niemandem sprechen.«

Er salutierte verächtlich vor Laurie, aber seine Gebärde war nicht mehr drohend. »*Adieu, Mademoiselle.* Ich hoffe, Sie werden unser Land in angenehmer Erinnerung behalten.« Dann drehte er sich um und ging forsch hinaus.

Ihre Wache trat ein paar Schritte zurück und meinte, freundlicher als der Offizier:

»Ziehen Sie sich an. Beeilen Sie sich. Wir werden Ihnen nichts tun. Beeilen Sie sich. Wenn Sie warten, wird der Major seine Meinung noch ändern und Sie auch erschießen lassen.«

Laurie ging hinüber zum Schreibtisch, entschlossen, sich

die Papiere zu holen. »Bitte drehen Sie sich um«, bat sie. »Oder demütigen Sie gern eine Frau?«

Verlegen wandte sich der Soldat ab. Laurie nahm die Papiere und faltete sie zusammen.

»Was ist das?« wollte er wissen. Er sah sie an.

»Mein Paß, mein Geld. Hier, sehen Sie. Ich stecke es in meine Handtasche.«

Der Mann musterte sie mit einem seltsamen Ausdruck. Er wollte etwas sagen, schien es sich dann aber anders zu überlegen. Ob er mißtrauisch war?

»Wollen Sie es sich ansehen? Hier. Da sind sie.«

»Nein. Wenn Major Katsinawa es in Ordnung findet, dann gilt für mich das gleiche.« Er wandte sich wieder ab.

Laurie zog sich hastig an, schnappte sich ihre Handtasche, streifte die Sandalen über, wischte sich mit dem Ärmel ihrer Bluse den Schweiß vom Gesicht und holte ganz tief Luft. Sie würde sich für die nächsten paar Stunden sehr zusammenreißen und ihre Gefühle unter Kontrolle halten müssen. Wenn der Major erfuhr, daß sie die Papiere von Moussas Schreibtisch an sich genommen hatte, würde sie sterben. Laurie zwang sich zu einem Lächeln. »Danke«, sagte sie zu ihrem Bewacher. »Vielen Dank. Ich habe meine Sachen. Aber woher bekomme ich das Flugticket? Bringen Sie mich zum Major, damit ich ihn fragen kann.«

»Nennen Sie mich Korporal Yousouf. Harouna Yousouf Sidibey. Ich habe Ihnen gesagt, daß wir Ihnen nichts tun werden. Der Major hat befohlen, Sie zu einem Jeep zu bringen. Er weiß Bescheid. Ich bin sicher, daß Sie keine anderen Papiere brauchen werden.«

Mit dem Soldaten im Gefolge ging sie hinaus auf den Gang und durch den langen Korridor, über die elegante, geschwungene Treppe hinunter ins Erdgeschoß, vorbei an dem großen, offenen Türbogen, der in den Hauptempfangsraum führte. Bewaffnete Männer liefen hin und her, mit Papieren und Gewehren in den Händen und brüllten herum. In dem großen Raum hinter dem Türbogen sah sie Major Katsinawa und ein Dutzend bewaffneter Wachen. Laurie blieb stehen, als sie unter ihnen auch Hawa, *Madame la Pré-*

sidente, entdeckte. Die Frau schrie und fluchte in Französisch, Haussa und Djerma; ihr Gesicht war verzerrt vor Haß und Wut. Sie stand vor dem Major, und zwei Soldaten hielten sie an den Armen fest. Laurie konnte nicht verstehen, was sie sagte. Der Major brüllte den Wachen etwas zu, drückte Hawa in Richtung Wand und stieß sie zu Boden. Dann wichen die Wachen zurück. Hawa, die wußte, was passieren würde, stand auf, sah auf die Pistole des Majors und sagte laut und deutlich, so daß jeder es verstehen konnte, in Haussa: »Salissou Katsinawa, deine Hoden werden schrumpfen, und deine Kinder werden sterben. Salissou Katsinawa, du bist ein Verräter, und mein Geist wird dich die restlichen Tage deines elenden Lebens verfolgen.«

Katsinawa zielte und schoß. Hawa fiel zurück. Er schoß wieder, und noch einmal.

Entsetzt wollte Laurie zu der Leiche ihrer Freundin gehen, doch der Korporal, der ebenfalls zugesehen hatte, zu fasziniert, um sie zum Weitergehen aufzufordern, hielt sie zurück. »Wollen Sie auch sterben? Kommen Sie.«

Mit ihrer Selbstbeherrschung war es vorbei, und Laurie merkte, wie ihre Knie weich wurden. Sie konnte sich nicht mehr halten. Yousouf nahm sie am Arm und zerrte sie durch die Palastturen hinaus. Draußen wartete ein Jeep, und sein Fahrer rief Yousouf etwas zu. Fahrzeuge kamen herangefahren, andere fuhren ab. Ein Panzerwagen stand auf dem Rasen und zerdrückte die sorgfältig bewässerten Blumen des Präsidenten. Laurie wurde in den Jeep geschoben, der dann mit Yousouf auf dem Rücksitz neben ihr abfuhr.

Deine Hoden werden schrumpfen, und deine Kinder werden sterben. Salissou Katsinawa, du bist ein Verräter, und mein Geist wird dich die restlichen Tage deines elenden Lebens verfolgen, ging es ihr immer wieder durch den Kopf, als der Wagen durch die dunklen Straßen von Maradi in Richtung Flughafen fuhr. Sie merkte kaum, wie sie die Stadt verließen und fünfzehn Kilometer an sandigen Hirsefeldern vorbeifuhren.

Auf dem Flughafen schob Yousouf sie aus dem Jeep und in einen kleinen Aufenthaltsraum für Sonderpassagiere. Er versuchte immer wieder, mit ihr zu reden, aber sie konnte nicht mehr antworten.

Nach einer Weile kam ein uniformierter Mann herein und reichte ihr ein Ticket von Maradi über Paris nach New York. Er gab ihr auch ihren Paß. Sie hatte Yousouf erklärt, daß sie ihn eingepackt hätte, und jetzt gab dieser Mann ihn ihr. Ihr Herz begann, schneller zu schlagen. Was würde Yousouf sagen? Aber er war nicht mehr da, und der Aufenthaltsraum war leer, abgesehen von ihr und diesem uniformierten Mann

»Mademoiselle, es ist vorbei. Machen Sie nicht ein so ängstliches Gesicht. Sie sind in Sicherheit. Soldaten haben Ihre Wohnung durchsucht und nichts Schlimmes gefunden. Haben Sie keine Angst. Wir wissen, wer Sie sind und daß Sie keine Schuld haben. Bitte machen Sie nicht so ein Gesicht, als würden Sie gleich anfangen zu weinen. Es ist alles nicht so schlimm. Ich glaube nicht einmal, daß man Moussa Koulibaly erschießen wird. Er war kein so übler Mann, nur ein Narr. Er wird ein paar Jahre ins Gefängnis kommen, mehr nicht. Es war seine Frau, die wir alle gehaßt haben; sie war die Böse. Beruhigen Sie sich.«

Laurie schüttelte den Kopf. »Ich werde nicht weinen. Ich bin okay. Lassen Sie mich nur allein.«

»Ich muß bei Ihnen bleiben, bis das Flugzeug gelandet ist. Ihr Paß ist schon abgestempelt. Ihr Ticket ist in Ordnung, und es kann nichts mehr passieren.«

Sie mußte noch einige Stunden in dem Aufenthaltsraum warten und dachte an Moussa, Hawa, die Papiere und an ihre Handtasche. Sie hätte sie gern aufgemacht und sich die Papiere angesehen, aber sie wagte es nicht. Der Beamte saß auf einer Couch neben ihr und las in einer alten französischen Zeitschrift. Die Sonne ging auf, und es wurde langsam wieder heiß. Dann war das laute Dröhnen eines Jets am Himmel zu hören, der landete. Der Mann half Laurie auf und brachte sie nach draußen ins helle Licht der Morgensonne. Eine große Air Afrique DC-8 wartete auf dem Rollfeld. Der Beamte schob sie die Treppe hinauf in das Flugzeug. »Möge Allah mit Ihnen sein«, sagte er in Haussa.

Dann wandte er sich ab, und eine Frau nahm Laurie bei der Hand und führte sie zu ihrem Platz.

Laurie setzte sich, als die schützende Benommenheit des Entsetzens, die ihr in den letzten Stunden ihre Ruhe gegeben hatte, plötzlich wich. Sie begann zu zittern, aber als die Maschine auf dem Rollfeld beschleunigte, um abzuheben, begriff sie, daß sie entkommen war.

3

Das Flugzeug hob ab, neigte sich langsam nach rechts und nahm dann Kurs in Richtung Norden auf die Wüste zu. Laurie hatte das Gefühl, als würde sie sterben. Ihr Magen war ein verkrampfter Knoten, der sich spasmisch zusammenzog. Sie war erschöpft und hatte Kopfschmerzen. Moussa war nicht mehr da, Hawa war tot, und ihre ganze Erfahrung mit Afrika endete mit einer Katastrophe, die schlimmer war als alles, was sie sich hätte vorstellen können.

Ihre Handtasche mit den Papieren stand auf dem Sitz neben ihr, und sie mußte daran denken, was Moussa über den französischen Botschafter gesagt hatte, der sie in Paris verhaften lassen würde, wenn er glaubte, daß sie etwas davon wüßte. Jetzt hatte sie sie. Sicher würde irgend jemand darauf kommen, und wenn die Maschine der Air Afrique in Frankreich landete, würde man sie nie im Leben weiterfliegen lassen. Einen Augenblick wünschte sie, sie hätte sie nicht mitgenommen. Vielleicht konnte sie die Papiere in der Toilette hinunterspülen. Nein, sie wollte sie behalten.

Jemand berührte sie an der Schulter, und Lauries Kopf fuhr ruckartig hoch. »Bitte, ich möchte jetzt mit niemandem reden«, sagte sie.

Es war eine freundliche, hübsche junge Schwarze in Stewardeßuniform. Sie sah besorgt aus. »Lassen Sie mich Ihnen helfen, Mademoiselle. Sie brauchen keine Angst zu haben. Der Flug verläuft völlig normal.«

Der beruhigende Blick der Frau half Laurie, und sie erneuerte ihren Entschluß, diese Papiere mit zurück nach New York zu nehmen. »Sind Sie aus Gobir?« erkundigte sie sich.

»Nein, ich stamme von der Elfenbeinküste. Die Maschine ist in Maradi nur zwischengelandet, um Sie an Bord zu nehmen. Sie waren der einzige Passagier. Normalerweise sind es mehr. Was ist denn da unten passiert? Der Pilot hat über Funk etwas von einem Putsch gehört, und der Flughafen war von Militärfahrzeugen eingekreist. Keiner der Passagiere von der Flugliste war da, und niemand durfte fliegen. Sie haben uns nur gesagt, Sie wären eine hängengebliebene Amerikanerin, die nach Paris ausgeflogen werden sollte. Haben Sie keine Angst. Diese Leute aus Gobir sind eigentlich Wilde, Wüstennomaden. Ich mag sie auch nicht. Wir haben gepflasterte Straßen, Züge und hübsche Geschäfte in Abidjan, fast so wie in Paris. Aber Gobir – na ja, die Leute dort leben noch im finstersten Mittelalter, wissen Sie. Was ist eigentlich passiert?«

Laurie gab keine Antwort. Sie wandte das Gesicht ab.

»Ach, so, entschuldigen Sie. Ich werde Sie allein lassen. Vielleicht kann Ihnen der Steward helfen.« Sie ging weg, und gleich darauf kam ein blonder Weißer in Uniform zu Laurie. Er brachte ihr ein Glas Wasser.

Sie nahm es, griff nach ihrer Handtasche und begab sich, mit dem Steward als Führung und der Stewardeß von der Elfenbeinküste als Abschluß zur Toilette im hinteren Teil der Maschine. Das Flugzeug war zu Dreiviertel leer, und die übrigen Passagiere starrten sie an. Wie muß ich aussehen, dachte sie im stillen. Sie öffnete die Tür, bat die Stewardeß um einen Kamm und richtete ihre Frisur.

Als sie zu ihrem Platz zurückkehrte, fühlte sie sich besser. Der Steward wollte sich neben sie setzen, doch sie lehnte dankend ab. »Ich brauche jetzt nur etwas zu trinken, dann bin ich wieder okay.«

Man brachte ihr einen milden Scotch mit Wasser und ein Sandwich gegen ihren Hunger. Dann ließen sie sie allein.

Während Laurie aus dem Fenster auf die Sahara blickte, über die sie in 35000 Fuß Höhe und mit einer Geschwindigkeit von 600 Meilen in der Stunde hinwegflogen, begann sie, Pläne zu schmieden. Warum hatte sie diese Papiere mitgenommen? Um Moussa zu helfen? Natürlich. Aber das war nicht der einzige Grund. Warum hatte sie sich überhaupt auf eine Affäre mit ihm eingelassen? Laurie analysierte sich immer sehr ehrlich. Es war nicht nur aus Einsamkeit gewesen, obwohl das zuerst ein bißchen damit zu tun hatte. Der Grund war auch die Macht gewesen, oder der Macht nahe zu sein.

Wer hatte noch gesagt, Macht sei ein Aphrodisiakum? Henry Kissinger. Wie recht er hatte. Für eine gewöhnliche Wissenschaftlerin wie sie war es ein überwältigend verführerisches Gefühl gewesen, in der Nähe eines Mannes zu sein, der wirkliche Macht besaß, gleichgültig über ein wie unbedeutendes Land. Es war eine Offenbarung gewesen festzustellen, daß sie es genoß, sich in der Nähe wichtiger Sachen zu wissen, und während ihrer Affäre mit Moussa war ihr langsam bewußt geworden, daß sie nicht mehr in ihre frühere Rolle einer unbekannten und unbedeutenden Dozentin zurückkehren konnte. Sie hatte das Gefühl lieben gelernt, doch jemand von Bedeutung zu sein, und daß das Leben mehr zu bieten hatte als eine endlose Reihe belangloser Zeitungsartikel und langweilige Vorlesungen vor uninteressierten Studenten.

Sie dachte über das enorme Risiko nach, das sie auf sich genommen hatte, daß sie ihr Leben für die Chance aufs Spiel setzte, daß diese Papiere tatsächlich so wichtig waren, wie Moussa gesagt hatte. Als Laurie über jenen Augenblick nachdachte, rief sie sich ins Gedächtnis zurück, wie fähig sie sich gefühlt hatte, als sie kurz entschlossen jene Entscheidung getroffen hatte. Zum ersten Mal begriff sie, was Männer dazu trieb, nach Macht zu streben, und warum Frauen versuchten, in die Nähe der Männer zu kommen, die sie besaßen. Das war es, was Moussa gemeint hatte, als er gesagt hatte, daß er jetzt an sie gewöhnt war und sie freiwillig nicht mehr aufgeben würde. Vielleicht war es auch das, was Henry Kissinger gemeint hatte; Macht war ein persönliches Aphrodisiakum, das weitaus erregender war als bloßer Sex. Sie hatte also nicht nur für Moussa dieses Risiko auf sich genommen, sondern für sich selbst. Jetzt mußte sie sich wappnen und eine überzeugende Rolle spielen. Sobald sie zurück in den Staaten war, würde sie die Papiere untersuchen und sehen, ob sie tatsächlich so vielversprechend waren, wie Moussa angedeutet hatte. Dann würde sie sie benutzen. Sie würde versuchen, Moussa zu helfen, wenn er noch lebte, aber wahrscheinlich würde sein von Kugeln zerfetzter Körper irgendwo in einem anonymen Grab außerhalb von Maradi liegen. Und wenn es möglich war, würde sie die Papiere auch dazu benutzen, sich selbst zu helfen.

Laurie machte der Stewardeß ein Zeichen und bestellte einen starken Drink.

»Aber Ihr Magen?«

»Ich bin in Ordnung, wirklich.«

Die Stewardeß verschwand den Gang hinunter, und der französische Steward kam zurück. Er lächelte ihr zu und reichte ihr eine kleine Flasche Johnny Walker und ein Glas Soda. »Es geht Ihnen besser. Gut. Sehr gut. Ja, ich weiß, Afrika ist schwierig. Aber fühlen Sie sich jetzt schon in Frankreich. In ein paar Stunden werden wir landen.«

Während sie an ihrem Scotch nippte, spann Laurie weiter unwahrscheinliche Phantasien vor sich hin. Lose zusammenhängende Handlungsstränge zogen sich durch ihren erschöpften Geist. Ihre Freundinnen und Kollegen würden staunen. Der Scotch tat seine Wirkung, und als die DC-8 Tamanrasset in der algerischen Sahara überflog, schlief sie ein.

Sie merkte nicht, wie die Wüste in Grün überging, und wie die Mittelmeerküste näherkam. Gegen Mittag hatte die Maschine die französische Küste erreicht und flog weiter in Richtung Norden auf Paris zu. Laurie wachte erst auf, als der Steward sie antippte, um ihr zu sagen, daß sie sich anschnallen sollte. Sie befanden sich im Anflug auf den Charles-de-Gaulle-Flughafen.

Sobald ihr bewußt wurde, wo sie war, wurde Laurie wieder nervös. Was sollte sie jetzt tun? Sie hatte noch immer die Papiere, und man würde sie verhaften, wenn die Maschine gelandet war. Sie konnte hören, wie ihr Herz lauter klopfte, und sie hatte ein flaues Gefühl im Magen.

Aber als das Flugzeug dann aufsetzte, verschwand ihre Nervosität. Nachdem sie zum Stillstand gekommen waren, erschien der Steward bei ihr. »Sie steigen als erste aus, Mademoiselle. Meine Gratulation. Ich glaube, daß Sie von offizieller Seite abgeholt werden. Man will Sie vor den anderen aus der Maschine haben.«

Einen Moment lang spielte sie wieder mit dem Gedanken, zur Toilette zu gehen und die Papiere herunterzuspülen. Doch dann lächelte sie und stand auf. Was würde es ihr nützen, wenn sie versuchte, sie in einer abgeschlossenen Toilette loszuwerden. Man würde die Papiere so oder so finden. Sie würde versuchen müssen, sich irgendwie aus der ganzen Sache herauszureden. Sie hatte es jetzt mit Franzosen zu tun, nicht mit Afrikanern, und die würden ihr wahrscheinlich nichts tun. Schlimmstenfalls würden sie ihr die Dokumente abnehmen, und das wäre dann das Ende ihres Abenteuers.

Zu ihrer Überraschung war der Mann, der sie am Ausgang der Zieharmonikagangway erwartete, ein Amerikaner und kein französischer Polizist.

»Skip Carson. Hi. Ich bin von der Ford-Stiftung, Miss Spencer. Darf ich Sie Laurie nennen? Nennen Sie mich Skip; jeder nennt mich so. Meine Güte, sehen Sie aus. Aber keine Sorge. Ich habe Ihnen ein Hotelzimmer reservieren lassen, und wir werden Ihnen ein paar neue Sachen besorgen. Es muß ja ganz schön schlimm gewesen sein, so fertig, wie Sie aussehen. Wir haben ein Telegramm von der amerikanischen Botschaft in Maradi bekommen, daß Sie in der Maschine sein würden. Die Franzosen haben gesagt, daß es eigentlich keinen Grund dafür gibt, daß man Sie hat ausfliegen lassen. Es sei ein unblutiger Putsch gewesen, und die neue Regierung hat schon erklärt, daß sie beabsichtige, den gleichen westfreundlichen Kurs wie Koulibaly weiterzuverfolgen. Ich schätze, Sie sind zur falschen Zeit am falschen Ort gewesen. In der Botschaft haben sie noch nicht mal Schüsse gehört.«

Laurie starrte ihn ungläubig an. Unblutig? Keine Schüsse?

Was zum Teufel wußte dieser Carson denn schon? Aber jetzt war nicht die Zeit, mit jemandem zu streiten, der ihr helfen konnte. Sie nickte und ließ sich von ihm am Arm nehmen. Er hielt den französischen Beamten an der Paßkontrolle einen Ausweis unter die Nase, und sie durften passieren. Skip Carson führte sie zu dem langen Rollband, das sie aus der Haupthalle herausbrachte und redete die ganze Zeit über dummes Zeug.

»Wow, Sie müssen ja ganz schön Aufregendes erlebt haben, was? Gobir. Für mich ist das so was wie der Wilde Westen. Wir haben außer Ihnen noch nie jemanden mit Ford-Geld da gehabt, und ich selbst bin auch noch nie da gewesen. Obervolta, Niger, Mali, Tschad, das kenne ich alles, aber in Gobir war ich noch nie. Ich hoffe, Sie haben wenigstens Ihre Aufzeichnungen retten können.«

»Keine Angst; ich habe nach jeder Exkursion meine Notizen in die Staaten geschickt.«

Das Band war zu Ende, und er führte sie auf ein anderes, das leicht anstieg und durch eine große Glaskugel lief. Überall um sie herum waren solche Rollbänder in Kugeln, und Laurie wurde schwindlig. Skip faßte sie fester am Arm. »Es dauert nicht mehr lange. Wir sind gleich bei meinem Wagen. Ich werde Sie zu einem guten Hotel bringen, und dann nehmen Sie gleich ein Bad. Halten Sie noch einen Augenblick durch . . . eh, wow . . .« Er zögerte. »Ich glaube, da wartet die Presse auf Sie. Lächeln Sie einfach und sagen Sie ihnen, daß Sie okay sind. Es wird nicht lange dauern.«

Carson hatte recht. Es schienen sogar einige Photographen unter den Wartenden am Ende der Glaskugel zu sein. Das war das letzte, womit Laurie gerechnet hatte, und sie hatte Angst, mit der Situation nicht fertig zu werden.

Als Laurie in die Halle trat, stellte sie fest, daß es nur ein halbes Dutzend Reporter waren. Zwei hatten Kameras dabei.

»Miss, Miss!« rief sie einer von ihnen an. »Sie sind der erste Passagier aus dem Flugzeug von Gobir. Was ist passiert?«

Laurie zögerte. Skip trat vor sie und sagte: »Das hier ist

Doktor Laurie Spencer von der Washington-Universität in Seattle. Sie war mit einem Stipendium der Ford-Stiftung zwecks anthropologischer Forschung in Gobir und wurde heute als Folge des gestrigen Putschs dort ausgeflogen. Sie ist sehr müde und braucht jetzt Ruhe. Bitte fassen Sie sich kurz. Ich glaube kaum, daß sie Ihnen viel über die Politik von Gobir sagen kann. Ihr Projekt war rein wissenschaftlicher Natur. Gehen Sie schonend mit ihr um.«

Ein Reporter fragte sie noch einmal, was passiert war.

Laurie versuchte, die richtigen Worte zu finden, aber sie wollten ihr nicht einfallen.

»Wurden Sie verletzt, Miss Spencer?«

»Nein.«

»Ist sonst jemand verletzt worden?«

»Ja.«

»Wo waren Sie zum Zeitpunkt des Putsches?«

»Im, das heißt, eh im . . . im Palast, bei einem Empfang.«

»Ist Moussa Koulibaly noch Präsident?«

»Nein.«

»Wissen Sie das genau?«

»Ja.«

»Ist er tot?«

»Es tut mir leid, das weiß ich nicht. Sie haben seine Frau erschossen.«

»Im Ernst? Woher wissen Sie das?«

»Ich, also ich . . . ich weiß es nicht genau. Doch, ich weiß es doch. Ich habe es gesehen.«

»Wer ist der neue Präsident?«

»Ich weiß es nicht genau. Ich glaube, ein Offizier. Salissou Katsinawa.«

»Sagen Sie, wieso sehen Sie denn so furchtbar aus? Sind Sie sicher, daß Sie nicht verletzt sind? Kennen Sie den neuen Präsidenten? Wie gut kannten Sie den alten?«

»Bitte, ich bin müde. Ich kann Ihnen jetzt keine weiteren Fragen beantworten.« Sie drehte sich zu Skip herum, und irgend jemand schoß ein Photo von ihr.

Skip nahm ihre Hand und zog sie fort. Sein Wagen stand draußen an der Auffahrt, die sich um das Gebäude wand.

Laurie fiel auf den Rücksitz und übergab sich auf dem beigen Polster. Skip ließ den Motor an und fuhr an, als weitere Blitzlichter aufleuchteten.

Während der Fahrt nach Paris hinein erklärte Skip die Position der Stiftung. »Sehen Sie, wir haben von der Botschaft erfahren, daß Sie und Koulibaly, nun, daß Sie sich nahe standen. Okay. Das ist Ihre Sache. Ich hoffe, Sie werden es niemandem erzählen. Wissen Sie, es würde nicht so besonders gut aussehen. Ha ha! ›Ford-Stiftung bewilligt Stipendium für experimentelle afrikanische Sexstudien.‹ Auf solche Unterschriften können wir ganz gut verzichten. Ich kann mir denken, wo Sie zum Zeitpunkt des Putsches waren. Aber egal. Danken Sie Gott, daß Sie in Sicherheit sind. Schlafen Sie sich hier in Paris aus. Ich werde Ihnen genug Geld geben, daß Sie nach Seattle zurückkommen. Teil Ihres Stipendiums. Machen Sie sich keine Sorge deswegen. Aber vergessen Sie nicht: Keine privaten Informationen an die Reporter.«

Laurie war verletzt. Eingebildeter Idiot, so mit ihr zu reden. Aber sie war dankbar, daß er da war. Sie schwieg und hoffte nur, daß er die Flecken von ihrem Erbrochenen nicht mehr von seinen schicken Polstersitzen bekommen würde, wenn er später versuchte, es abzuwaschen.

Als sie den Stadtrand von Paris erreicht hatten, fuhr Skip vor einem häßlichen, modernen Gebäude vor, das eher einem amerikanischen Motel als einem Pariser Hotel glich. Er trug sie ein, brachte sie auf ihr Zimmer hinauf und sagte ihr, daß sie sich etwas ausruhen sollte. Er versprach, ihr später saubere Sachen und etwas zu essen hochschicken zu lassen.

Laurie fiel einfach aufs Bett und war sofort eingeschlafen.

4

Nachdem man ihn aus seinem Schlafzimmer geschoben hatte, wurde Moussa Koulibaly die Treppe hinunter und hinaus in den Hof des Palastes geführt. Major Katsinawa schloß sich den Wachen an, die ihn vor der Gewehrmündung hielten und lief dann wieder zurück in den Palast. Moussa stand da in der Nacht und fragte sich, ob man ihn sofort oder später oder überhaupt nicht erschießen würde. Er hoffte, daß es schnell ging. Im Innern des Gebäudes hörte er weitere Schüsse und versuchte zu raten, wer gerade erschossen wurde. Dann sah er, wie Laurie in einen Jeep geschoben wurde, aber sie sah ihn offensichtlich nicht. Wenigstens war ihr nichts passiert. Wahrscheinlich würde man sie gehen lassen. Wenn sie vorgehabt hätten, sie zu töten, hätten sie es sofort getan, in dem Durcheinander des Augenblicks. Sicher hatten sie Verstand genug, um einzusehen, daß es nicht unbedingt nötig war, Ärger mit dem Westen zu provozieren.

Etwa eine halbe Stunde später kam Katsinawa wieder nach draußen. »Hawa ist tot, dieses Kamel.«

Moussa schwieg. Was hätte er auch sagen sollen. Er würde als nächster an der Reihe sein. Katsinawa grinste boshaft. »Nein, du nicht, du alter Narr«, meinte er. »Dich fürchten wir nicht. Sie war die Macht hinter dem Thron, nicht wahr?«

Katsinawa irrte sich. Moussa wußte, daß dies ein weitverbreitetes Gerücht war, und jetzt, nachdem Hawa tot war, war es überflüssig, etwas dazu zu sagen.

Katsinawa brüllte ein paar Befehle, und ein Lastwagen kam vorgefahren. Moussa wurde hineingestoßen, und das Fahrzeug rumpelte davon. Acht Wachen saßen auf der Ladefläche um ihn herum, und Moussa war klug genug, sich nicht zu rühren. Was würde man mit ihm machen? Er wünschte, er hätte die Papiere nicht auf seinem Schreibtisch liegenlassen. Wenn sie sie fanden, würden sie wissen, daß sie nichts riskierten, wenn sie ihn erschossen.

Ob er so tun sollte, als hätte er Kopien ins Ausland geschickt? Das würde sie vielleicht veranlassen, ihn noch eine Zeitlang zu schonen. Nein, es war hoffnungslos. Vielleicht sollte er versuchen, aus dem Lastwagen zu springen und wegzulaufen. Natürlich würde man ihn erschießen, aber dann war es wenigstens schnell vorbei.

Bevor er einen Entschluß fassen konnte, hielt der Wagen im Hof des Justizministeriums an. Er wurde in ein Büro im ersten Stock eingeschlossen, in dem eine Holzbank stand. Nachdem sich die Tür hinter ihm geschlossen hatte, entschied er, sich auf der Bank schlafenzulegen, um sich für das auszuruhen, was kommen würde.

Er lag ein paar Stunden da, ohne richtig schlafen zu können, und das Licht des anbrechenden Morgens weckte ihn dann ganz. Er hörte das Dröhnen der DC-8, als sie den Flughafen von Maradi verließ, einen Bogen über der Stadt beschrieb und dann Kurs in Richtung Norden auf Frankreich zu nahm. Laurie würde in der Maschine sein. Sicher würde sie ein paar Artikel über ihn schreiben und den wenigen Amerikanern, die es interessierte, erklären, daß er nicht korrupt gewesen war, und daß er nur das Beste für sein Land gewollt hatte. Aber was nützte das? Die meisten ausländischen Reporter würden schreiben, daß wieder einmal ein unbedeutender und unfähiger afrikanischer Diktator gestürzt worden war, und niemand würde sich große Gedanken darüber machen. Sie würden ein paar Lügen über ihn und Hawa erzählen, und es würde niemand da sein, der ihnen widersprach. Was für ein trauriges Ende nach fünfzehn Jahren Macht. Seine ganze Arbeit war umsonst. Er hatte Katsinawa, mit seinem Dünkel des Haussa-Adligen, nie getraut. Diese gräßlichen Haussa-Emire, die meinten, daß ihnen ihre Bauern gehörten, mußten hinter dem Putsch stecken. Er hätte sich ihrer schon vor langem entledigen sollen. Trotzdem war Moussa mit seinen Überlegungen nicht ganz glücklich. Katsinawa war zwar brutal, aber er war auch feige. Es fehlte ihm die Stärke, so etwas allein zu organisieren. Wer steckte hinter dem Putsch? Der verschlagene alte Justizminister Ibrahim Diallo? Vielleicht. Colonel Adamou, der Befehlshaber der Armee? Nein, er haßte Katsinawa noch mehr, als er Moussa beneidete. Wenn Adamou hinter dem Ganzen gesteckt hätte, wäre Katsinawa inzwischen tot. Der französische Botschafter? Das war durchaus möglich. Die Franzosen wußten über das Uran Bescheid, da ihre Geologen die Gutachten gemacht hatten, die amerikanische Experten dann überprüft hatten. Ja, die Franzosen mußten hinter dem Putsch stecken. Sie hatten Angst, daß Gobir das Uran an amerikanische Firmen verkaufen könnte. Und wenn es das nicht war, dann wußten sie wahrscheinlich, daß er mit Ghadafi von Libyen wegen militärischer Unterstützung verhandelt hatte. Sie wußten, daß Moussa vorhatte, ihre übertriebene Kontrolle über Gobir einzuschränken. Aber ob sie es wagen würden, offen zu intervenieren?

Wenn doch de Gaulle noch lebte.

Moussa erinnerte sich an den massigen, schwergewichtigen alten Mann, der sich in veralteten, literarischen Wendungen ausdrückte. De Gaulle konnte man trauen, auch wenn er die Interessen Frankreichs rücksichtslos an die erste Stelle setzte. Er hatte Moussa einmal gesagt: »Wir verstehen Sie. Sie werden Ihr Bestes für Gobir tun, wie wir unser Bestes für Frankreich getan haben. Es werden Zeiten kommen, in denen Sie eine Politik verfolgen, mit der wir nicht einverstanden sind, aber wir wissen, daß Sie uns letzten Endes nicht hintergehen werden. Und wir werden Ihnen immer Beistand leisten. Wenn Ihre Armee aufsässig wird, schicken wir die Fremdenlegion hinüber. Aber seien Sie beruhigt. Wir werden nur eingreifen, wenn Sie uns darum bitten. Vertrauen Sie uns, wie wir Ihnen vertrauen. Die französische Geschichte und Kultur sind stärkere Bande als die der Rasse oder engstirniger wirtschaftlicher Interessen. Es sind nur die Amerikaner, die denken, daß sich Loyalität kaufen läßt, und nur die Russen, die so dumm sind, anzunehmen, daß sie Sie überzeugen könnten, sie seien genauso schwarz wie Sie.« De Gaulle war tot, und Moussa hatte wenig Vertrauen zu dem snobistischen, geschniegelten Pseudodemokraten, der Frankreich jetzt regierte. Er war unentschlossen und nachtragend und strebte nach Macht um ihrer selbst willen, zu seinem eigenen Vergnügen, nicht weil er irgendwelche großen Pläne für Frankreich hatte.

Die Franzosen wollten das Uran. Sie brauchten es, um den Verkauf ihrer verdammten Kernreaktoren zu sichern, um sie wirtschaftlich attraktiver zu machen als die, die die Amerikaner verkauften. Nachdem die Energiekosten jetzt so angestiegen waren, weil die OPEC den Ölmarkt kontrollierte, war Frankreich entschlossener denn je, eine vorherrschende Position im Hinblick auf die Energiequelle zu erringen, die ihrer Ansicht nach im kommenden Jahrhundert bestimmend sein würde.

Erst vor kurzem, in den Wochen vor den Ereignissen der letzten Nacht, hatte Moussa genug über die politische und wirtschaftliche Bedeutung von Uran gelernt, um zu begreifen, welche wichtige Rolle Gobir möglicherweise spielen konnte. In den nördlichen Bergen, in der Nähe der libyschen Grenze, waren Uranlager, die Uranoxidkonzentrate von zwischen ein- und zweitausend Teilen pro Million enthielten. Es waren etwa 100000 Tonnen abbaufähigen Uranoxids in den höheren Konzentrationsbereichen, und an die 200000 Tonnen mehr in den niedrigeren. Die Kosten für die Gewinnung des Urans aus dem höher konzentrierten Erz beliefen sich auf rund 500 bis 1000 afrikanische Francs, und sein Wert auf dem Weltmarkt war etwa zehn- bis zwanzigmal so hoch. Mit anderen Worten, die 100000 Tonnen hochprozentiges Erz konnten einen potentiellen Gewinn von bis zu 2 Billionen Franc bringen – 8 Milliarden US-Dollar. Bei dem minderwertigeren Erz lagen die Kosten in etwa doppelt so hoch, aber dafür war es auch doppelt so viel, und letztendlich konnte es auch einen Gewinn von weiteren 15 Milliarden Dollar bringen. Natürlich würde das Geld nicht sofort zu fließen beginnen. Die Investitionskosten würden am Anfang sehr hoch sein; es mußten Straßen, Anlagen und ganze Städte in der Wüste gebaut werden. Dann würde es Jahre dauern, das Uran abzubauen. Und Gobir würde den Gewinn bestimmt nicht allein einstreichen können. Aber selbst wenn es nur die Hälfte bekam, würde das über eine Zeitspanne von dreißig Jahren immer noch an die 100 Milliarden Franc jährlich bedeuten – über 400 Millionen Dollar. Für ein armes Land wie Gobir, mit 3 Millionen verarmter Nomaden und Bauern und einem Bruttosozialprodukt von nicht mehr als 25000 Franc pro Kopf würde dieser Glücksfall das Volksvermögen mehr als verdoppeln. Und das waren noch vorsichtige Schätzungen.

Aber die Franzosen wollten ihnen nicht so viel lassen. Sie hatten Moussa gesagt, daß die Uranoxidlager gar nicht so großartig wären, daß die Gewinnungskosten hoch wären, daß Gobir nur 10 Prozent des Gewinns als Anteil bezahlt werden könnte und daß es lange dauern würde, bis überhaupt ein Gewinn da wäre. Also hatte Moussa einen amerikanischen Berater beauftragt, der für ihn auf der Basis der Pläne, die die Franzosen gemacht hatten, ein Gutachten erstellt hatte. Das war es gewesen, warum er am Tag zuvor so aufgeregt gewesen war. Das Gutachten versprach unermeßlichen Reichtum für Gobir, wenn man die Franzosen nur dazu zwingen konnte, einen gerechten Anteil zu bezahlen, oder wenn man einen anderen Interessenten für das Uran finden konnte. Moussa war überzeugt, daß es genug interessierte Gruppen gab. Er fing erst an, einen Einblick in die kleinen Geheimkriege zu bekommen, die zwischen den Franzosen, den Kanadiern, den Südafrikanern, den Westdeutschen, den Australiern und den großen amerikanischen Firmen um die Kontrolle über den Welturanmarkt und lukrative Verträge zum Bau von Kernreaktoren ausgetragen wurden. Bestimmt würde sich auch irgendwo eine Möglichkeit für Gobir bieten. Aber jetzt . . . war es zu spät. Er hatte keine Macht mehr.

Moussa trat gegen die Wand des Raums und schlug mit der Faust dagegen. So dicht, so dicht hatte er davor gestanden, Gobir ein und für alle Male wirtschaftlich unabhängig zu machen. Diese verdammten Franzosen! Sie mußten dahinterstecken. Es konnte kein Zufall sein, daß er ausgerechnet jetzt gestürzt worden war, als er anfing, zu verstehen, wie stark seine Karten womöglich waren.

Erschöpft schlief er ein. Viele Stunden später wachte er hungrig und sehr durstig wieder auf. Er ging hinüber zur

Tür und schlug dagegen. »Soll ich hier verhungern?« rief er. Aber niemand antwortete. Er setzte sich auf die Bank. Der Raum enthielt kein weiteres Mobiliar außer einem schmalen kleinen Stuhl, und um richtig wach zu werden, setzte er sich auf ihn. Er tat ihm im Rücken weh und half ihm, sich zu konzentrieren. Jede Stunde, die vorbeiging, war besser für ihn. Die Gemüter würden sich schließlich abkühlen, und vielleicht würden sie beschließen, ihn ins Exil gehen zu lassen. Nein, das war absurd. Sie diskutierten nur, ob sie ihn schnell erschießen oder einen Schauprozeß machen und ihn öffentlich hinrichten lassen sollten. Das würde sich Wochen in die Länge ziehen. Er mußte urinieren und ging zurück zur Tür, damit ihn jemand herausließ, aber wieder bekam er keine Antwort. Nach einer Weile versuchte er, das einzige Fenster in dem Büro zu öffnen. Es war versperrt. Draußen konnte er Soldaten im Hof patroullieren sehen. Ob ihn vielleicht loyale Einheiten retten würden? Nein, es gab keine loyalen Einheiten außer seiner Garde, und die hatte jetzt Katsinawa unter seiner Kontrolle. Moussa ging in eine Ecke des Raums und urinierte auf den Boden. Er hoffte, daß man ihn abholen würde, bevor sein Bedürfnis ernsthafter wurde.

Seine Kehle war ausgedörrt und seine Zunge vor Durst geschwollen. Er dachte an Selbstmord, konnte aber keine andere Möglichkeit sehen, ein solches Vorhaben zu realisieren, als seinen Kopf an der Wand einzurennen. Und das würde kaum zum gewünschten Ergebnis führen.

Die Tür ging auf. Ein Franzose Ende fünfzig, der die Uniform eines Oberst und eine rote Fallschirmjägermütze trug, kam herein, gefolgt von Major Katsinawa und ein paar Soldaten. Den Abschluß bildete ein Diener mit einer Flasche Wasser und einem Tablett mit Sandwiches, die aussahen, als kämen sie aus dem Caravelle-Hotel.

»Guten Tag, Herr Präsident«, begann der Franzose höflich. »Ich bin Oberst de la Roche. Sie kennen mich noch nicht. Ich bin der Leiter unseres afrikanischen Geheimdiensts. Ich bedaure, daß wir uns nicht früher unterhalten konnten, aber ich halte mich gewöhnlich im Hintergrund. General de Gaulle hat mir einmal gesagt, Sie seien ein tapferer und ehrenhafter Mann. Ich hoffe, er hatte recht, möge Gott seiner glorreichen Seele Frieden geben. Er hatte aber nicht in allem recht, wissen Sie. Er hat einen furchtbaren Fehler in Algerien gemacht. Hätte er auf mich gehört, dann hätten wir diese arabischen Dreckskerle ausgelöscht und würden das ganze Öl kontrollieren, das wir heute brauchen. Aber wie dem auch sei, ich schweife ab, nicht wahr? Major Katsinawa, oder sollte ich sagen, Präsident Katsinawa, hat mich um meine Hilfe gebeten, einige Dinge in Ordnung zu bringen. Wenn Sie uns entgegenkommen, können Sie sich nach ein oder zwei Jahren symbolischer Haft nach Frankreich zurückziehen. Sie werden gut behandelt werden. Der Major und ich bitten um Entschuldigung wegen des unglücklichen Todes Ihrer Gattin. Ein Unteroffizier hat sich von seinen Gefühlen überwältigen lassen und sie erschossen. Er ist natürlich dafür zur Rechenschaft gezogen worden. Das ist doch richtig, oder, Major, ich meine Präsident Katsinawa?«

»Ja, *mon Colonel.* Es war ein Unglücksfall.« Katsinawa grinste niederträchtig, und Moussa wußte, daß es gelogen war. Aber Katsinawa hatte offensichtlich Respekt vor de la Roche.

Moussa trank aus der Flasche und nahm sich ein Sandwich vom Tablett, das der Diener auf den Boden gesetzt hatte. Es waren also tatsächlich die Franzosen, die hinter dem Ganzen steckten. Katsinawa verhielt sich dem Franzosen gegenüber äußerst höflich, und Moussa wußte, daß er einen guten Grund dafür hatte. Normalerweise zeigte Katsinawa offen seine Antipathie gegen Weiße. Die Franzosen mußten während der Nacht Truppen eingeflogen haben für den Fall, daß der Putsch fehlgeschlagen wäre. Schweine. Dreckige, verlogene Schweine. Er hätte Ghadafis Rat annehmen und sofort eine ostdeutsche Sicherheitstruppe ins Land holen sollen. Die Ostdeutschen hatten auch Sékou Touré während der letzten zehn Jahre gegen alle französischen und portugiesischen Verschwörungen geschützt. Aber jetzt war es zu spät.

»Sind Sie fertig mit Essen? Gut. Dann lassen Sie uns zur

Sache kommen«, wandte sich de la Roche an Moussa. »Also, es geht um die Urangutachten, müssen Sie wissen. Die Papiere, die Sie gestern von dem amerikanischen Geologen bekommen haben, spezifizierten die Gebiete, in denen vielversprechende Lager vorkommen. Sie enthalten Kartenkoordinaten und wahrscheinlich Konzentrationen von Uranoxid. Der Amerikaner hat sogar vorgeschlagen, daß ein amerikanisches Team von der United International Minerals die Sache in die Hand nehmen könnte. Oh, sehen Sie mich nicht so überrascht an. Wir besitzen eine Kopie von seinem Gutachten. Jedenfalls, was soll diese Geheimnistuerei? Unsere Geologen haben uns das alles bereits erklärt. Wir brauchen keinen amerikanischen Geologen, der unsere Befunde nachprüft. Warum haben Sie ihn also hinter unserem Rücken damit beauftragt? Das Ganze hat nur zu zwei bedauerlichen Todesfällen geführt. Ihre teure Gattin, und dieser amerikanische Geologe. Das wußten Sie nicht? Aber natürlich, Sie waren ja viel zu sehr mit Ihrer amerikanischen Freundin, dieser Anthropologin, beschäftigt. Sagen Sie, sind denn französische Frauen nicht gut genug? Aber ich schweife schon wieder ab. Ja, der amerikanische Geologe ist tot. Er hatte letzte Nacht einen bedauerlichen Unfall.

Warum haben Sie uns nicht vertraut? Wir hätten Ihnen alles gesagt, was er Ihnen berichtet hat. Uran ist nicht wie Gold oder wie ein verborgener Schatz. Sehr bald wird alle Welt von der großen Entdeckung in Gobir wissen. Sehen Sie, wir wollen nur nicht, daß die Amerikaner davon erfahren, bevor wir mit dem Abbau beginnen. Sie sind so schrecklich mit ihren Rüstungskontrollprogrammen und ihren habgierigen Firmen, die hergehen und uns unsere Bodenschätze vor der Nase wegstehlen, indem sie lächerliche Anteile anbieten. Wir wollen unser kleines Geheimnis noch für kurze Zeit bewahren. Vor allem jetzt. Es würde nicht gut aussehen, meinen Sie nicht, wenn die Amerikaner herausfänden, daß Sie wegen einer kleinen Meinungsverschiedenheit zwischen Freunden, eh, wie soll ich es ausdrücken, abgelöst worden sind. Wir wollen nicht, daß das Gutachten an die Öffentlichkeit kommt.

Wir besitzen alle Kopien des Gutachtens, mit Ausnahme der, die Ihnen gestern persönlich überbracht worden ist. Wo ist sie? Wir wissen, daß Sie die Papiere nirgendwohin geschickt haben, da das einzige Flugzeug, das in den letzten vierundzwanzig Stunden von hier gestartet ist, keine Post an Bord genommen hat. Die Telexgeräte sind seit letzter Nacht unterbrochen, und unsere Leute haben alle Telefonleitungen überwacht. Verraten Sie uns, wo das Gutachten ist. Wir werden es letztlich doch finden, so oder so. Aber Sie können uns, und natürlich auch sich selbst, das Leben einfacher machen, wenn Sie uns die Zeit und Umstände ersparen.«

Das war es also. Moussa begriff alles. Er hätte besser auf die Papiere achtgeben sollen. Er hätte wissen müssen, daß die Franzosen das mit dem amerikanischen Geologen, Uhlenbrecht, herausfinden würden. Verdammt, verdammt, verdammt. Er hätte seine Garde austauschen sollen. Aber inzwischen würden sie die Papiere sicher auf dem Schreibtisch in seinem Schlafzimmer gefunden haben. Was nützte es ihm, wenn er die Sache hinauszögerte . . .?

»Es liegt auf dem Schreibtisch in meinem Schlafzimmer. Bedienen Sie sich. Was nützt es mir jetzt noch?«

»Aber bitte, *Monsieur le Président*, ich bin sicher, daß unsere Kollegen Ihre Räume durchsucht haben, oder?« Er wandte sich an Katsinawa und sah ihn mit hochgezogener Braue an.

»Ja, natürlich«, antwortete Katsinawa. »Das heißt, ich glaube es jedenfalls. Ich bin jetzt der Präsident, und da befasse ich mich nicht mit all den Details.«

»Aber, aber, Major . . . ich meine, Präsident Katsinawa, es sind gerade die Details, die von Bedeutung sind. Würden Sie sich freundlicherweise um die Angelegenheit kümmern?«

Katsinawa war wütend und warf Moussa einen bösen Blick zu. Steifbeinig verließ er das Büro, und die lauten Schritte seiner Stiefel hallten den Gang hinunter.

Ein Jeepmotor wurde angelassen, und das Fahrzeug fuhr rasch in Richtung des Palasts davon. De la Roche setzte sich auf die Bank. Ein Diener kam herein, um den Urin in der Ecke aufzuwischen, während Moussa in ein Badezimmer geführt wurde, wo er sich duschen konnte, und eine saubere Hose und ein gestärktes französisches Hemd bekam. Dann brachte man ihn zurück in das Büro, in das inzwischen drei bequeme Sessel gestellt worden waren. In einem von ihnen saß de la Roche und rauchte eine amerikanische Filterzigarette.

»Oberst, rauchen Sie denn keine französischen Zigaretten?« fragte Moussa.

Er versuchte, so zu tun, als handelte es sich um eine normale Plauderei.

»Ich hasse natürlich die Amerikaner, aber ich habe mich an ihre Zigaretten gewöhnt, als ich in den 50er Jahren als Nachrichtenattaché in Washington war. Die amerikanischen Offiziere, mit denen ich zu tun hatte, beschwerten sich immer, daß meine französischen Zigaretten wie muffige Zigarren schmeckten, und da wir damals so gute Beziehungen zu ihnen hatten, habe ich ihnen den Gefallen getan. Ich weiß nicht, warum. Während sie so nett zu uns waren und über die NATO redeten, versuchten sie, uns Vietnam wegzunehmen und verdrängten uns aus Algerien. Sie waren es, das wissen Sie. Sehen Sie sich Suez an. Sie wollten unser Imperium, und sie haben es bekommen. Wie schade, daß die Russen schlauer waren als sie. Aber eigentlich sind die Amerikaner nie schlau gewesen. Sie haben nur Geld. Heute steht nur noch Europa zwischen den Russen und der kommunistischen Vorherrschaft über die Welt. Die Amerikaner sind erledigt. Ihr Geld ist nichts mehr wert. Sie haben in Vietnam einen draufgekriegt, in Kuba, in Angola und im Iran. Sie haben nicht die Spur von Mumm. Alles, was sie können, ist, uns Ärger zu machen. Und ich weiß ehrlich gesagt nicht, ob die Welt schlechter wäre, wenn die Russen die Macht in den Händen hätten. Sie können wenigstens damit umgehen. Sie sehen mich so überrascht an. Natürlich redet unsere Regierung nicht so. Aber wir kennen doch alle die Wahrheit, oder? Und eines Tages, peng! Dann werden wir den Amerikanern sagen, daß sie aus Europa verschwinden sollen, und sie können zurück in ihre stinkenden Städte gehen. Peng! Einfach so!«

Unter anderen Umständen hätte Moussa diesen Diskurs sehr interessant gefunden. De la Roche mußte einer von diesen paranoiden harten Überlebenden der Fallschirmjägertruppen aus dem Indochinakrieg und dem algerischen Krieg sein, und es war unklar, wen er mehr haßte; den Kommunismus oder die Amerikaner. Bestimmt war er ganz groß darin gewesen, früher in Algerien Araber zu foltern.

Moussa mußte daran denken, wie unangenehm es sein würde, wenn man die Papiere nicht fand. Das war der Grund, warum de la Roche hier war. Er war ein Verrückter, der hergeschickt worden war, um ihn zu foltern. Moussa versuchte, sich zu beruhigen. Es gab keinen Grund zur Besorgnis. De la Roche würde ihn nicht zum Spaß foltern. Man würde die Papiere finden, und dann war Katsinawa derjenige, der gefährlich war, nicht dieser Abfall aus einer toten französischen Vergangenheit.

Schritte waren auf der Treppe zu hören, dann kam Katsinawa herein. »Keine Papiere«, erklärte er.

Moussa sprang auf. »Ich schwöre, ich habe sie da liegenlassen. Sie müssen mir glauben. Einer Ihrer Leute muß sie haben.«

De la Roche lächelte und schlug Moussa ins Gesicht, dann mit der Faust in den Magen. »Halten Sie den Mund, Mr. President, oder besser: Mr. Ex-President.«

Moussa spürte einen entsetzlichen Schmerz in seinem Magen und klappte zusammen. Er blieb ein paar Minuten auf dem Boden liegen und schnappte keuchend nach Luft. De la Roche ging zu ihm und trat ihn hart zwischen die Beine. »Seien Sie vorsichtig, Mr. President. Wenn Sie uns zu viele Lügen erzählen, wird Ihr Schätzchen nicht mehr viel von Ihnen haben.«

Die Schmerzen waren unerträglich, und Moussa verlor das Bewußtsein.

Als er erwachte, war es noch immer hell, aber die Sonne ging langsam unter. Es war viel Zeit vergangen. Er versuchte, logisch zu überlegen. Ob sie ihn mit diesen Elektrodrahtapparaten foltern würden, von denen er gelesen hatte? Nein, diese Methode war zu subtil. So etwas machte man mit Leuten, die man später wieder freilassen wollte und bei denen keine Spur zurückbleiben sollte. Ihn würden sie nicht wieder laufenlassen, deshalb konnte ihnen egal sein, ob sie ihn grün und blau schlugen oder ihm die Knochen brachen. Es war so einfach, jemanden so zu foltern. Dazu war gar nicht viel nötig. Einfach ein paar Tritte und Schläge, und der Betreffende spürte die Schmerzen noch Stunden später. Seine Hoden taten ihm weh, und er konnte spüren, daß sie geschwollen waren. Er hätte ihnen gern gesagt, wo die Papiere waren, aber er wußte es nicht. Langsam setzte er sich auf. Katsinawa und de la Roche waren nicht mehr da, aber in den Sesseln und auf der Bank saßen Wachen und starrten ihn an. Als sie sahen, wie er sich mühsam aufrichtete, versuchten sie, sich gleichgültig zu geben, tasteten aber nach den Abzügen ihrer Waffen.

Einer der Männer verließ den Raum, und Katsinawa und de la Roche kamen wieder herein.

»Jetzt verraten Sie uns, wo das Gutachten ist, Moussa«, wollte Katsinawa wissen.

»Ich schwöre, ich weiß es nicht.«

»Wir haben die Wachen befragt, die in ihrem Zimmer waren. Keiner von ihnen kann lesen. Keiner könnte irgendwelche Papiere an sich genommen haben. Keiner hat irgend etwas auf Ihrem Schreibtisch liegen sehen. Wir haben auch das Apartment Ihrer kleinen Freundin durchsuchen lassen. Nichts. Sie haben sie irgendwo verstecken lassen. Wo?« Katsinawa war wütend.

Lächelnd kam de la Roche zu Moussa herüber und trat ihn wieder zwischen die Beine. Moussa stürzte schwer zu Boden.

Als er erwachte, war es Nacht. Der Raum war leer. Die Schmerzen in seinen Leisten und seinem Unterleib waren furchtbar, und er überlegte, ob er sterben würde. Ein brennendes Gefühl lief hinauf in seinen Rücken, und seine Hose war schmutzig und feucht. Er versuchte, nachzudenken. Wo konnten die Papiere sein? Er wollte es ihnen sagen.

Himmel! Laurie mußte sie an sich genommen haben. Nein. Der Gedanke an einen solchen Verrat war zu viel. Moussa verlor wieder das Bewußtsein, die Hände über seine schmerzerfüllten Hoden gelegt.

Als er die Augen wieder öffnete, brach der Morgen gerade an. Er richtete sich nicht auf, sondern versuchte, sachlich zu überlegen, aber er hatte solche Schmerzen, daß ihm das Denken schwerfiel. Laurie konnte ihn nicht hintergangen haben. Sie hatte genauso Angst gehabt wie er, als die Soldaten hereingekommen waren. Nachdem er hinausgeführt worden war, mußte sie eine Chance gesehen haben, die Papiere zu nehmen, und sie hatte sie ergriffen. Vielleicht glaubte sie, ihm auf diese Weise helfen zu können. Offensichtlich hatte man sie nicht durchsucht, bevor sie in das Flugzeug gestiegen war. Moussa wurde sich bewußt, daß er ihnen nichts von seiner Vermutung sagen durfte, sonst würde man sie in Paris abfangen. Wenn sie es schaffte, mit den Papieren in die Staaten zu kommen, gab es vielleicht noch Hoffnung. Sie konnte mit der Geschichte zu den Zeitungen gehen. Vielleicht kam es zu einem internationalen Skandal und zu einer Untersuchung. Vielleicht erschossen sie ihn doch nicht. Moussa hatte sich nicht mehr um Religion gekümmert, seit er mit sieben von zu Hause weggegangen war, um eine französische Schule zu besuchen, aber jetzt betete er zu einem namenlosen Gott, Allah, Christus, oder wer immer Er war. »Laß mich bitte noch etwas durchhalten. Laß sie Zeit haben, Frankreich zu verlassen.«

Die Tür ging auf. »Sind Sie wach, Mr. President?« erkundigte sich de la Roche. Er war allein, und sein Ton war höflich. »Um die Wahrheit zu sagen, ich bin nicht der Leiter unseres afrikanischen Geheimdienstes. Man hält mich zu brutal dafür. Und, nun, ich habe nicht gerade eine saubere Weste gehabt in Algerien. Einmal hätte man mich fast verurteilt. Ich glaube, sie haben mich nur behalten, weil ich ein so guter Techniker bin. Kennen Sie meine Spezialität? Sie haben es sicher schon erraten. Ich hole Informationen aus Leuten heraus. Sie wissen es, und ich weiß es, daß ich Sie so lange bearbeiten werde, bis Sie reden. Eine Stunde, zwei

Stunden, es spielt keine große Rolle. Es ist nur mein Job. Sogar Ihr Kumpan«, Moussa hörte mit Entsetzen, daß er das Wort *copain* benutzte, »Major Katsinawa wollte nicht dabei bleiben. Und dabei ist er bestimmt nicht gerade zimperlich. Immerhin hat er Ihre Frau erschossen, wissen Sie.«

»Sie haben recht«, antwortete Moussa. Er stöhnte vor Schmerzen. »Die Papiere liegen unter dem Fußboden in meinem oberen Büro im Palast.«

»Lügner. Wir haben den Boden letzte Nacht aufgerissen. Wir haben überall gesucht.«

De la Roche nahm seine Zigarette aus dem Mund und kniete sich neben Moussa, knöpfte ihm das Hemd auf, fuhr mit den Fingern leicht über dessen schweißnasse Brust und drückte dann das Zigarettenende langsam in Moussas Bauchnabel.

Moussa schrie und trat mit den Füßen um sich. Die Zigarette ging aus, und de la Roche steckte eine neue an. »Es reicht jetzt. Ich habe keine Zeit. Wir haben Ihnen bisher geglaubt, aber das Ganze ergibt keinen Sinn. Sie haben uns Märchen erzählt. Irgend etwas ist mit diesem Gutachten passiert. Ich verrate Ihnen jetzt, was ich mit Ihnen machen werde. Zuerst brenne ich Ihnen ein Auge aus. Dann trete ich Ihnen die Eier zu Brei, und dann brenne ich Ihnen das andere Auge aus. Jetzt ist Schluß mit dieser Samthandschuhbehandlung. Keine ausgerissenen Fingernägel, oder gebrochene Arme, oder Schnitte auf dem Rücken. Jetzt geht's auf die harte Tour. Und wenn das nicht reicht, reiße ich Ihnen jeden Arm und jedes Bein einzeln aus.«

»Mein Gott, sieht so die französische Zivilisation aus? Habe ich das in euren Schulen gelernt?« schrie Moussa. Dann sah er de la Roches gemeines Grinsen, er sah, wie der andere einen tiefen Zug an seiner Zigarette nahm, und er wußte, daß er es nicht ertragen konnte, wenn de la Roche ihm die Augen ausbrannte. »Dieses Mädchen, Laurie, hat sie. Sie muß sie haben. Es gibt keine andere Möglichkeit. Ich habe die Papiere wirklich auf meinem Schreibtisch liegenlassen. Irgend jemand muß sie da weggenommen haben, und wenn es nicht Katsinawa war oder einer seiner Leute, dann muß Laurie einen Weg gefunden haben, an sie heranzukommen. Ich schwöre es. Das muß es sein. Ich habe sie nicht vom Schreibtisch genommen. Wie hätte ich? Haben Sie sie denn nicht durchsucht?«

De la Roche sah überrascht aus. Langsam drückte er die Zigarette auf dem Boden aus und schnippte mit den Fingern. »Ja, ja, das muß es sein. Was bin ich doch für ein Idiot.«

Er riß die Tür auf und rief nach Major Katsinawa, der auf dem Flur gestanden und gelauscht haben mußte, denn er kam sofort herein.

»*Mon Colonel?*«

»Hören Sie, Katsinawa, ich glaube, uns ist da ein Schnitzer passiert. Koulibaly sagt, daß das Mädchen die Papiere haben muß. Ist sie durchsucht worden?«

»Aber *mon Colonel,* sie war nackt, als ich in das Schlafzimmer kam.«

»Natürlich, aber später?«

»Ich bin dann hinausgegangen, aber es ist natürlich eine Wache bei ihr geblieben.«

»Wahrscheinlich einer Ihrer Analphabeten.«

»Ja, aber ein guter Mann.«

»Sie muß ihn irgendwie reingelegt und die Papiere an sich genommen haben. Er hat ja mit so etwas nicht gerechnet. Was bin ich bloß für ein Schwachkopf. Wir müssen sie in Paris abfangen lassen. Ich hoffe, daß es noch nicht zu spät ist. Wir müssen sofort telefonieren.«

De la Roche sah auf seine Uhr und stürzte dann mit Katsinawa aus dem Büro. Moussa wurde wieder ohnmächtig, diesmal vor Erleichterung.

Später wachte er auf, als sie ihm die Hände fesselten. Draußen war es heller Tag, und es wurde langsam wieder heiß. Sie führten ihn ab, die Treppe hinunter zu einem Lastwagen, der im Hof wartete. Noch immer unter großen Schmerzen und mit gefesselten Händen wurde er zum Flughafen gebracht und in eine DC-4 der Armee verfrachtet, die nach Bilma flog. Moussa kannte ihr Ziel gut, denn dorthin hatte er seine politischen Gefangenen geschickt, wo sie in den Salzgruben arbeiten mußten. Das Gefängnis war ausbruchsicher, denn es lag mitten in der Sahara, fünfhundert Meilen von der nächsten Oase entfernt. Jetzt würde er am eigenen Leib erfahren, was es hieß, unter sengender Sonne nach Salz zu graben. Trotzdem war er während der ganzen Fahrt ruhig. Zumindest würden sie ihn nicht sofort erschießen.

Seine Hoden waren noch immer geschwollen, aber als die Maschine auf der Sandpiste aufsetzte, hatten die Schmerzen nachgelassen. Er lebte, und zum erstenmal seit seiner Festnahme begann er, über eine Zukunft nachzudenken, in der er vielleicht noch lebte. Er hoffte, daß Laurie in Sicherheit war, und er hoffte, daß seine Feigheit ihr nicht zum Verhängnis wurde. Sie war jetzt seine größte und wahrscheinlich einzige Hoffnung.

5

Jean-Claude de la Roche schäumte. Man hatte ihm aufgetragen, Moussa Koulibaly vorsichtig anzufassen, und es war ein Fehler gewesen, daß er nicht sofort mit Foltern angefangen hatte. Jetzt waren diese Papiere möglicherweise verloren. Er wußte nicht genau, warum sie sie so dringend haben wollten, abgesehen davon, um Zeitungsstories über den *Putsch* in Gobir zu vermeiden, aber seine Instruktionen waren explizit gewesen – stürzen Sie Koulibaly, halten Sie ihn fest und sorgen Sie dafür, daß die geologischen Gutachten nicht an die Presse oder außer Landes kommen. Er hatte ihnen erklärt, daß er nur mit den äußersten Mitteln positive Ergebnisse bekam. Diese Idioten im Außenministerium versauten immer alles mit ihrer sanften Tour. *Merde* mit ihnen und mit dem ganzen dreckigen Haufen korrupter, degenerierter Bürokraten. Aber er hatte immer noch seinen Auftrag zu erledigen, und er mußte Paris anrufen. Vielleicht konnten sie das Mädchen noch abfangen, obwohl er es bezweifelte. Sie hatte Gobir vor mehr als vierundzwanzig Stunden verlassen, und sie mußte schon dumm sein, wenn sie die nächsten Tage als Touristin in Sainte Chapelle und Notre Dame verbrachte.

De la Roche lief zu seinem Kommandoposten im Erdgeschoß des Ministeriums, wo er eine Direktleitung nach Paris hatte. Er setzte sich an den Tisch mit dem Telefon, zündete sich eine Zigarette an und nahm den Hörer ab. Es meldete sich ein gelangweilter Angestellter vom Nachtdienst.

»*Allo, allo,* de la Roche hier. Geben Sie mir Thévenard.«

»Sir?«

»Thévenard, haben Sie nicht gehört? Bewegung, Idiot.«

»Es tut mir leid, Sir, aber General Thévenard ist noch nicht im Ministerium.«

»Sie haben doch sicher seine Privatnummer? Oder weiß die französische Regierung nicht mehr, wie sie den Leiter des *Deuxième Bureau* vor seinen Dienststunden erreichen kann?«

»Ich kann Ihnen seinen Adjutanten geben.«

»Haben Sie nicht Order, mich sofort mit ihm zu verbinden, Sie Schwachkopf?«

Es kam keine Antwort. De la Roche wußte, daß er seine Wut unter Kontrolle halten mußte, aber er konnte es nicht. Er rauchte zwei weitere Zigaretten, dann klickte es ein paarmal in der Leitung, und eine Stimme fragte: »*Mon Colonel?* Hier ist Yves Lévi-Tougon, der Adjutant von General Thévenard. Was zum Teufel gibt es, und warum beleidigen Sie meine Angestellten? Gibt es irgend etwas Neues? Man hat uns informiert, daß der Putsch geklappt hat und alles in Ordnung sei. General Macia hat Kontakt mit der Regierung und dem Verteidigungsministerium aufgenommen, und sein Fallschirmbataillon kontrolliert Maradi.«

»Wußten Sie, daß eine Kopie dieses verdammten geologischen Gutachtens fehlte?«

»Natürlich. Aber sie befindet sich irgendwo in Gobir oder ist vernichtet worden. Wir wissen, daß das Gutachten nicht aus Maradi herausgekommen ist. Die Welt wird nicht untergehen, wenn Sie es nicht finden. Wir haben eigene Kopien.«

»Ich, eh, also, ich habe etwas aus Koulibaly herausgeholt.«

»Was? Ich hoffe, Sie haben ihn nicht verletzt. Wir möchten ihn vorläufig wohlauf. Sie haben strengste Order, keine Ihrer algerischen Behandlungsmethoden anzuwenden. Wenn doch, werde ich Sie endgültig rausschmeißen lassen.«

Lévi-Rougon war fünfzehn Jahre jünger als de la Roche und ihm technisch unterlegen. Aber er hatte eine glänzende Karriere vor sich, und er hatte Einfluß auf den Chef des Geheimdienstes und des Generalstabs. De la Roche wußte das, und er schluckte hart, um nicht zu fluchen. Er zündete sich eine neue Zigarette an, ohne sich die Mühe zu machen, die andere auszudrücken, die noch in dem vollen Aschenbecher qualmte.

»Sie haben mir doch den Auftrag gegeben, alle Kopien sicherzustellen. Also mußte ich, eh, Erkundigungen einziehen, oder?«

»Schön. Was haben Sie herausgefunden? Aber ich hoffe für Sie, daß Koulibaly nicht verletzt ist. Es war schon übel genug, daß seine Frau erschossen wurde, aber wir konnten nicht viel tun, sie zu retten, nicht?«

»Koulibaly hatte eine Freundin. Eine Amerikanerin.«

»Ja. Sie wurde ausgeflogen. Sie kam gestern in Paris an. Was hat sie damit zu tun? Wir haben Nachforschungen über sie angestellt, und sie war genau die, für die sie sich ausgegeben hat . . . war sie nicht Anthropologin oder so etwas? Wie auch immer, Sie haben doch ihr Apartment und ihre Sachen durchsucht, oder?«

»Natürlich. Aber sie hat die eine Kopie des Gutachtens mitgenommen. Wir haben es vor ein paar Minuten aus Koulibaly herausgeholt.«

»Wollen Sie damit sagen, daß sie nicht durchsucht wurde, bevor sie an Bord der Maschine ging?«

»Ja. Scheiße. Ich bin hier in Afrika, in Gobir, verstehen Sie, nicht an einem Schreibtisch mit dreihundert zuverlässigen Agenten, die jederzeit einsatzbereit sind. Katsinawa hat sich um die Sache gekümmert, und er hat sie nicht durchsucht.«

Am anderen Ende war es einen Augenblick still, dann meldete sich Lévi-Rougon wieder. »Ich werde Thévenard sofort informieren. Vielleicht können wir ihr die Papiere noch abnehmen. Wenn sie Paris noch nicht verlassen hat.«

Es klickte, und ein Angestellter meldete sich. »Colonel de la Roche?«

»Ja«, fauchte er.

»Ich glaube, das Gespräch ist zu Ende. Ich bleibe dran, für den Fall, daß Sie mich brauchen.«

»Danke.« De la Roche knallte den Hörer auf die Gabel und verließ den Raum, um dafür zu sorgen, daß Koulibaly weggebracht wurde. Katsinawa war dort und fragte zögernd: »Nun?«

»Es liegt jetzt nicht mehr in unseren Händen. Ich hoffe, daß die Jungs vom Geheimdienst die Sache nicht vermasseln.«

6

Das erste, woran Laurie dachte, als sie aufwachte, war Zahnpasta. Einen Augenblick lang dachte sie, sie wäre in ihrem Apartment in Maradi, und als sie aufstand, fand sie sich in der unvertrauten Umgebung zuerst nicht zurecht. Aber dann kamen ihr sehr schnell der vergangene Tag und die vergangene Nacht wieder in Erinnerung zurück, und ihr Körper sackte zusammen unter dem Gewicht der Dinge, die sie gesehen und erlebt hatte. Sie setzte sich langsam hin, weil sie ihren Beinen nicht traute. Ein paar Minuten verstrichen. »Vernünftig! Ich muß vernünftig und ruhig sein«, sagte sie. »O Gott, ich rede schon laut mit mir selbst. Kein gutes Zeichen, Spencer. Weiß Gott nicht.«

Laurie stand auf und ging ins Bad. »Verdammt, keine Zahnpasta und auch keine Zahnbürste.« Sie haßte den Geschmack in ihrem Mund. Laurie spülte mit klarem Wasser, als ihr einfiel, daß sie noch ein paar Bonbons in ihrer Handtasche hatte. Die Leute hatten über ihre riesige Tasche gelacht, in der sich hundert Dinge befanden, aber jetzt dachte sie, daß es nicht schlecht war, so ein Monstrum mit sich herumzuschleppen. Während sie nach der kleinen Tüte kramte, stieß sie auf die Papiere. Sie hatte noch keinen Blick auf sie geworfen.

Vorsichtig zog sie sie heraus. Es waren fünf Seiten mit Buchstaben, Zahlen und Beschreibungen von »Formationen« und Arten von »Schichten«. Eine Reihe der Zahlen sahen wie Kartenkoordinaten aus mit ihren Grad- und Minutenangaben, und dazu gab es kurze Beschreibungen auf Englisch, die sie an ein Schulgeologiebuch erinnerten, das sie gelesen hatte, um mehr über das Land Gobir zu erfahren. Außerdem standen einige Preise dabei. Das war es also. Sie war nicht überrascht, denn Moussas geheimnisvolle Bemerkungen hatten sie schon vermuten lassen, daß es sich bei den Papieren um eine Beschreibung irgendwelcher Bodenschätze handelte. Was für Bodenschätze, das konnte sie allerdings nicht sagen. Die Kartenangaben waren ohne die entsprechenden Karten bedeutungslos, und ohne einen Geologen wurde sie aus den Beschreibungen nicht schlau. Sie würde warten müssen, bis sie wieder in den Staaten war und dann einen Experten um Rat fragen. Am Ende des letzten Blattes stand ein kurzer Abschnitt, den sie verstand:

Die Berichte sind vielversprechend, allerdings müssen zur Bestätigung des wirtschaftlichen Potentials der Lager noch Proben genommen werden. Ich schlage vor, daß Sie für weitere Hilfe Kontakt mit der United International Minerals in New York aufnehmen.

Der Bericht war unterschrieben mit: »Andrew N. Uhlenbrecht, geologischer Berater.«

Ihr Kopf war jetzt ganz klar, und sie fing an, ihre Situation abzuschätzen. Während sie die Papiere wieder in ihrer Handtasche verstaute, lutschte sie ein Bonbon. Mit etwas Glück würde sie schon bald wieder in einem Flugzeug sitzen, und in Seattle konnte sie dann eine Kopie von dem Gutachten machen, die sie dann an einem sicheren Ort aufbewahren mußte. Sie würde vorsichtig sein müssen, aber wenn sie ohne Ärger aus Frankreich herauskam, konnte sie es schaffen. Sie wünschte, Skip käme zurück. Wenn er hier im Zimmer war, würde es kaum jemand wagen, ihr etwas zu tun. Bestimmt hätte die französische Polizei Angst vor einem weltweiten Skandal, wenn sie den französischen Vertreter der Ford-Stiftung umlegten.

Laurie fühlte sich schmutzig und emotionell erschöpft. Sie hatte nicht lange geschlafen, weil es draußen noch hell war. Sie brauchte eine Dusche. Ein bißchen angeekelt stieg Laurie aus ihren steifen, fleckigen Sachen. Sie stieg in die Dusche, drehte das Wasser so heiß auf, wie sie es aushalten konnte.

Als Laurie lang ausgestreckt in der Wanne lag und das Wasser aus der Brause über ihren Bauch sprühte, klopfte es laut an ihrer Tür. Einen Moment lang überkam sie Angst; sie fürchtete, daß wie in der Nacht zuvor gleich bewaffnete Soldaten hereinstürmen und sie nackt finden würden. Doch dann begriff sie, daß es Skip mit etwas zu essen und neuen Sachen sein mußte. Sie drehte das Wasser ab, schnappte sich ein Handtuch, wickelte sich hinein und ging zur Tür.

»Sind Sie das, Skip?« fragte sie.

»Mit dem besten Steak, das Sie je gegessen haben.« Laurie öffnete die Tür einen Spalt, und er sah sie durch den Schlitz an, wie sie in ihrem Handtuch da stand und grinste. »Ich sage den Jungs wohl besser, daß ich das Tablett selbst reinbringe. Diese Franzosen sind – na ja, Sie wissen schon.« Er lachte und schickte den Kellner vom Zimmerservice in korrektem, aber entsetzlich ausgesprochenem Französisch weg.

Laurie ließ ihn ein. Sie sah, wie sein Blick auf ihre kaum verhüllten Brüste fiel und dann hinunter zu ihren Beinen wanderte. Ach was, zum Teufel, das war ihr geringstes Problem.

»Na, Sie sehen doch schon besser aus. Viel besser sogar. Ein paar Bissen französische Küche, und Sie werden sich großartig fühlen.« Skip klang leicht nervös.

Seine offensichtliche Begeisterung für sie war ein bißchen zuviel. Er erinnerte sie in jeder Hinsicht an die Jungen, mit denen sie zusammen auf der Uni gewesen war, bis hin zu der ungebügelten Hose und den braunen Mokassins. Nur daß er eine gestreifte Krawatte trug, die schon zehn Jahre aus der Mode war. Auf der anderen Seite sah er auf eine anständige, nichtssagende Art gut aus. Sein faszinierter Blick weckte eine Spur sexuellen Interesses in ihr.

»Eh, soll ich das Essen hereinbringen?« fragte er.

»Natürlich. Ich bin halb verhungert.«

»Sehen Sie mal, was wir da alles haben. Zwei große Steaks – Ich hab' mal angenommen, daß ich Ihnen Gesellschaft leisten darf. Ich hoffte, Sie würden mich einladen. Außerdem eine gute Flasche Wein, Käse, Brot und Obst.« Er trat zurück in den Gang und schob einen Servierwagen herein. Außerdem brachte er einen kleinen Koffer mit. »Das hat Cindy Kenyon im Büro gestiftet. Ich hoffe, die Sachen passen. Sie hat ungefähr Ihre Größe. Na ja, vielleicht nicht ganz.« Er lachte leise und starrte sie an, als er die Tür schloß und den Schlüssel herumdrehte.

Laurie erwiderte seinen Blick, und ein spöttischer Gedanke ging ihr durch den Kopf. Sie konnte nicht gerade sagen, daß sie diesen Burschen mochte, aber sie wollte, daß er blieb. Er bedeutete Schutz, und er konnte ihr Trost geben. Und den brauchte sie dringend. Er war nicht perfekt, aber wer war das schon? Er war gut genug für diese Gelegenheit.

Skip lächelte sie dümmlich an, und sie lächelte zurück. Er begann, herumzustottern, weil er nach den richtigen Worten suchte. »Äh, also, ich sollte Sie jetzt wahrscheinlich allein lassen, damit Sie sich etwas anziehen können. Aber, äh, also, wenn . . . äh . . . man doch an etwas anderes denkt, also . . .«

»An was denn?« wollte sie wissen, überrascht über ihren eigenen Mangel an Scharfsinn.

»Verflixt, es tut mir leid. Ich wollte nicht . . . also, Sie sehen so toll aus, wie Sie so da stehen, und es sieht so aus, als ob nur ein Handtuch zwischen uns beiden wäre.«

»Das ist nicht viel, was?« meinte sie weich. »Lohnt sich kaum, es umzubehalten.« Entschlossen, die Sache hinter sich zu bringen, wickelte sie sich langsam aus ihrem Handtuch.

Sein Gesicht wurde ernst. »Wow. Du hast einen Superkörper. Ich hoffe, du kannst mit dem Essen noch ein paar Minuten warten.« Er kam auf sie zu.

Als sie das Handtuch fallenließ, änderte sich ihre Stimmung wieder. Es erinnerte sie daran, wie sie ihren Rock für Moussa fallengelassen hatte, und an die schrecklichen Ereignisse in der letzten Nacht in seinem Schlafzimmer. Als Skip vor ihr stand, fühlte sie sich weit weg.

Sie setzte sich auf das Bett, schlug die Beine übereinander und sah ihn an.

Er atmete schwer, und sie bemerkte, daß er eine Erektion hatte. Als er ihren Blick sah, wurde er rot. Er schien unsicher, und er schob den Wagen ans Bett heran, setzte sich neben sie und reichte ihr Messer und Gabel. »Du willst das Steak doch nicht kalt werden lassen, oder?«

Sie überlegte, ob sie extra langsam essen sollte, um ihn zu reizen, aber er war erregt und wand sich unbehaglich. Laurie dachte, daß er genau der Typ war, der in seiner Hose kommen würde, wenn sie das Ganze zu lange hinauszögerte. Dann würde er sauer auf sie sein, sich schämen und gehen. Laurie aß rasch ein paar Bissen, dann schob sie den Wagen von sich, beugte sich zu ihm hinüber und küßte ihn flüchtig auf die Wange. Er nahm sie in die Arme; die menschliche Wärme tat ihr gut. Er küßte sie. Seine Lippen waren warm, und seine Hände faßten ihre Schultern. Sie fühlte, wie sie auf die Umarmung und Liebkosung reagierte.

»Du bist schön, Laurie.« Er küßte sie und versuchte gleichzeitig aufzustehen. Laurie erhob sich mit ihm. Er zog rasch seine Krawatte aus und begann, sein Hemd aufzuknöpfen. Sie half ihm, es auszuziehen.

Moussas Bild tauchte vor ihren Augen auf, und sie wurde sich bewußt, daß sie das Ganze aus der Sicht eines Zuschauers sah. Sie versuchte, wieder in die alte Rolle zu schlüpfen, aber es wollte ihr nicht gelingen, sich von ihrem Aussichtspunkt zu lösen. Trotzdem tat die Berührung gut. Seine Haut fühlte sich weich und beruhigend an.

Später waren sie eine Weile still, weil sie beide äußerst verlegen waren. Schließlich setzte sich Skip auf und blickte vor sich auf den Fußboden. »Ich, eh, ich hatte nicht das Recht,

Laurie, die Situation auszunutzen. Ich weiß, daß du eine ganze Menge durchgemacht hast, und ich wollte es eigentlich nicht so weit kommen lassen. Ich habe ein schrecklich schlechtes Gewissen. Aber, Mann, du hast so umwerfend ausgesehen, wie du so in dem Handtuch da gestanden hast . . . ich hoffe, du denkst jetzt nicht, ich hätte mich gemein benommen.«

Sie lächelte. Typisch Mann, zu denken, daß er die Situation unter Kontrolle gehabt hätte. Nun ja, sollte er es denken. Es war immer noch besser, als wenn er dachte, daß sie ihm Dank schuldete.

»Keine Sorge, Skip. Es mußte passieren. Wir waren beide dazu bereit, und ich brauchte dich. Ich brauche dich noch immer. Ich will nicht allein sein.« Das stimmte.

Nachdem sie sich beide angezogen und gegessen hatten, dachte Laurie über ihre Situation nach und kam zu dem Schluß, daß es ein unnötiges Risiko war, die Nacht über in Paris zu bleiben. Sie war zu müde gewesen, um klar denken zu können. Skip war zwar besser als gar kein Schutz, aber was würde passieren, wenn die französische Regierung herausfand, daß sie diese Papiere hatte? Skip hatte irgend etwas davon erwähnt, daß er einen Flug für den nächsten Tag gebucht hatte, aber sie hatte ihn noch nicht einmal nach der Zeit gefragt.

»Wann fliege ich, Skip?«

Er lächelte sie an, jetzt zufrieden mit seiner Eroberung. »Du fliegst morgen um eins nach London, und um halb fünf mit Pan Am weiter nach Seattle.«

»Ich möchte früher fliegen.«

Skip sah sie überrascht an. »Warum? Du brauchst die Ruhe.«

Laurie musterte ihn eingehend und fragte sich, ob sie ihn nicht unterschätzte. Steckte er vielleicht mit den Franzosen unter einer Decke? Ging irgend etwas vor, während sie auf Informationen aus Gobir warteten? Skips lüsternes, dummes Grinsen beruhigte sie. Er wollte nur noch mal mit ihr ins Bett.

»Mein Kopf ist wieder ganz klar. Ich habe ein bißchen geschlafen, gegessen, und du bist lieb zu mir gewesen. Und jetzt will ich so schnell wie möglich aus Frankreich heraus. Gehen heute abend noch Flüge?«

»Heute abend? Es ist sechs Uhr. Es hat doch keinen Sinn, so früh in London anzukommen, und der Flug London-Seattle ist der einzige Direktflug, es sei denn, du fliegst über Dänemark.«

»Es müssen doch ständig Maschinen nach New York gehen.«

»Sicher, aber der September ist die Touristensaison, und es war schon schwer genug, diesen Platz für dich in der Maschine von London nach Seattle zu bekommen.«

Laurie blieb unbeirrt. »Ruf alle Fluglinien in der Stadt an und besorg mir den frühesten Flug zurück in die Staaten. Wenn du es nicht tust, dann tu ich es selbst. Ich brauche nur das Ticket.«

Skip weigerte sich zehn Minuten lang, aber als er dann einsah, daß sie von ihrem Entschluß nicht abzubringen war, gab er nach. Er bekam einen Platz für sie in einer TWA-Maschine, die um sechs am nächsten Morgen nach New York abflog. Sie würden um halb vier aufstehen und nach Roissy hinausfahren müssen.

Laurie wollte nicht mehr mit ihm schlafen. Sie sahen eine Stunde fern; es lief eine langweilige Sendung mit behaarten Schauspielern, die durch einen Wald liefen und sagten, sie seien Gallier und von ihnen stamme das französische Volk ab. Als sie zu Ende war, war Laurie schon auf dem Bett eingeschlafen. Skip deckte sie zu, legte sich neben sie und döste, bis sie der Weckdienst um drei Uhr weckte.

Ihre Sachen, die Skip zur Reinigung weggegeben hatte, lagen sauber vor der Tür. Laurie zog sich an und nahm mit Skip ein kleines Frühstück aus Brot und Kaffee. Die Straßen waren leer, als sie Paris in Richtung Flughafen verließen, aber Laurie sah sich nervös um, als sie unterwegs von einem anderen Wagen überholt wurden. Er fuhr ohne Zwischenfall an ihnen vorbei. Skip versuchte, fröhlich zu sein, doch sie hörte kaum zu, was er sagte.

Der Internationale Flughafen Charles de Gaulle-Roissy

war in Nebel gehüllt, als sie ihn erreichten, aber die frühen Flüge würden trotzdem starten, da sich das Wetter bessern sollte. Laurie gab Skip einen flüchtigen Abschiedskuß, ging durch die Paßkontrolle und saß schließlich auf ihrem Platz im Flugzeug, wo sie nervös wartete, bis sich die Maschine endlich um Viertel nach sechs in Bewegung setzte. Als sie einmal ein Auto mit Scheinwerfern auf die 747 zukommen sah, wurde sie ganz nervös. Aber auch dieses Auto fuhr vorbei. Schließlich lichtete sich der Nebel, und die Maschine rollte zum Start hinaus auf das Flugfeld. Um halb sieben verließ Laurie Frankreich und bestellte sich zum Frühstück dankbar einen Scotch, um zu feiern.

7

Laurie wäre bestimmt nicht so ruhig gewesen, wenn sie gewußt hätte, daß um sieben die Paßbeamten von Roissy und Orly alarmiert wurden, eine Amerikanerin namens Laurie Spencer oder jede Frau, die sie sein konnte, aufzuhalten. Aber um acht hatte dann der Beamte, der ihren Paß abgestempelt hatte, seinen Vorgesetzten darüber informiert, und Yves Lévi-Rougon wußte, daß sie sich außer ihrer Reichweite in einer amerikanischen Maschine mit Kurs auf New York befand.

Um neun berief Lévi-Rougon eine Konferenz der Vertreter des Nachrichtendienstes, des Verteidigungs- und des Außenministeriums ein, um die Angelegenheit zu besprechen. Unter General Thévenard als Vorsitzendem begann Lévi-Rougon mit einer Zusammenfassung aller Ereignisse, die passiert waren. Nachdem er seinen Bericht beendet hatte, sah sich Thévenard am Konferenztisch um. »Nun, Gentlemen. Was würden Sie vorschlagen?«

Der stellvertretende Außenminister für Französisch-Afrika, ein kleiner, glatzköpfiger, fetter Karrierebürokrat, meldete sich zuerst zu Wort.

»Ich meine, es gibt drei grundsätzliche Möglichkeiten.«

Thévenard seufzte. »Das war wie ein guter und loyaler Staatsbeamter gesprochen, Monsieur Artur.«

»Drei, wie ich sagte, *mon Général*«, fuhr Artur ungestört fort, »oder soll ich mit einer vierten kommen?«

»Nein, nein, tut mir leid, fahren Sie fort.«

»Ja. Also drei. Erstens: Wir können die Angelegenheit einfach ignorieren. Vielleicht werden die Amerikaner die Sache mit dem Uran herausfinden, aber wenn nötig, können wir mit ihren Firmen verhandeln, um den Uranpreis da zu halten, wo das Kartell ihn haben will, und sicherzugehen, daß sie Gobir nicht destabilisieren. Das könnte etwas kostspielig und außerdem unangenehm werden. Vor allem, wenn ich hinzufügen darf, für Ihre Stümpfer in Gobir, oder was meinen Sie, *mon Général?* Und wenn unsere anderen afrikanischen Vasallen herausfinden, was für Idioten wir gewesen sind und wie einfach wir uns unserer sogenannten Freunde entledigen, könnte der Preis, den wir zahlen müssen, ziemlich hoch werden.«

Er blickte in die Runde.

»Zweitens.« Nervöses Hüsteln war um den Tisch herum zu hören. »Also, zweitens, wie ich schon sagte, können wir mit dem Mädchen verhandeln. Das wäre billig und schmerzlos, außer daß wir natürlich nicht wissen, ob wir ihr trauen können, und wie es aussieht, können wir das nicht. Wenn sie mit Koulibaly geschlafen hat, weil sie ihn liebte, wird sie uns jetzt hassen. Wenn sie nur eine Opportunistin war, dann hat sie die Seele einer Prostituierten, und wir können ihr nicht trauen.

Oder wir können versuchen, sie zum Schweigen zu bringen, bevor sie spricht. Das hätten wir in Paris oder in Gobir tun können, aber wir haben es nicht getan, nicht wahr, *mon Général*?«

Thévenard seufzte wieder, starrte zur Decke und täuschte ein Gähnen vor. »Fahren Sie fort, Monsieur Artur, und ersparen Sie uns die historischen Details, die wir alle kennen. Was genau würden Sie vorschlagen, um die Frau zum Schweigen zu bringen?«

»Das würde ich Ihren tüchtigen Technikern überlassen,

mon Général. Woher sollte ich wissen, wie sich das am besten erledigen läßt? Ich denke natürlich nicht an bloße Drohungen, sondern an, nun, wie soll ich es ausdrücken, an einen tragischen Ausgang dieser unglücklichen Liebesaffäre.«

Er wurde von Lévi-Rougon unterbrochen. »Ich verstehe, worauf Sie hinaus wollen, Monsieur Artur. Aber wir haben es mit zwei neuen Faktoren zu tun. Erstens, der Zeit, und zweitens befindet sich die Frau nicht länger in unserem Hoheitsgebiet.«

»Das zweite Problem läßt sich lösen«, antwortete Thévenard, »aber nur auf eine Weise, die das erste weiter verschlimmert. Es wird ein bis zwei Wochen dauern, eine sichere Beseitigung in den Staaten zu organisieren. Unsere Leute müssen erst einmal nach drüben, dann müssen wir die Situation studieren und so weiter. Woher wollen wir wissen, daß sie so lange den Mund hält?«

In diesem Augenblick betrat ein Adjutant den Raum und flüsterte Lévi-Rougon eine längere Mitteilung ins Ohr. Nachdem der Mann wieder gegangen war, gab Lévi-Rougon sie an die anderen weiter.

»Wir haben heute früh einen Amerikaner, einen Monsieur Carson, zur Befragung hergeholt. Er ist von der Ford-Stiftung. Der Mann hat Mademoiselle Spencer in Roissy abgeholt, die Nacht mit ihr verbracht, und sie heute morgen zum Flughafen gebracht. Wir hatten ihn zwei Stunden hier, und er behauptet, von dieser Sache nichts zu wissen. Nach dem, was er unserem Vernehmungsbeamten erzählt hat, scheint sie sich übrigens sehr schnell über Koulibaly hinweggetröstet zu haben.« Er grinste.

»Glauben Sie ihm, daß er nichts weiß?« fragte Artur.

»Wissen Sie, wir hatten weder Zeit noch Lust, eine volle Sitzung durchzuführen«, erwiderte Lévi-Rougon.

»Das können wir doch nachholen«, schlug ein Vertreter des Verteidigungsministeriums vor.

»Idiot«, fauchte Artur. »Wollen wir noch einen Toten? Wir kennen Ihre Methoden. Wir müssen uns erst klarwerden, ob das alles das Risiko und den Ärger wert ist.«

Thévenard nickte ernst. »Die Angelegenheit ist so wichtig, daß sie jede Maßnahme rechtfertigt.«

»Nun«, meinte Artur, »dann sind wir uns alle einig, daß wir alles aus dem Amerikaner herausholen müssen, was er weiß. Aber selbst wenn er nichts weiß und die Papiere nicht hat, werden wir gezwungen sein, ihn, eh . . . verschwinden zu lassen. Oder?«

Alle nickten einstimmig.

»Ja«, erklärte Thévenard. »Traurig, aber wir können kein Risiko eingehen. Diese verdammte Pfuscherei.«

»Gentlemen«, verkündete Lévi-Rougon, »wir werden uns nach Beendigung der Befragung von Monsieur Carson um sechzehn Uhr wieder treffen.«

Um vier kam die Gruppe wieder zusammen, und Lévi-Rougon ergriff als erster das Wort.

»Es freut mich, Ihnen mitteilen zu können, daß Monsieur Carson nichts gewußt hat. Wir haben allen Grund zu der Annahme, daß sich Mademoiselle Spencer nicht der vollen Bedeutung ihrer Papiere bewußt ist. Monsieur Carson hat noch nicht einmal Papiere bemerkt oder festgestellt, daß sie irgendwelche besonderen Vorsichtsmaßnahmen ergriffen hat, und sie hat die Papiere auch mit keinem Wort erwähnt. Sie war allerdings nervös, doch das führte Monsieur Carson auf die Tatsache zurück, daß sie mitangesehen hat, wie Madame Koulibaly erschossen wurde. Er glaubte nicht, daß es sie allzu sehr mitgenommen hat angesichts ihrer sexuellen Bereitwilligkeit ihm gegenüber.«

»Hure. Sie . . .« begann Artur.

»Das würde ich nicht sagen«, unterbrach ihn Lévi-Rougon. »Nach allem, was wir über sie wissen, ist sie eine ganz normale amerikanische Universitätsdozentin, die Angst hatte und Trost gesucht hat. Sie hat sich auf keinen Fall wie eine Spionin verhalten, und sie wäre kaum länger als ein paar Stunden in Paris geblieben, wenn sie sich der Bedeutung der Papiere bewußt gewesen wäre.«

»Ein gutes Argument«, gab Artur zu. Thévenard nickte ebenfalls erfreut.

»Und?« fuhr er fort. »Wo stehen wir jetzt? Wir werden Leute nach Amerika schicken, um sie zu beobachten, mit einer guten Chance festzustellen, daß sie die volle Bedeutung der Papiere noch nicht erkannt hat, und dann werden wir sie beseitigen. Wenn wir Pech haben, geht sie vorher zu den Behörden, und Sie, General Thévenard, dürfen mit einer frühen Pensionierung rechnen.«

»Wie nett von Ihnen, Artur«, entgegnete Thévenard.

»Und der Amerikaner, dieser Carson?« wollte jemand anders wissen.

Lévi-Rougon machte ein bestürztes Gesicht. »*Hélas*, nachdem er hier weggegangen ist, hat er eine Spazierfahrt unternommen und fuhr in Belleville durch eine rote Ampel. Von einer Seite kam ein großer Lastwagen, stieß mit ihm zusammen, und sein Wagen brannte aus. Bedauerlich, aber unumgänglich.«

Laurie erledigte rasch die Zollformalitäten am Kennedy Airport und stellte zu ihrer Überraschung fest, daß keine Beamten oder Reporter auf sie warteten. Auf dem Weg zu ihrem Anschlußflug nach Seattle kaufte sie sich eine Ausgabe der *Times*, die sie flüchtig durchblätterte. Auf einer Innenseite fand sie dann einen kurzen Bericht mit der Unterschrift: »Präsident von Gobir gestürzt. Militär an der Macht.« Die Zeitung brachte ein kleines, altes und sehr undeutliches Photo von Moussa, das vor mehr als zehn Jahren aufgenommen worden sein mußte. Der Bericht lieferte ein paar Hintergrunddetails: » . . . die jüngste Dürre und Hungersnot, schwache Führung, Vorwürfe der Korruption, aufsässige Armee . . .« Am Ende folgte dann ein Abschnitt:

Eine amerikanische Touristin, die von Gobir nach Paris ausgeflogen wurde, berichtete gestern von mutmaßlichen Hinrichtungen. Man nimmt an, daß zu den Erschossenen auch die Frau des Ex-Präsidenten Koulibaly gehört. Experten sind der Meinung, daß sie die wirkliche Macht hinter Koulibaly war. Der neue Präsident, Major Salissou Katsinawa, hat eine baldige Pressekonferenz angekündigt, auf der er sich zur

Politik seiner neuen Regierung äußern will. Es wird vorläufig nicht mit wichtigen Veränderungen gerechnet.

So sah es also aus. Eine amerikanische Touristin und wieder einmal ein unbedeutender Putsch in Afrika. Sie ärgerte sich über die unzulängliche Berichterstattung und fragte sich, wie wichtig ihre Papiere nun wirklich waren. Um zwölf Uhr flog ihre Maschine nach Seattle, wo sie am Nachmittag landete.

7

Laurie wohnte in einem kleinen Mietshaus mit sechs Einheiten. Sie hatte die oberste mit einem Blick auf die Lake Washington, auf Mercer Island und auf Bellevue auf der anderen Seite des Sees. Sie hatte das Apartment für ein Jahr untervermietet, aber die Mieter hatten es Ende August wieder freigemacht. Als sie ihre Wohnung betrat, stellte sie zu ihrer Erleichterung fest, daß alles fast noch genauso aussah, wie sie es zurückgelassen hatte. Doch nach der einjährigen Abwesenheit konnte sie ganz die Anthropologin sein und es mit anderen Augen sehen. Es war nicht zu übersehen, daß es die Wohnung eines Akademikers war. Viele Bücher, Poster, ein paar Gebrauchsgegenstände, ein paar welke Topfpflanzen (von denen einige eingegangen waren, weil sie monatelang zu viel gegossen worden waren) und ihr einziger Charme: die riesigen Fenster im Wohn- und Schlafzimmer, die vom Boden bis zur Decke reichten und auf den See hinausgingen. Früher hatte sie sich hier wohl gefühlt, aber jetzt schien es nicht mehr ihr Zuhause zu sein.

Es gab nur eins hier, das ihr wirklich viel bedeutete, und das war eine signierte Lithographie von David Hockney. Sie hatte ein Jahr lang jeden Monat 200 $ bezahlt, um sie zu kaufen, und sie hatte das Gefühl, daß sie ihr wirklich gehörte. Laurie hätte sie fast mit nach Afrika genommen, aber glücklicherweise hatte sie es dann doch nicht getan. Wo würde die Lithographie dann jetzt wohl sein? Ohne Zweifel bei ihren übrigen Sachen in den treusorgenden Händen der neuen Regierung von Gobir.

Laurie fand ihre alten Kleider ordentlich in einem der Schränke gefaltet und zog sich einen bequemen Bademantel an. Sie schaltete das Radio ein und hörte überrascht Mary Ferns gepflegte Stimme, die ein Mozartsches Flötenkonzert ansagte. Manches veränderte sich wirklich nicht. Sie schaltete das Radio aus und suchte sich etwas zu trinken.

Wie lieb. Die Mieter hatten ihren Vorrat nicht angerührt. Sie goß sich ein halbes Glas Scotch ein, warf ein paar Eiswürfel hinein und kippte es schnell hinunter. Der Scotch machte sie müde, und sie ging in ihr Schlafzimmer. Eigentlich hatte sie sich waschen wollen, aber sie schlief sofort auf ihrem Bett ein. Sie träumte von Moussa, der nackt auf einem Haufen Gold saß, lachte und ihr mit Blättern winkte. »Du hast es gefunden, du hast es gefunden«, sagte er. Sie wachte kurz auf mit dem Wunsch, der Traum wäre realer gewesen, und dann wünschte sie, daß irgend jemand, und selbst wenn es Skip gewesen wäre, neben ihr liegen und sie trösten würde. Dann schlief sie wieder ein, und am nächsten Morgen konnte sie sich an keine anderen Träume mehr erinnern.

Sie erwachte mit Kopfschmerzen und dem Wunsch, bloß nicht in Seattle zu sein, denn sie war überhaupt noch nicht für das kommende Schuljahr bereit. Außerdem stand sie unter dem Druck, den Vortrag vorzubereiten, den sie in der nächsten Woche in San Francisco auf der Jahresversammlung der Anthropologen halten sollte (es war kaum zu glauben, daß sie bei allem, was passiert war, nur zwei Tage früher als geplant zurückgekommen war). Das Thema sollte lauten: »Frauen in Gobir – der wesentliche Beitrag der Frau zur Entwicklung Afrikas.« Wie banal! Alles, was ihr dazu einfiel, war, daß Hawa erschossen worden war.

Hätte sie nicht unbedingt herausfinden müssen, was in diesen Papieren aus Gobir stand, dann hätte sie jetzt angefangen, sich zu betrinken, und wäre zwei Wochen in diesem Zustand geblieben, bis der Unterricht wieder anfing. Aber der Gedanke, daß etwas zu retten war, rief sie zur Ordnung.

Nach einem leichten Frühstück zog sie sich an und ging hinunter in die Garage. Ihr zerbeulter, zehn Jahre alter Volvo stand dort, und er sprang sofort an. Ihre Mieter hatten ihn benutzt, und er war in gutem Zustand. Sie fuhr zur Schule, kopierte die Gobir-Papiere und holte ihre Post ab. Anschließend begab sie sich zu ihrer Bank an der University Avenue, hinterlegte die Originalpapiere in ihrem Schließfach und behielt die Kopie für sich. Als sie im Tresorraum der Bank stand, mußte sie laut lachen über den Widersinn, den Bericht zu ihren anderen Wertsachen in das Schließfach zu legen. Irgendwie fand sie es lustig, daß ein Stück Papier, das vielleicht bares Geld und Menschenleben wert war, neben ihrer Hausratversicherung und den guten Perlohrringen lag.

Was jetzt? Es schien mehrere Möglichkeiten zu geben. Moussa hatte von Leuten gesprochen, die diese Informationen so unbedingt haben wollten, daß sie dafür töten würden. Wer konnten diese Leute sein? Die französische Regierung? Das war kaum wahrscheinlich, zumindest nicht hier in Seattle. In Gobir lagen die Dinge natürlich anders, und Laurie überlegte, ob nicht vielleicht die Franzosen hinter dem Putsch gesteckt hatten. Sie wünschte, Moussa hätte ihr mehr über Staatsangelegenheiten erzählt, aber wenn sie ihn nach solchen Dingen fragte, hatte er immer nur gelacht und sich mit der Bemerkung herausgeredet, daß sie überhaupt nicht wichtig seien.

Wer konnte sonst ein Interesse daran haben? Die United International Minerals. Sie sollte herausfinden, wer das war. Andere Regierungen? Ob sich die amerikanische Regierung dafür interessierte? Sie spielte kurz mit dem Gedanken, beim Außenministerium anzurufen, sah aber dann ein, wie unklug das war. Sie hatte keine feste Vorstellung von der Bedeutung der Papiere, und wenn ihr überhaupt jemand glaubte, würde man sie einfach an irgendeinen kleinen Beamten verweisen, der eine Kopie des Gutachtens von ihr würde haben wollen. Und das wäre dann das Ende. Laurie versuchte, kühl zu kalkulieren und sich zu überlegen, auf welche Weise sie direkt von ihrem Besitz profitieren konnte.

Nachdem sie zur Universität zurückgekehrt war, ging sie in ihr kleines Büro. Ihre Bücher säumten unverändert die Wände, ihre Schreibmaschine war verstaubt, und das Fenster war noch schmutziger als vor einem Jahr. Die Universität schien nicht genug Geld zu haben, ihre Fenster putzen zu lassen, geschweige denn, ihren Dozenten vernünftige Gehaltserhöhungen zu geben, die der Inflation angepaßt waren. Sie griff nach dem Hörer ihres Telefons und wählte eine Nummer.

Es meldete sich eine näselnde Stimme. »Anwaltsbüro Strait, Adams, Ginsbruck, Glassman und McCoy, guten Morgen.«

»Dr. Laurie Spencer. Ich hätte gern Mr. Glassman gesprochen.«

»Mr. Glassman ist heute morgen bei Gericht. Kann ich ihm etwas ausrichten?«

Ja, sicher, dachte Laurie ironisch, jetzt müßte ich ihm erzählen, worum es geht. Ein Putsch, ein Mord, wertvolle Bodenschätze im dunkelsten Afrika und eine Chance, reich zu werden oder sehr schnell eine ganze Menge Ärger zu bekommen. Statt dessen sagte sie: »Richten Sie ihm doch bitte aus, er möge mich zurückrufen. Sagen Sie ihm, es sei Laurie. Es ist wirklich wichtig.«

Damit blieb ihr im Augenblick nicht viel mehr zu tun, als herauszufinden, was die Papiere enthielten. Universitätsdozenten sind vielleicht nicht für viel gut, aber sie wissen, wie man Bibliotheken benutzt und Informationen rasch verarbeitet.

Sie begann mit der Studentenbibliothek. Hier befanden sich die wichtigsten Lehrbücher. Die große wissenschaftliche Bibliothek auf der anderen Seite des viereckigen Gebäudekomplexes enthielt komplizierteres wissenschaftliches Informationsmaterial, war aber viel zu groß, um einfach herumzustöbern. Laurie suchte sich im Katalog ein paar Geologiebücher heraus und wählte sich die drei vielversprechendsten unter ihnen aus. Das erste konnte ihr nicht weiterhelfen; es handelte sich um eine normale Geschichte der

Erde, mit langen Beschreibungen der verschiedenen geologischen Zeitalter und ihrer jeweiligen Gesteinsformationen.

Das zweite war schon wesentlich besser und schien für einen Bergbaukurs konzipiert. Als sie rasch das Inhaltsverzeichnis überflog, entdeckte Laurie ein Wort, an das sie sich aus dem Gutachten erinnerte, Vanadium. Dabei handelte es sich, wie sie nachlas, um ein Mineral, das häufig in Verbindung mit Uranoxid auftritt. In den Papieren, die sie dabei hatte, entdeckte sie, daß immer wieder die Bezeichnung U_3O_8 vorkam. Das war Uranoxid. Sie brauchte etwas länger, bis sie begriffen hatte, worauf sich TpM bezog – Teile pro Million. Das Buch gab einige Zahlen zur wirtschaftlichen Möglichkeit der Urangewinnung bei Lagern mit mehr als 2000 TpM, 1500 TpM und 1000 TpM. Bei niedrigeren Werten, so ging aus dem Text hervor, lohnte sich die Gewinnung in absehbarer Zukunft nicht, da die Preise auf sechs Dollar pro Pfund U_3O_8 festgefroren waren. Allerdings war das Buch schon älter, und sie begriff, daß sie neuere Informationen brauchte.

Laurie ging in die Hauptbibliothek und sah in ihrem bevorzugten Volksnachschlagewerk nach, dem Stichwortverzeichnis der *New York Times*. Für das letzte Jahr fand sie rund dreißig Verweise zu dem Stichwort Uran, fast alle im Geschäftsbereich.

Sie ging hinunter in den Mikrofilmraum und begann, die Artikel durchzusehen. Sie war so fasziniert von den Details, die sie erfuhr, daß sie nicht merkte, wie der Mittag und der halbe Nachmittag verstrichen. Gegen vier war ihre Neugier befriedigt.

Der Preis für Uran war in den letzten Jahren von sechs Dollar pro Pfund auf vierzig in die Höhe geschnellt. Verschiedene amerikanische Firmen, die Atomreaktoren herstellten, waren von dieser Entwicklung völlig überrascht worden. Sie hatten in der ganzen Welt Reaktoren verkauft und für die Zukunft Uranlieferungen zu Preisen zwischen zehn bis sechsundzwanzig Dollar pro Pfund garantiert. Jetzt sah es so aus, als könnten sie ihre Verträge nicht erfüllen.

Mehrere Uranbergbaufirmen und einige der großen Ölgesellschaften, denen ausgedehnte Uranbergwerke gehörten, hatten sich ebenfalls verpflichtet, bis in die 90er Jahre Uran zu den niedrigen Preisen Anfang bis Mitte der 70er Jahre zu verkaufen. Jetzt waren sie in Panik. Die Ölgesellschaften hatten natürlich genügend andere Quellen, so daß sie wahrscheinlich überleben würden, aber eine Reihe der auf Uran spezialisierten Firmen, wie zum Beispiel United International Minerals, steckten in ziemlich großen Schwierigkeiten.

Umfangreiche Prozesse begannen ihren umständlichen Weg durch die Gerichtsinstanzen. Nicht nur ausländische Regierungen, sondern auch eine Reihe öffentlicher Versorgungsbetriebe in Amerika verklagten die Reaktorhersteller, um von ihnen die zu den niedrigen Vertragspreisen versprochenen Lieferungen zu bekommen. Die Reaktorhersteller ihrerseits verklagten die Bergbaufirmen, die ihnen diese Terminlieferungen verkauft hatten.

Lieber Himmel! Wieso hatte sie nichts davon gewußt? Warum wußten Sozialwissenschaftler nicht mehr über moderne Technologie? Nun, eine Notlage wie diese war genau der richtige Zeitpunkt, das Versäumte nachzuholen.

Draußen wurde es langsam dunkel, aber Laurie war zu aufgeregt, um schon zu gehen. Sie ließ sich die *Wall Street Journal* Ausgaben der letzten beiden Monate geben und las sie durch auf der Suche nach Artikeln über Uran. Laurie fand mehr, als sie sich hätte erhoffen können.

Wie es aussah, konnte die französische Regierung große Erfolge beim Verkauf von Kernreaktoren für sich verbuchen, indem sie künftige Uranlieferungen zu einem Preis versprach, der beträchtlich unter den Weltmarktpreisen lag. Die Amerikaner konnten nicht mehr mithalten, da sie versuchten, aus ihren alten Verträgen herauszukommen. Es wurde vermutet, daß Frankreich, Kanada und Südafrika ein riesiges Urankartell gegen die Amerikaner gebildet hatten, um den Weltpreis hochzuhalten.

Frankreich hatte in den vergangenen sechs Monaten bedeutende Verkaufsabschlüsse mit Brasilien, dem Iran, Irak,

Argentinien, China und Pakistan für den Bau herkömmlicher Kernkraftwerke verbuchen können, und alle Welt lachte über die verhältnismäßig erfolglosen Amerikaner. Frankreich mußte irgendwelche unbekannten Uranquellen besitzen, daß es Lieferungen zu so günstigen Preisen versprach.

Die amerikanische Regierung war offiziell besorgt, konnte aber nichts tun. Frankreich hatte in den letzten Jahren Brutreaktoren verkauft, und die Amerikaner hatten die Franzosen gebeten, diese Verkäufe einzustellen, weil Brutreaktoren neben neuem Brennstoff auch Plutonium erzeugten. Die Franzosen hatten schließlich eingewilligt, der Bitte der Amerikaner nachzukommen. Wo sollten sie jetzt also das zusätzliche Uran herholen?

Frankreich hatte selbst einen reichlichen Vorrat, außerdem besaß es Bergwerke in Gabon und Niger, aber das waren bekannte Faktoren, und der Welturanmarkt vermutete allmählich, daß die Franzosen einen großen Fund gemacht hatten, den sie geheimhielten.

Das war es. Laurie begriff, daß es um Milliarden von Dollar ging, nicht nur für das Uran selbst, sondern auch, was die umfangreichen Reaktorverträge anbetraf, die damit zusammenhingen. Und ihr war klar, wieso einige amerikanische Firmen, wie die United International Minerals, sehr erfreut sein würden, wenn sie Gobirs noch geheimgehaltene Lager für sich sichern könnten.

Jemand klopfte an die Tür ihrer Mikrofilmkabine, und Laurie war so erschrocken, daß sie die Unterlagen fallenließ. Es war die nette kleine Dame, die für die Mikrofilme verantwortlich war. Sie zeigte auf ihre Uhr. »Wir schließen, meine Liebe. Es ist zehn. Sie sind den ganzen Tag hier gewesen. Ich hoffe, daß Sie weitergekommen sind. Ich bewundere Leute, die so intensiv wie Sie arbeiten.«

Laurie bedankte sich und ging. Sie hatte genug Informationen. Aufgeregt fuhr sie nach Hause, aß zwei Dosen Suppe, trank ihre Flasche Scotch leer und schlief ein.

Um acht weckte sie das Läuten des Telefons.

Es war Carl Glassman. »Hi. Laurie? Bist du das? Willkommen zu Hause. Hör mal, ich habe gestern abend bis zehn Uhr versucht, dich anzurufen. Wo hast du gesteckt? Es freut mich, daß du mich sehen willst, aber ich hoffe, es ist nicht geschäftlich.«

Laurie war noch etwas schläfrig; es war fein, von der Stimme eines alten Freundes geweckt zu werden. »Oh, Carl, es ist noch nie rein geschäftlich mit dir gewesen. Oder?«

»Jedenfalls nicht, was mich betrifft, Laurie. Bei dir bin ich mir nicht so sicher.« Er lachte.

»Carl, wenn ich nicht wüßte, daß du glücklich verheiratet bist, würde ich jetzt annehmen, du flirtest mit mir. Nicht, daß ich etwas dagegen hätte, aber ich habe ein paar ernste Dinge mit dir zu bereden. Wann kann ich dich sehen?«

»Sofort. Ich bin in einer halben Stunde bei dir.«

»Nein, komm. Es ist wirklich geschäftlich. Ich möchte zu dir ins Büro kommen.«

»Okay. Wie wär's mit morgen nachmittag? Ich hab' heute ziemlich viel zu tun.« Es klang enttäuscht.

»Komm, Carl, sei nicht böse. Es ist wirklich dringend.«

»Schön«, seufzte er. »Sei um zwölf hier. Ich werde deinetwegen ein Essen absagen. Aber nur, wenn du dafür mit mir essen gehst.«

»Ich wüßte nicht, was ich lieber täte. Also bis zwölf dann.« Erleichtert legte sie auf.

Sie trafen sich in Glassmans Büro im Rainier Tower und gingen zum Essen ins Saint Michel auf dem Pioneer Square. Auf dem Weg dorthin konnte er nicht den Blick von ihr wenden.

»Du siehst umwerfend aus. Du hast noch nie so gut ausgesehen. Irgend etwas ist anders an dir. Afrika muß dir gut bekommen sein.«

»Ein bißchen Afrikabräune und ein ordentlicher Schrecken, und schon siehst du blühend aus.«

»Schrecken?« Carl lächelte. »Sprich weiter.« Sie wartete aber, bis sie an ihrem Tisch saßen. Dann begann sie mit ihrer Geschichte.

»Ich glaube, ich bin da in eine bedeutende internationale Affäre hineingestolpert.«

»Affäre? Wie wär's mit einer kleinen in Seattle?« Er nahm ihre Hand.

»Unsinn!« rief sie ein bißchen zu laut und senkte sofort ihre Stimme. »Ich bin zu dir gekommen, weil du einer meiner ältesten Freunde in Seattle bist, weil ich dir vertraue und weil du ein verdammt guter Anwalt bist. Ich muß etwas loswerden.«

Er ließ ihre Hand los. Mit vierzig hatte er trotz seiner vornehm grauen Schläfen immer noch ein jungenhaftes Gesicht, das sie jetzt auf attraktive Weise etwas dümmlich ansah. Er war einsneunzig groß, hatte eine sportliche Figur, und unter normalen Umständen hätte sie nichts dagegen gehabt, ihre alte Affäre wieder aufzufrischen. Aber nicht jetzt.

»Ich muß dir ein paar Papiere zeigen. Hier. Lies sie dir mal durch.« Sie gab ihm die Kopie des Gutachtens.

Er überflog die Blätter, während sie für sie beide bestellte.

»Also, ich kann nicht viel damit anfangen«, erklärte er, als der gegrillte Lachs mit einer halben Flasche Pouilly Fuissé serviert wurde.

»Das konnte ich zuerst auch nicht, aber laß mich erklären. Diese Papiere enthalten ein Gutachten über Uranlager in der Republik Gobir. Letzten Montag ist der Präsident dieses Landes gestürzt worden. Ich meine, es waren die Franzosen. Sie wollen nicht, daß irgend jemand etwas davon erfährt. Wenn sie herausfinden, daß ich das Gutachten habe, könnte es sehr unangenehm für mich werden. Ich möchte, daß du die Papiere in deinem Safe hinterlegst, und sollte mir irgend etwas zustoßen, möchte ich, daß du eine Kopie des Gutachtens mit einer Erklärung an das Außenministerium in Washington schickst. An die Afrikaabteilung.«

Glassman lachte leise. »Aha, schnell und schmutzig. So, jetzt weiß ich also alles, was du im vergangen Jahr erlebt hast. Aber sieh mal, Laurie, das Ganze hört sich ehrlich gesagt wie ein schlechter Krimi an. Die französische Regierung? Eine geheime Schatzkarte, oder Urangutachten? Ich meine, es klingt ziemlich unglaublich.«

»Es ist wahr. Alles, was ich dir gerade erzählt habe, ist genauso wahr, wie es unglaublich klingt.«

»Wie bist du denn an die Papiere gekommen?«

»Ich habe sie gestohlen.«

»Na großartig. Bist du zu mir gekommen, weil ich deine Verteidigung übernehmen soll?« Glassman lehnte sich auf seinem Stuhl zurück und trank einen Schluck Wein. »Warum fängst du nicht von vorn an statt in der Mitte?«

Laurie erzählte ihm die ganze Geschichte, aber als sie an die Stelle kam, wo Hawa erschossen worden war, mußte sie für einen Augenblick aufhören, Glassmans Lächeln war verschwunden und hatte einem besorgten Ausdruck Platz gemacht.

»Ich weiß nicht, was ich sagen soll, Laurie. Wenn das stimmt, was du mir erzählst, und ich glaube dir, dann könntest du in größeren Schwierigkeiten stecken, als du ahnst. Allerdings ist das die wildeste Geschichte, die ich je gehört habe, und wenn ich je sage, meine ich, seit ich mich aus dem Strafrecht zurückgezogen habe. Nein, das nehme ich zurück. Ich glaube, daß ich überhaupt noch nie so etwas Verrücktes gehört habe. Es ist noch verrückter als die Sache mit dem Mörder damals, den ich vertreten habe und der behauptete, daß die drei Zeugen, die gesehen hatten, wie er seine Frau erschoß, zu einem Komplott gehörten, das gegen ihn geschmiedet worden sei. Ich habe ihm nicht geglaubt, und die Geschworenen natürlich auch nicht, aber was er getan hat, kommt ja eigentlich jeden Tag vor. Was du mir dagegen gerade erzählt hast, klingt wie eine zweitklassige Agentenstory.«

»Vielleicht für dich, Carl, aber mir ist es wirklich passiert. Und ich möchte, daß du etwas weißt. Ich habe die Absicht, etwas mit diesen Papieren zu machen, und ich möchte dir erklären, was und wie du mir dabei helfen kannst. Aber zuerst laß uns zu Ende essen.«

Nach dem Essen gingen sie zurück in sein Büro. Carl flirtete jetzt nicht mehr. Er setzte sich hinter seinen großen, alten Walnußschreibtisch, zog einen Schreibblock hervor und richtete sich darauf ein, sich Notizen zu machen. Laurie saß in dem Ledersessel ihm gegenüber und betrachtete das atemberaubende Bild des Puged-Sunds und der schneebedeckten Olympic Mountains.

»Ich glaube«, begann sie, »daß, wenn Präsident Koulibaly noch lebt, man ihm mit diesen Papieren seine Freiheit zurückkaufen kann. Wenn nicht, sind sie jedenfalls eine Menge Geld wert. Der Unibetrieb langweilt mich, und ich denke, ich könnte Geld gebrauchen, um eine neue Karriere zu beginnen.«

»Ah . . . was für eine Karriere denn, Laurie? Als Playgirl?«

»Ich bin nicht hergekommen, um mir deine alten Witze anzuhören. Ich werde schon sehen, was ich mit dem Geld anfange, wenn ich es habe. Mein Hauptanliegen ist, daß ich versuchen will, Moussa zu helfen, und wenn dann noch etwas übrigbleibt, werde ich es nicht ablehnen.«

»Warum bist du dann hergekommen?«

»Das habe ich dir schon gesagt. Du sollst eine Kopie der Papiere behalten. Es könnte unter Umständen ganz nützlich für mich sein, wenn ich sagen kann, daß mein Anwalt eine Kopie des Gutachtens besitzt.«

»Ist das nicht ein bißchen melodramatisch?«

»Vielleicht. Aber ich glaube, daß ich innerhalb der nächsten zwei oder drei Wochen herausfinden kann, ob er noch lebt. Wenn ja, werde ich mich mit der französischen Regierung in Verbindung setzen und auf die Chance hin, daß sie hinter dem Ganzen steckt, versuchen, mit ihr zu verhandeln. Sollten sie ihn schon umgebracht haben, werde ich mich an diese United International Minerals wenden. Und wo du mir hier helfen kannst, muß ich dir wohl nicht erklären. Du könntest mich rechtlich beraten, du verwahrst die Papiere an einem sicheren Ort, und dann kannst du ein Buch schreiben – die ganze Geschichte –, und wir teilen uns die Tantiemen.« Sie lachte.

Glassman blieb ernst. »Weißt du, ich fange langsam an, dir zu glauben, und ich weiß nicht, ob ich in die Sache hineingezogen werden möchte. Es könnte gefährlich oder schmutzig werden, oder beides. Es klingt ein bißchen nach Erpressung auf höherer Ebene.«

»Ich glaube, daß die Sache schon längst lief, bevor ich da hineingeraten bin, und ich finde nicht, daß es Erpressung ist. Ich verhandele nur. Ich werde ein paar Wochen abwarten, um zu sehen, wie sich die Dinge entwickelt haben, und damit dürfte die ganze Sache dann klarer und ungefährlicher sein.« Laurie wechselte ihren Tonfall und fügte weicher hinzu: »Ich brauche deine Hilfe, und ich bin nicht bloß zu dir gekommen, weil du ein guter Anwalt bist.«

Er lächelte leise. »Ich mag dich, Laurie. Es tut mir heute noch leid, daß ich schon verheiratet war, als wir uns zum erstenmal begegnet sind.«

»Du würdest vielleicht anders denken, wenn wir länger als diese eine Woche in Cabo San Lucas zusammen gewesen wären, als Holley dachte, du wärst in Columbia. Ich bin ziemlich selbstsüchtig, und ich glaube nicht, daß ich so gut zu dir wäre, wie sie es ist. Ich schätze unsere Freundschaft so, wie sie ist.«

»Ich auch. Okay dann. Ich werde dir helfen. Aber solltest du noch mal eine Woche frei haben, dann denk an mich. Auf meine Rechnung.«

»Heißt das, daß du bei mir nur zwanzig Dollar pro Stunde deiner Zeit nimmst?«

»Nein, Laurie. Hundert, wie üblich.«

»Achtzig?«

»Achtzig.«

Sie mußten beide lachen. »Wir verstehen uns», sagte Laurie, als sie sich die Hand schüttelten.

9

Während der nächsten drei Tage arbeitete Laurie eine kurze Abhandlung für ihr Referat in San Francisco aus, ließ sich einen Platz in einer Maschine am Montagmorgen reservieren und regelte einige andere kleinere Dinge. Bis Sonntagabend lief alles schon wieder seinen gewohnten Gang, und sie dachte überrascht, daß seit jenem Abend, als sie mit Moussa Koulibaly im Bett gewesen war, erst eine Woche vergangen war.

Montag morgen um sieben fuhr sie zum Flughafen. Der Beamte am Schalter, der sie eincheckte, schien ungewöhnlich kleinlich und bürokratisch. Sie wollte einen Platz am Mittelgang, aber er beharrte darauf, daß sie nur noch einen Fensterplatz haben könnte. Sie gab nach und begab sich dann in den Warteraum.

Er war bereits voll besetzt. Als ihr Blick über die Passagiere glitt, hielt sie plötzlich inne. Ihr Herz schlug schneller. Ungefähr schräg ihr gegenüber saß ein sehr Seattle-untypisch aussehender Mann. Er war ein lebendes Wunschbild und schien direkt einem Katalog für Herrenmode entstiegen. *Mr. Dressman* war etwa einsfünfundachtzig groß und hatte blondes, dichtes Haar, das modern, aber nicht dandyhaft geschnitten war. Es fiel weich und natürlich. Der Anzug, den er trug, war offensichtlich teuer und maßgeschneidert, der Aktenkoffer einfach, aber aus leicht genarbtem, abgegriffenem Kalbsleder. Teuer. Das einzige, was affektiert an ihm wirkte, war die große, getönte Sonnenbrille. Laurie lächelte. Gott sei Dank. Ein Fehler. Dieser Mann ist eitel. Er kann es sich natürlich leisten, aber damit ist er nicht mehr ganz perfekt.

Laurie fühlte einen schmerzlichen Stich. Sie dachte an einen neuen Mann. Sie wurde Moussa untreu. Skip hatte nicht gezählt, aber dieser Mann hier weckte ein fast ehebrecherisches Schuldbewußtsein in ihr. Sie vermißte Moussa, seinen Geist, seine körperliche Nähe, seine Bewunderung für sie, und sie hatte das Gefühl, daß sie etwas Kostbares verloren hatte, das sie nie wiederfinden würde.

Der Mann hob den Kopf, sah sie an und widmete sich dann wieder seiner Zeitung. Sie überlegte, warum sie seinen Blick nicht festgehalten hatte. Vielleicht war es gut so. Sie hatte andere Dinge zu tun.

Laurie nahm sich ihre eigene Arbeit vor, den Vortrag für die Konferenz, und ging ihn durch, bis sie für ihren Flug aufgerufen wurden.

Sie suchte sich ihren Platz und blieb erstaunt stehen, als sie sah, wo sie sitzen sollte. Sie vergewisserte sich noch einmal auf ihrer Bordkarte. Es war kaum zu glauben, aber sie saß tatsächlich neben *Mr. Dressman*. Er hatte den Platz am Mittelgang und lächelte ihr flüchtig zu, als sie sich an ihm vorbeiquetschte. Während sie sich anschnallte, überlegte sie, ob sie ein Gespräch mit ihm anfangen sollte. Gegen ihren Willen spürte sie ein Gefühl der Wärme und Erregung in ihrem Unterleib aufsteigen. Vielleicht konnte sie einfach ›Hallo‹ sagen.

Sie öffnet schon den Mund, besann sich dann aber anders. Irgendwie fühlte sie sich ungewöhnlich schüchtern, und statt etwas zu sagen, zog sie wieder ihre Unterlagen für den Vortrag heraus.

Die Maschine rollte an und hob dann ab. Der Platz zwischen ihnen war freigeblieben. Als das Zeichen zum Anschnallen erlosch, zog sie ihr Tablett herunter, um ihre Blätter darauf zu legen und holte einen Stift aus ihrer Tasche. Sie hatte angefangen, Korrekturen zu machen, als die Stewardeß den Gang entlang kam und nach Getränkewünschen fragte. Lauries Nachbar bestellte sich ein Glas Rotwein, während sie selbst einen Scotch nahm. Nachdem das Bestellte gekommen war und sie einen ordentlichen Schluck getrunken hatte, fand sie endlich den Mut, den Fremden anzusprechen. »Sie sehen gelangweilt aus. Fliegen Sie oft?«

Er sah auf, als sei er überrascht, jemanden neben sich zu finden. Als er seine Sonnenbrille abnahm, konnte sie sehen, daß er eisblaue Augen hatte, die so bemerkenswert waren wie der Rest an ihm. »Nein, ich langweile mich nicht. Ich drücke mich nur vor der Arbeit. Aber es stimmt, daß ich viel fliege. Hierhin und dorthin.«

»Was müßten Sie denn eigentlich arbeiten?« wollte sie wissen.

»Ich arbeite mit Geld. Mit dem Geld anderer Leute. Es geht von Tasche A in Tasche B, und dazwischen liegt Bank C oder D. Natürlich geht es dann unterwegs zum Teil auch in meine Firma.«

»Ihre Firma?«

»Nein.« Er lächelte, diesmal mit echter Belustigung. »Nur so eine Redewendung. Es wird gern gesehen, wenn wir uns mit der Firma identifizieren. Sogar unser einfachster Angestellter sagt ›wir‹, als ob ihm die Firma gehören würde. Aber es ist in Wirklichkeit ein großer, unpersönlicher Betrieb.«

Sein ironischer Kommentar und sein Lächeln machten ihn ihr noch sympathischer. Ein flüchtiger Blick auf seine Hände zeigte ihr, daß er keinen Ring trug. »Für wen arbeiten Sie?«

Er blickte etwas verwirrt auf seinen Schoß. »Für eine Bank, na ja, eine Art Bank, eigentlich eine Investmentfirma. Und was machen Sie?«

»Ich bin Dozentin an der Washington University. Ich unterrichte Anthropologie.«

Er sah beeindruckt aus.

»Sie sehen noch ganz schön jung aus für einen solchen Job.«

Machte er sich über sie lustig? Vorsichtig meinte sie: »Wieso? Man muß doch nicht grau sein, um an einer Uni zu unterrichten. Die meisten von uns fangen jung an und werden mit der Zeit alt wie die Leute in Banken.«

»Das meinte ich nicht. Ich wollte damit sagen, daß Sie zu, nun, wie soll ich es ausdrücken, zu unbeschwert für eine so bedeutende Position aussehen.«

Das war wirklich ein Witz. Einem Haufen Jugendlicher etwas über irgendwelche Kulturkreise zu erzählen, war so unbedeutend wie noch was. Laurie versuchte zu scherzen. »Wenn ich Ihnen sage, daß ich erst zwanzig bin, meinen Sie dann nicht, daß ich dafür alt und verbraucht aussehe?«

Er lachte. »Siebenundzwanzig vielleicht, aber nicht zwanzig. Nein, was ich meinte, ist, daß Sie zu attraktiv für eine Lehrerin aussehen. Sie haben ja noch nicht mal einen

Knoten. Sie sehen einfach gut aus. Ich versuche, Ihnen zu schmeicheln, nicht, Sie zu beleidigen.«

»Ich fasse es nicht als Beleidigung auf. Allerdings muß ich sagen, daß Sie mit der Brille da auch nicht gerade wie ein Bankangestellter aussehen.«

Er grinste. Natürlich hatte er auch makellose Zähne.

»Ich bin genau genommen auch kein Bankangestellter. Ich bin eine Art Investmentberater und arbeite im See- und Schiffahrtsbereich. Ich war in Seattle, um mich um einige Projekte zu kümmern.«

Es überraschte sie nicht, zu hören, daß er nicht aus der Stadt war, aber sie war auch enttäuscht. »Wo leben Sie?«

»Im Augenblick in San Francisco. Meine Arbeit führt mich überall hin, wo immer ich gerade gebraucht werde. Aber die Westküste mag ich sehr. Und was führt Sie nach ›Frisco‹?«

»Eine Konferenz.« Laurie erzählte ihm von dem Treffen, dem Vortrag, den sie halten sollte und ein bißchen mehr von sich selbst. Sie erwähnte beiläufig, daß sie ein Jahr in Afrika gewesen war, wollte aber nicht zu lange bei diesem Thema bleiben, weil sie Angst vor ihren Gefühlen hatte. Sie war überrascht, daß er wußte, wo Gobir lag, als sie ihm sagte, wo genau sie gewesen war. Nur wenige Amerikaner wußten das. Sie kannten gewöhnlich nur Nigeria, Südafrika und im Augenblick natürlich Zimbabwe. Gobir war einfach irgend so ein Land. Ihr Nachbar wußte dagegen eine ganze Menge darüber. Er hatte sogar gelesen, daß dort erst vor kurzem ein Putsch stattgefunden hatte. Als er das sagte, wechselte sie aber rasch das Thema.

Die Zeit verging schnell, und sie war völlig überrascht, als das Zeichen zum Anschnallen wieder aufleuchtete. Flirten und Scotch trinken war eine wundervolle Art, die Zeit zu verbringen. Sie überlegte sich, wie sie ihm auf irgendeine elegante Weise sagen konnte, daß sie ihn wiedersehen wollte, als er beim Aufsetzen der Maschine das Thema von sich aus anschnitt. »Es hat mir wirklich Spaß gemacht, mich mit Ihnen zu unterhalten. Ich muß Ihnen etwas gestehen. Sie sind mir schon im Warteraum auf dem Flughafen aufgefallen, und ich habe mich wirklich gefreut, daß wir nebeneinander gesessen haben. Ich meine, das ist ein Wink des Schicksals, daß wir uns näher kennenlernen sollten. Hätten Sie Lust, heute abend mit mir zu essen?«

»Das wäre fein. Ich müßte allerdings zuerst in das Hotel, in dem die Anthropologenkonferenz stattfindet. Ich muß morgen nachmittag meinen Vortrag halten.«

Er fing an zu lachen. »Ich habe nur gesagt: heute abend. Ich hoffe, daß wir doch ein Restaurant mit so schneller Bedienung finden, daß wir vor morgen nachmittag fertig sind.«

Laurie wurde knallrot. »Ich glaube doch, es geht nicht. Ich habe zu viel zu tun.«

Er hörte auf zu lachen und sah sie ernst an. »Hören Sie, ich kenne noch nicht einmal Ihren Namen, aber ich mag Sie, und ich möchte heute abend gern mit Ihnen essen gehen. Ich lache Sie nicht aus. Glauben Sie mir. Wenn es Ihnen hilft: ich wollte Sie fragen, ob Sie heute abend mit zu mir nach Hause kommen, darum habe ich wohl diesen Witz gemacht. Ich möchte mit Ihnen zusammen sein, ob Sie jetzt hinterher mit mir kommen oder nicht. Wissen Sie, ich lerne nicht jeden Tag eine Universitätsdozentin kennen, und Sie machen mich ein bißchen unsicher.«

Damit hatte er genau das Richtige gesagt, und Laurie vergaß ihre Verlegenheit. Sie nahm seine Einladung zum Essen an und meinte mit einem Lächeln, daß, wenn die Bedienung zu langsam sei, sie wirklich kaum zu etwas anderem mehr Zeit bekämen, bevor sie wieder zurück ins Hotel und an ihre Arbeit müßte.

Die Maschine war zum Stillstand gekommen, und die anderen Passagiere hatten sie bereits verlassen. Sie standen auf und gingen zusammen hinaus.

Als sie durch das Flughafengebäude schlenderten, konnte sie seine Nähe spüren. Sie warteten zusammen auf ihr Gepäck. Er hatte keins.

»Ich heiße Rodney L. Bigelow. Und wie heißen Sie?«

»Laurie Spencer. Aber Sie dürfen mich Dr. Spencer nennen.«

»Einverstanden. Dann nennen Sie mich Rodney. Apropos

Spencer. Sind Sie mit dem berühmten Anthropologen Herbert Spencer verwandt?«

»Mein Vater war zwar Engländer, aber ich glaube nicht. Aber finden Sie nicht auch, daß ich eine auffallende Ähnlichkeit mit Margaret Mead besitze?«

Er lachte. »Nein, ich finde, daß Sie eher wie Queen Victoria aussehen. Aber im Ernst, Sie sehen nicht wie eine Engländerin aus.«

»Ich bin zur Hälfte Polin, sieht man das nicht? Woher stammen Sie? Und wofür steht das L.?«

»Für nichts. Ich benutze es nur, weil es besser klingt. Meine Familie ist rein amerikanisch. Tut mir leid, wenn ich Ihnen nicht exotisch genug bin.«

»Nein, Sie sind schon prima, so, wie Sie sind.« Sie lächelten einander zu, und sie glaubte, eine Spur von Zögern zu erkennen.

Rodney manövrierte Laurie mitsamt ihrem Gepäck mühelos hinaus zu einem Taxi. Es war nett, jemanden kennenzulernen, der sich ganz selbstverständlich um solche Kleinigkeiten kümmerte. Sie mußte an Moussa denken. Auch er war ein Mann, der die Dinge in die Hand nahm. Laurie hatte das Gefühl, als würde sie ihn betrügen, aber dann fand sie, daß das albern war. Sie würde ihn nicht vergessen. Sie würde ihn rächen.

Rodney fuhr mit ihr nach San Francisco hinein. »Ich glaube, Sie haben die ganze Zeit überhaupt nicht zugehört. Fasziniert Sie das Seerecht nicht? Ist etwas?«

»Nein«, antwortete sie zu schnell. »Nichts. Wohin fährt das Taxi?«

»Zum Hilton. Sie haben mir doch gesagt, daß die Konferenz dort stattfindet.«

»Ja, danke. Ich habe gerade an den Vortrag gedacht, den ich morgen halten muß. Tut mir leid. Diese Reiserei macht mich ganz durcheinander. Normalerweise wären meine Gedanken jetzt mit nichts anderem als mit Ihnen beschäftigt.«

Ihre schmeichelhafte Bemerkung traf genau den richtigen Punkt. Ein perfektes Lächeln blitzte über sein Gesicht. Es wirkte jungenhaft und sehr charmant. Laurie lächelte zurück. Sie wünschte, sie wäre Audrey Hepburn, die das hier mit Cary Grant spielte, und sie würden eine wundervolle Zeit haben, und alle würden gerettet werden und am Ende reich sein. Sie wünschte, es wäre so, aber sie hatte Angst, es zu sagen. Es würde zu albern klingen.

Im Hilton trug sie sich ein und ging dann zurück nach unten, wo er auf sie wartete. Mit einem anderen Taxi fuhren sie ins La Pergola.

Es war ein phantastisches Restaurant, nicht zu übertrieben, aber doch feudal genug, daß alles auf der Speisekarte zu einem ganz besonderen Leckerbissen wurde. Es war angenehm, so bedient zu werden und das Gefühl zu haben, daß die Welt einen kleinen Steptanz für ihr persönliches Vergnügen aufführte. Die Kellner waren sehr aufmerksam, und als Laurie an dem Chivas Regal nippte, den Rodney für sie bestellt hatte, lehnte sie sich entspannt in dem weichen Stuhl zurück. Sie war glücklich und genoß den Luxus um sie herum.

Laurie wandte ihre Aufmerksamkeit wieder der Speisekarte zu. Heute würde sie einmal schwelgen. Sie hatte es verdient.

»Wußten Sie, daß ich auf einem Boot lebe?« fragte Rodney gerade.

»Wirklich? Ich glaube Ihnen nicht.«

»Ich werde es Ihnen zeigen, wenn Sie wollen.«

»Ein guter Vorschlag. Liegt es hier, im Marina?«

»Nein. Ich konnte hier keinen Liegeplatz bekommen. Es liegt auf der anderen Seite der Bucht, in Oakland. Kommen Sie nach dem Essen mit?«

Sie wußte, daß sie es tun würde, aber sie tat so, als ob sie es sich noch überlegen müßte. »Ist Ihr Boot sicher? Wie groß ist es denn?«

»Es ist groß genug. Daß es sicher ist, meine ich.«

Sie lachten und erzählten eine ganze Menge während des Essens. Es stellte sich heraus, daß er gar kein so leichtes, unbeschwertes Leben gehabt hatte, was ihn für sie realer machte und ihre Zuneigung für ihn noch größer werden ließ. Sein Vater war gestorben, als er noch ganz klein gewesen war, und seine Mutter war dann zur Alkoholikerin geworden und gestorben, als er zehn war. Dann hatte das Leben eine Wende zum Besseren für ihn genommen, und er war von einem Freund seines Vaters adoptiert worden, ein Mann, der mit seinem Vater zusammen in Brasilien gearbeitet hatte, wo sein Vater bei einem Unfall ums Leben gekommen war. Er hatte den Namen seines neuen Vaters, Bigelow, angenommen und war von ihm großgezogen worden. Bigelow war reich und der Direktor der Gesellschaft, für die er arbeitete. Aber Bigelow war auch ein harter Lehrmeister und hatte Rodney verpflichtet, hart in der Schule zu arbeiten, um sich seinen Posten zu verdienen. Rodney war auf gute Schulen gegangen und ein ausgezeichneter Schüler gewesen, aber er hatte immer bedauert, daß er seinen wirklichen Vater nie richtig gekannt hatte. Das einzige, woran er sich bei seiner Mutter erinnerte, waren lange Perioden stumpfsinniger Trunkenheit und Armut. Offensichtlich hatte er nichts für sie übrig, und obwohl sein Stiefvater ihn gut behandelt hatte, hatte er doch nie die richtige Liebe in einer Familie kennengelernt.

Laurie erzählte ihm von ihrem toten Vater und ihrer überfürsorglichen Mutter und fühlte sich Rodney auf wundervolle Weise nahe. »Weißt du, du hast mir viel mehr von dir erzählt als die meisten Männer, die ich kenne. Du sprichst von deinen Gefühlen und von dem, was dich verletzt. Entschuldige, wenn ich das sage, aber ich hätte nicht erwartet, daß du so offen zu mir bist.«

»Ich bin eigentlich gar kein so offener Mensch, und normalerweise rede ich nicht so frei wie jetzt mit dir. Ich habe nicht viele enge Freunde. Vielleicht, weil die meisten Menschen weder so intelligent noch so mitfühlend sind wie du. Oder so schön.« Rodney brach ab. »Ich hoffe, du magst mich auch noch, wenn du mich näher kennengelernt hast.«

»Warum sollte ich nicht?« Es entstand eine kurze Pause. Laurie nahm seine Hand und sagte: »Sieh mir in die Augen. Bist du verheiratet?«

Rodney verlor völlig die Fassung und kicherte. »Nein, das darf nicht wahr sein. Nimmst du an, daß ich darauf angespielt habe, als ich dir gerade sagte, daß ich mir Sorgen mache, ob du mich dann noch magst?«

»Ich verstehe nicht; irgend etwas macht dir doch offensichtlich Sorgen. Was?«

»Wenn es so einfach wäre, daß ich bloß verheiratet wäre, würde ich es dir sagen. In dieser Hinsicht kannst du ganz beruhigt sein.« Wieder lachte er nervös.

Laurie bekam ein komisches Gefühl im Magen und kam zu dem Schluß, daß mit ihm etwas nicht stimmte. »Bist du, also, ich meine, du weißt schon . . . in San Francisco . . . nicht, daß ich es schlimm finde, überhaupt nicht, aber ich glaube, ich möchte mit dir nach Hause kommen, und ich, äh . . . wenn du es nicht möchtest, habe ich vollstes Verständnis dafür, und ich verspreche dir, daß wir uns noch mal sehen.«

Rodney begriff nicht. »Was meinst du . . . ach so . . .« Und er lachte wieder, aber diesmal selbstsicherer. »Nein. Nicht jeder in San Francisco ist schwul, wenn du das meinst. Ich bin nicht verheiratet, ich liebe Frauen, und ich glaube, das netteste, was ich seit langem gehört habe, ist, daß du nach dem Essen mit mir kommst.« Rodney drückte ihre Hand und beugte sich über den Tisch vor, um sie zu küssen.

Laurie war etwas erleichtert, aber sie wollte immer noch wissen, was los war.

»Schön, dann werde ich es dir sagen.« Seine alte Selbstsicherheit war wieder da, und er hatte sich wieder in der Gewalt. »Ich glaube nicht, daß sich Akademiker vorstellen können, wie rücksichtslos es in der Geschäftswelt zugeht. Ich fürchte, du könntest entsetzt sein, wenn du erfährst, wie ich wirklich arbeite.«

»Ist das alles?«

»Reicht das nicht?«

»Nein.« Jetzt war es Laurie, die lachte. Sie dachte an ihren eigenen Plan, an Moussa und Hawa und wollte ihm sagen, daß auch sie hart sein konnte.

»Du kennst die Akademiker eben nicht gut. Wir kämpfen genauso hart wie alle anderen und fallen uns gegenseitig in den Rücken. Wir versuchen mit schmutzigen Methoden,

Posten, Stipendien oder möglichst viele Studenten zu bekommen. Wir betrügen, stehlen und lügen wie alle anderen auch.«

Rodney lächelte. »Wie entsetzlich! Aber eigentlich klingt das alles eher nach Lappalien. Gefällt dir deine Arbeit?«

»Bis vor kurzem ja. Sie bedeutete eine Herausforderung für mich. Ich dachte, daß es immer wieder einen neuen Berg gäbe, den ich bezwingen müßte, aber jetzt denke ich anders. Es gibt keine Berge, nur endlose Hügel. Ich schätze, du hast recht. Es sind tatsächlich nur Lappalien, und das macht diesen häßlichen Nahkampf um so schlimmer. Es gibt so wenig, um das es sich zu kämpfen lohnt. Ich habe jetzt an etwas anderem Lust.«

»Und das wäre?«

»Reich zu sein.«

»Eine gute Idee.« Er drückte seine Knie fest gegen ihre. »Überfallen wir doch zusammen eine Bank. Ich bin ein Freund von Patty Hearst. Sie kann uns ein paar gute Tips geben.«

Sie aßen rasch zu Ende. Keiner von ihnen hatte noch Lust auf ein Dessert. Sie tranken Kaffee, und Rodney verlangte die Rechnung.

Dann stand er auf, nahm ihren Arm, und sie gingen hinaus. Es war kühl, und es wehte ein leichter Wind. Da keine Taxis zu sehen waren, begannen sie, am Wasser entlangzugehen. Er blieb stehen und drehte sich zu ihr um. Sie fror und begann zu zittern. Laurie konnte die Lichter eines kleinen Schleppers sehen, der parallel zum Ufer auf seinem Weg aus der Bucht hinausfuhr. Rodney legte die Hände auf ihre Schultern und küßte sie. »Willst du mich die ganze Nacht hier frieren lassen?« fragte sie.

Rodney sah sie an und versuchte zu lächeln. »Ich habe nicht gedacht, daß ich mich in dich verlieben würde. Das mußt du mir glauben.«

»Ach so. Das ist es also. Du wolltest mich bloß mal eben fürs Bett.«

Er mußte lächeln. »Ja. So etwas ähnliches.«

»Das kannst du immer noch haben, wenn du willst.

Hauptsache, ich bin dabei. Aber zuerst solltest du dich vielleicht nach einem Taxi umsehen, es sei denn, du hast hier in der Nähe irgendwo einen Wagen versteckt.«

Rodney umarmte sie und küßte sie leidenschaftlich. Laurie küßte seine geschlossenen Augen; erst eins, dann das andere.

»Komm, suchen wir uns ein Taxi.« Er nahm ihre Hand, und sie liefen los, bis sie ein Taxi ausmachten, das sie anhielten.

Rodney gab dem Fahrer ihr Ziel an und kuschelte sich dann mit Laurie in den Rücksitz.

Es wurde eine lange Fahrt über die Bay Bridge und meilenweit vorbei an flimmernden Lichtern und durch Kurven. Die ganze Zeit über hielten sie sich umarmt, und Laurie schlief, behaglich in seine Arme gekuschelt, fast ein. Sie war wieder glücklich und dachte, daß sie eine Romanze wie in einem Märchen haben würde, und wenn sie ihn erst besser kannte, würde sie ihm von ihren Erlebnissen in Gobir erzählen und sehen, ob er ihr helfen konnte.

Das Taxi fuhr vor einem beleuchteten Stück vor und hielt an. Laurie sah ein Schild: »Balima Bay Yachtclub.« Rodney bezahlte, und sie gingen am Parkplatz vorbei auf das Boot zu. Der kühle Wind strich wohltuend über ihr Gesicht, und sie hielt sich an seinem Arm fest. »Welches ist deins?« wollte sie wissen. Sie deutete auf die Reihe von Booten vor ihnen.

»Das schönste Boot am Pier. Kannst du es herausfinden?«

»Aha, ein Test. Du willst wissen, wieviel ich von Booten verstehe. Gar nichts. Ihr Reichen werft immer mit kleinen Anspielungen um euch, die zeigen, wer ihr seid. Wir Armen versagen immer bei euren Tests.«

»Ich gebe dir einen Tip. Es ist ein französisches.«

Laurie verkrampfte sich und zog ihren Arm aus seinem.

»Habe ich etwas Falsches gesagt?«

Laurie schüttelte den Kopf. Sie konnte Moussa wieder vor sich sehen, sein Lächeln trieb auf dem Wasser neben den Booten, und sie versuchte, die Augen zu schließen. Rodney nahm ihren Arm und küßte sie sanft. Sie ließ sich ein bißchen gehen und blickte über die Reihe von Booten. »Ich will nicht raten.«

»Wieso nicht? Rate schon.«

»*Tu sais*«, antwortete Laurie auf Französisch, »*mon cher, je suis Niçoise et j'en ai trois blus beaux que le tien.* Weißt du, mein Schatz, ich lebe in Nizza und habe drei, die schöner sind als deins.«

»Tatsächlich? Dein Französisch ist zwar viel besser als meins, aber du hättest es mir nicht zu übersetzen brauchen. Ich habe es sofort verstanden.«

»Ehrlich gesagt habe ich gelogen. Ich habe nur zwei Boote, und eins davon gehört meinem Mann.« Sie lachten und gingen auf ein blaues Boot zu.

»Es ist eine Dufour«, erklärte er, »und sie ist schon ein paar Jahre alt und zehnmal besser als jedes amerikanische. Die Quartiere sind wesentlich besser, und sie verhält sich auch besser bei Sturm. Manchmal spiele ich mit dem Gedanken, sie zu verkaufen und mir eine Swan zu kaufen, aber ich kann mich einfach nicht von ihr trennen.«

Sie hatten jetzt das Boot erreicht, und Rodney half ihr an Bord und öffnete die Luke. Sie stiegen hinunter. Innen war es eng, und Laurie fühlte sich sofort warm und behaglich. Als sie an die letzte Stufe kam, drehte er sich zu ihr um und nahm sie in die Arme. Ihr Gesicht befand sich knapp unter seinem. Er sah sie einen langen Augenblick an, dann zog er sie an sich und küßte sie.

Es war überhaupt nicht mehr kalt, und Laurie fühlte sich schwindlig. Sie mußte sich gegen ihn lehnen, um nicht den Stand zu verlieren. Er hielt sie mit genau dem richtigen Druck fest, zärtlich, aber erregt. Sein Kuß war perfekt, beherrscht, aber verheißungsvoll.

Sie lösten sich voneinander, und Laurie hielt den Atem an. Rodney lächelte. »Ich kann nicht glauben, daß du die bist, die du bist. Ich möchte mit dir schlafen und ich möchte dich kennenlernen.«

Laurie wollte darauf nicht antworten und küßte ihn statt dessen. Sie küßten sich wieder und wieder. Sie fühlte, wie seine Hände über ihren Rücken und hinunter bis zu den

Schenkeln strichen. Dann berührte er zärtlich eine ihrer Brüste. Sie zitterte ein bißchen und hörte sich leise stöhnen, und sie fühlte sich feucht im Innern und weich in den Knien.

Hinterher lagen sie erschöpft nebeneinander. »Ich glaube, du hast nicht so viel davon gehabt. Tut mir leid«, meinte er.

»Ich liebe dich. Du warst wundervoll.« Sie strich ihm über das Haar, und er schlief langsam ein.

Laurie lag noch einige Zeit wach neben ihm. Sie war glücklich, hier zu sein und fühlte sich geborgen, begehrt und schön. Sie hatte beschlossen, Rodney alles zu erzählen. Aber erst morgen. Sie fiel in einen tiefen, friedlichen Schlaf, das erste Mal seit einer Woche.

Als sie erwachte, wußte sie zuerst nicht, wo sie war. Es dauerte ein paar Minuten, bis sie sich wieder zurechtgefunden hatte. Draußen hörte sie die Möwen, das Glucksen des Wassers und die Stimmen von Leuten.

Ihr Arm war eingeschlafen und fühlte sich taub an. Sie zog ihn unter Rodney weg, und bei der Erinnerung an die vergangene Nacht fiel ihr plötzlich alles wieder ein. Er schlief noch. Das Bett schien nicht für ausgewachsene Personen gedacht, und als sie auf seinen nackten Körper blickte, der neben ihr zusammengeringelt war, fragte sie sich, wie er so gut schlafen konnte. Sie fühlte sich ein bißchen steif.

Leise stand sie auf und ging auf Zehenspitzen zur Toilette, und als sie zurückkam, lag Rodney auf seinen Ellbogen gestützt im Bett und betrachtete sie.

»Du siehst am Morgen noch schöner aus als in der Nacht.«

»Danke. Und danke für letzte Nacht.« Sie gab ihm einen Kuß.

»Hast du gut geschlafen?« wollte sie wissen.

»Klar, und du?«

»Nicht schlecht. Ich kann mich nicht beklagen. Nur brave Gäste werden noch mal eingeladen, hat mir meine Mutter immer gesagt.«

Er grinste, schnappte sie und zog sie auf sich. Ein Gefühl sexueller Erregung durchrieselte sie. Sie küßten sich, und er hielt ihr Gesicht auf eine liebevolle, beschützende Art in den Händen. Doch dann fiel ihr Blick auf seine Uhr.

»Verflucht. Es ist schon zehn. Ich muß um elf zurück sein. Um eins muß ich meinen Vortrag halten, und vorher habe ich noch einiges zu erledigen.«

»Da bleibt uns ja nicht mehr viel Zeit für das, was ich jetzt eigentlich mit dir vorhatte, was?«

Laurie war enttäuscht. »Wie wär's mit einer schnellen Nummer?« fragte sie scherzend, aber es war ihr ernst. Sie wollte seine Nähe spüren.

»*No*. Schnelle Nummern mag ich nicht. Das bringt einen in schlechte Gewohnheiten. Aber solltest du nach deinem Vortrag heute abend zufällig frei sein . . .«

»Ja, Mr. Rodney L. Bigelow, zufällig. Wie heißt es doch so schön: Aufgeschoben ist nicht aufgehoben.«

Sie standen auf und zogen sich guter Laune an. »Ich hole dich dann um halb sechs vor dem Hilton ab«, sagte er. »Wir gehen ins Blue Fox, trinken etwas und essen dann schick zu abend. Und danach können wir dann ja das machen, wozu wir gerade Lust haben.« Er zwinkerte ihr verschwörerisch zu.

»Tut mir leid, die Tour zieht bei mir nicht. Aber ich nehme die Einladung trotzdem an.« Sie lachte.

Nachdem er vom Boot gegangen war, um sich im Clubhaus zu duschen, verschwand ihr Gefühl der Sorglosigkeit langsam. Aus einem Grund, den sie nicht so recht begreifen konnte, fing sie wieder an zu überlegen, was er mit seinen vagen Bemerkungen gemeint hatte. Warum hatte er gesagt: ». . . wenn du mich näher kennengelernt hast . . .« Sie fühlte sich albern und hatte ein schlechtes Gewissen, aber sie wollte mehr über diesen Mann erfahren. Also sagte sie sich, daß sie nicht so gemein war, wie es vielleicht schien, und begann, seine Sachen zu durchsuchen.

Sie fing mit seinem kleinen Schreibtisch an. Er enthielt nichts außer ein paar nautischen Dingen.

Dann durchsuchte sie seine Manteltaschen, aber auch hier konnte sie nichts Besonderes entdecken. Ihre paranoide Angst war offensichtlich unbegründet, dachte sie und begann, sich zu entspannen. Als sie sich setzte, fiel ihr Blick auf seinen Aktenkoffer, und sie klappte ihn auf.

Der Inhalt schien uninteressant. Sie fand eine Menge Briefe mit seinem Namen, Rechnungen, ein paar Geschäftsmemos von der Vancouver-Zweigstelle seiner Gesellschaft, alles nichts Ungewöhnliches. Sie hatte den Koffer schon wieder geschlossen, als es ihr plötzlich wie Schuppen von den Augen fiel. Der Briefkopf auf den Memos. Sie hielt sich die Hand vor den Mund; ihr war auf einmal schlecht, und sie glaubte, schreien zu müssen. Tränen schossen ihr in die Augen, und sie schloß sie und hoffte, daß alles nur ein böser Traum war. Aber das war es nicht, genau wie der Putsch. Sie wollte sich noch einmal vergewissern, obwohl sie wußte, daß es nichts zu vergewissern gab, aber es war sowieso schon zu spät, denn sie hörte, wie er wieder an Bord kletterte.

Sein Lächeln verschwand, als er den Ausdruck auf ihrem Gesicht sah. Er blieb auf der untersten Stufe stehen. »Mein Gott, was ist los? Bist du seekrank?« Seine Stimme klang plötzlich nicht mehr ehrlich. Langsam kam er zu ihr herüber.

»Du Schwein!« schrie sie. »Du verdammtes Schwein. Laß mich hier raus, bevor ich anfange zu schreien und alle Leute zusammengelaufen kommen.«

»Ruhig, Laurie. Was ist los?«

Tränen liefen ihr über das Gesicht. »Ich kann es einfach nicht glauben. Du dreckiger Lügner. Jetzt begreife ich auch, warum du so wenig über deine Arbeit gesprochen hast. Vor allem, wenn du so einen dreckigen Job wie den hier machen mußt. Was bist du überhaupt, die Gesellschaftshure? Ihr Callboy?«

Sie schnappte sich den Aktenkoffer und warf ihn auf den Boden. Er klappte auf, und Briefe, Rechnungen und Memos flogen heraus. Ein Briefumschlag flatterte mit dem gedruckten Absender nach oben vor ihre Füße. *United International Minerals, 761 Third Avenue, New York, N. Y. 10017.*

Er wurde weiß im Gesicht und streckte die Hand aus, um sie zu beruhigen, aber sie stieß seinen Arm weg.

»Ich weiß Bescheid«, sagte sie. »Ich weiß alles über deine lausige Firma. Du weißt, was ich habe, nicht? Du bist hinter dem Uran in Gobir her. Du bist mir nicht zufällig über den Weg gelaufen. Es war alles geplant. Mein Gott, sollte ich deshalb gestern abend mit hier raus kommen? Hast du darauf gebaut, daß ich dir das Gutachten aus lauter Dankbarkeit geben würde? Es war mir ein Vergnügen.«

Er packte sie bei den Schultern, und sie bekam es plötzlich mit der Angst zu tun.

Warum hatte sie nicht den Mund gehalten und war einfach hinausgegangen? Vielleicht steckten diese Leute hinter dem Putsch, und nicht die Franzosen. Vielleicht würde er sie jetzt umbringen.

Er sah, daß sie Angst hatte und ließ sie los. »Es tut mir leid. Du brauchst keine Angst zu haben. Ich werde dir nichts tun. Bitte, Laurie, hör mir zu.«

Sie ballte die Fäuste zusammen und funkelte ihn an.

»Es tut mir leid, Laurie, daß du es auf diese Weise erfahren mußtest. Ich wollte es dir heute abend sagen. Gestern konnte ich es einfach nicht. Ich mußte es tun. Du hast recht, es war kein Zufall. Ich habe dem Schalterangestellten Geld gegeben, damit ich einen Platz neben dir bekam. Es war geplant. Aber nicht so, wie es dann passiert ist. Mein Stiefvater, ich habe dir doch von ihm erzählt, leitet United International. Da ich gerade an der Westküste war und du gewisse Informationen hast, die die Firma haben will, hat er mich beauftragt, dich kennenzulernen. Ich sollte das Ganze zufällig aussehen lassen, damit du keinen Verdacht schöpfst. Aber ich hatte nicht vor, es so weit kommen zu lassen. Ich schwöre es. Ich wollte mich nicht in dich verlieben.«

»Verlieben? Du bist nichts weiter als ein verdammter Strichjunge, weißt du das? Mein Gott, was bin ich doch für ein Idiot. Ich will sterben. Ich will hier raus. Ich will nie wieder etwas von dir oder deiner Scheißfirma hören. Wahrscheinlich habt ihr Moussa Koulibaly inzwischen umgebracht.«

»Laurie, du verstehst nicht. Wir haben überhaupt nichts mit dem Putsch zu tun gehabt. Wir vermuten, daß die Franzosen dahinterstecken. Unsere Informanten haben uns bloß gesagt, daß du mit einer Kopie dieses Gutachtens entkommen sein könntest.«

»Laß mich raus. Ich will nicht mit dir reden. Ha, ich wette, das wird dein Image in der Firma nicht gerade heben, was, Rodney? Du heißt doch Rodney, oder war das auch gelogen?«

»Nein, ich heiße wirklich Rodney. Und jetzt hör verdammt noch mal auf, so hysterisch zu sein. Ich habe die Sache versaut, weil ich meine Gefühle über meinen Job gestellt habe.«

Sie wollte ihn anspucken, statt dessen beschimpfte sie ihn. »Du weißt, daß Moussa Koulibaly mein Geliebter war, nicht? Ja, das war er, und ein viel besserer als du, auch wenn er dreiundfünfzig war. Und jetzt geh mir aus dem Weg.«

»Wir können dir helfen, Laurie. Vielleicht können wir auch deinem Freund, dem Präsidenten, helfen. Wir bezahlen dich für dieses Gutachten. Du brauchst uns genauso, wie wir dich brauchen.«

Sie wollte nicht darüber nachdenken, was er sagte. Alles, was sie fühlte, war Scham, Scham über ihren Hunger nach ihm letzte Nacht, Scham über ihre Gier, wenn sie an das Gutachten dachte, Scham, weil sie so dumm war und Scham, weil sie heulte, obwohl sie versuchte, hart zu erscheinen.

»Geh mir aus dem Weg, Rodney.«

»Okay. Aber laß mich dich wenigstens in die Stadt bringen. Mein Wagen steht hier auf dem Parkplatz.«

Sie versuchte, an ihm vorbeizukommen, doch er versperrte ihr mit entschlossener Miene den Weg, zwang sie zurück und drückte sie aufs Bett.

»Hör mir zu. Ich möchte dir ein Geschäft vorschlagen. Wenn du ablehnst, könnte es sehr böse für dich ausgehen. Wir sind nicht die einzigen in diesem Spiel, und es ist kein Spiel, bei dem Amateure mitspielen sollten.«

»Die Papiere befinden sich an einem sicheren Ort. Du kannst machen, was du willst, aber du wirst sie nicht bekommen.« Sie funkelte ihn an und log: »Ich habe keine Angst vor dir. Scher dich zum Teufel und laß mich in Ruhe.«

Sie stand auf und verließ das Boot. Auf dem Weg den Pier hinunter versuchte sie, ihre Tränen und ihre Angst zurückzudrängen. Ohne sich noch einmal umzudrehen, ließ sie das Gelände des Yachtclubs hinter sich, aber erst, als sie ein Taxi gefunden hatte und in den Polstern saß, begann sie, sich sicherer zu fühlen.

Im Hilton kippte sie hastig zwei Scotch hinunter und frühstückte schlecht. Sie hielt mechanisch ihren Vortrag, kehrte dann in ihr Zimmer zurück und rief die Fluggesellschaft an, die ihr einen Platz für einen Flug noch am selben Abend reservierte. Dann verließ Laurie das Hotel. Sie konnte jetzt niemanden sehen; alles, was sie wollte, war, allein sein.

Das blieb sie, sobald sie wieder in ihrer Wohnung in Seattle war, und die nächsten zwei Tage betrank sie sich. Es half ihr zwar nicht über ihre Verwirrung hinweg, nahm ihr aber etwas die Angst.

10

In der Woche, seit man ihn nach Bilma gebracht hatte, hatte sich Moussa überraschend schnell mit seinem Schicksal abgefunden. Er hatte zwar immer noch Schmerzen von den Tritten, mit denen ihn der französische Colonel traktiert hatte, aber er wußte, daß die neue Regierung und die Franzosen ihn vorläufig am Leben lassen würden. Er war in einem großen, freundlichen Haus mit einer Veranda untergebracht. Dattelpalmen spendeten ihm Schatten. Es waren immer mehrere Wachen im Hof, und in Bilma befanden sich Truppen aus Gobir und einige französische Berater, aber in diesem Haus war Moussa ganz für sich. Er bekam gutes Essen, und man hatte ihm sogar versprochen, ihm Bücher zur Beschäftigung zu bringen. Besonders froh war er über die Tatsache, daß man ihn nicht zwingen würde, in den Salzbergwerken zu arbeiten. Und er war dankbar, daß er nicht hinter Gittern gefangengehalten wurde. Natürlich gab es auch so keine Möglichkeit zu fliehen, selbst wenn es ihm gelingen würde, sich aus der Oase zu stehlen, aber es hätte schlimmer kommen können.

Captain Ousman Yaro war der Befehlshaber der in Bilma stationierten Truppen. Vor dem Putsch war er ein kleiner Lieutenant gewesen; seine Beförderung war wahrscheinlich auf seine Loyalität gegenüber Katsinawa zurückzuführen. Alle Offiziere und Soldaten, die ihn bewachten, schienen Haussa zu sein, wie Katsinawa selbst, aber sie behandelten Moussa mit Respekt und redeten in seiner Gegenwart nie. Moussa nahm an, daß sie entsprechende Befehle von den Franzosen hatten. Vielleicht ließen sie ihn als Drohmittel gegen Katsinawa am Leben, um ihn unter Kontrolle zu halten.

Am Morgen zuvor war ein Flugzeug in Bilma gelandet und dann wieder abgeflogen. Moussa hatte schon befürchtet, daß es Anweisungen mitbrachte, die seine Behandlung betrafen, aber es sah nicht danach aus. Offensichtlich war es ein Routinewechsel der Soldaten.

Am nächsten Morgen kam ein Lieutenant der Armee von Gobir allein zu Moussa. Moussa kannte ihn. Es war der Korporal, der zusammen mit Katsinawa in der Nacht des Putschs in sein Schlafzimmer eingedrungen war. Er musterte ihn funkelnd.

»Äh, wieder einer meiner treuen Gardesoldaten? Es freut mich zu sehen, daß Ihr Verrat mit einer Beförderung belohnt wurde.«

»Sie erinnern sich an mich?« fragte der Lieutenant auf Französisch.

»Mein Gedächtnis hat man mir nicht herausgeprügelt. Natürlich erinnere ich mich noch an Sie. Nur an Ihren Namen nicht.«

»Harouna Yousouf Sidibey. Früher Korporal der Präsidentengarde, heute Lieutenant des neugebildeten Revolutionsregiments.«

»Revolutionsregiment? Es besteht wohl aus den Leuten, die Katsinawa zur Macht verholfen haben?«

»Ja.«

Moussa spuckte auf den Boden.

»Monsieur«, sagte Yousouf, »Sie haben völlig recht, angewidert zu sein. Aber bevor Sie noch einmal ausspucken, hören Sie mich an. Ich komme von Madarounfa. Kennen Sie es?«

»Natürlich. Ein Dorf südlich von Maradi.«

»Richtig. Wo dem Katsinawa-Clan das Land und die Bauern von der Zeit des Urgroßvaters meines Urgroßvaters und vielleicht noch länger gehört. Ich bin ein Haussa, aber ich habe die Katsinawas schon immer gehaßt, seit ich ein kleiner Junge war. Und Salissou Katsinawa ist nicht besser als die anderen. Sein Onkel, der das Oberhaupt des Katsinawa-Clans war, der heute über ihn herrscht, hat meinen Vater zu Tode geprügelt, als ich zehn war, weil er nicht die Steuern bezahlen konnte.«

»Ach so.« Mit einem kleinen Hoffnungsschimmer im Herzen betrachtete Moussa ihn aufmerksam.

»Ich stehe also auf Ihrer Seite. Niemand weiß es, und ich gehe ein großes Risiko ein, daß ich Ihnen davon erzähle.«

»Wo haben Sie eigentlich Französisch gelernt, Sidibey. Sie sprechen die Sprache gut. Und ist das überhaupt Ihr richtiger Name?«

»Ich floh aus Madarounfa, nachdem mein Vater getötet wurde, und wurde Boy bei einem französischen Lehrer. Er hat es mir beigebracht. Mein richtiger Name war Yousouf Maidougou. Ich habe diesen hier angenommen, als ich bei dem Franzosen arbeitete. Salissou Katsinawa weiß nichts von meinem Vater.«

»Weiß er, daß Sie so gut Französisch sprechen? Können Sie lesen?«

»Ich kann lesen. Das bleibt ein Geheimnis zwischen Ihnen und mir. Niemand weiß es. Und jetzt seien Sie bitte still. Wenn ich zu lange bei Ihnen bleibe, werden die anderen Verdacht schöpfen. Ich kam gestern hierher, weil Katsinawa mir vertraut. Ich habe Sie aufgesucht, um Sie zu informieren, daß ich für die nächsten drei Monate der stellvertretende Kommandeur in Bilma bin.

Nach dem Putsch habe ich eine ganze Menge Dinge herausgefunden. Da gibt es einen Amerikaner in der Botschaft, der für die Gesellschaft arbeitet, deren Geologen Sie angestellt hatten. Der Mann ist übrigens tot. Dieser Geologe, meine ich. Er wurde erschossen.«

»Ich weiß.«

»Aber der andere Amerikaner sagt, daß die Gesellschaft vielleicht versuchen wird, Sie zu retten. Er war nicht sicher. Es besteht die Möglichkeit. Ich habe ein Funkgerät, und einmal pro Woche werde ich mit ihm sprechen, um ihm zu sagen, wie es Ihnen geht, und wenn Sie einen Plan haben, werde ich helfen.«

Moussa lächelte breit. »Danke. Meine Gebete sind erhört worden. Aber woher weiß die Gesellschaft, was passiert ist?«

»Jeder in Maradi weiß das, inklusive die amerikanische Botschaft. Mehr als das weiß ich nicht. Sprechen Sie mit niemandem darüber. Haben Sie Hoffnung. Auf Wiedersehen.«

»Nein, warten Sie, noch eine Frage. Die Frau, die bei mir war, diese Amerikanerin, Laurie Spencer, ist sie . . .?«

»Sie ist nach Frankreich geflogen. Ich glaube, sie ist in Sicherheit. Ich habe gesehen, wie sie Papiere von Ihrem Schreibtisch genommen hat, aber ich habe so getan, als hätte ich nichts bemerkt. Dem Amerikaner habe ich es gesagt. Ich weiß nicht, ob sie wichtig sind.«

»Doch. Sie sind sehr wichtig. Sehr.«

»Gut. Katsinawa war nicht böse auf mich. Er hält mich für einen Analphabeten und für einen dummen und loyalen Haussa.«

»Danke, Yousouf.«

»Ich werde ab jetzt nicht mehr unter vier Augen mit Ihnen reden. Wenn etwas zu Ihrer Hilfe passiert, können Sie auf mich zählen. Wenn nicht, dürfen Sie mir nicht die Schuld dafür geben. Allein kann ich nichts unternehmen. Aber Katsinawa hat mir gesagt, daß die Franzosen Sie wohlauf wollen. Seien Sie also unbesorgt und vertrauen Sie auf Allah.«

Nachdem Yousouf gegangen war, begann Moussa zu überlegen, was er unternehmen würde, wenn er je wieder aus dem Gefängnis kommen sollte. Er würde nach Libyen oder Algerien gehen. Die radikalen Araber würden ihm helfen, davon war er überzeugt. Er würde einen Krieg gegen die Franzosen beginnen und sie aus Afrika vertreiben. Gobir würde als erstes an die Reihe kommen, dann Niger, Tschad und Mali. Er würde die Franzosen im Senegal und in Mauretanien vernichten, und ihre Eisen-, Uran- und Phosphatbergwerke würden dem Volk zurückgegeben werden, ihren rechtmäßigen Besitzern. Und eine amerikanische Gesellschaft würde ihm helfen. Er mußte innerlich lachen über die Ironie dieses Gedankens, und er dachte mit Vergnügen daran, wie er den Katsinawas und anderen adligen Haussa-Clans ihre unrechtmäßigen Landbesitze abnehmen würde. Sékou Touré hatte ihm vor vielen Jahren gesagt, daß auch er einmal radikal werden würde. Wie wahr. Er hätte die Wahrheit früher einsehen müssen. Aber seine Chance würde wiederkommen.

11

Nachdem sie sich zwei Tage lang betrunken hatte, fand Laurie, daß sie genug hatte, und arbeitete die letzten drei Tage, bevor der Unterricht wieder anfing. Sie ging in ihr Büro, ordnete ihre alten Vorlesungen, machte Veränderungen und überflog die Bücher, die sie dazu ausgesucht und schon so oft gelesen hatte. Sie schaffte es, so wenig wie möglich an Gobir und die United International Minerals zu denken.

Der erste Vorlesungstag war Montag, der erste Oktober, genau zwei Wochen, nachdem sie aus Gobir ausgeflogen worden war. Sie war besser auf den Unterrichtsbetrieb vorbereitet, als sie erwartet hätte. Man gewöhnte sich schnell wieder an die alte Routine, die einen von allem ablenkte, außer von dem, was gerade anstand. Sie würde zwei Kurse haben. Einen um halb elf jeden Morgen, eine Einführung in die kulturelle Anthropologie. Dabei brauchte sie sich bloß an die langweiligen, klassischen Ausgaben von Blumstein und

Larson zu halten, die Vorlesung eines jeden Tags erklären und genügend amüsante Beispiele finden, um ihre Studenten wachzuhalten. Der zweite Kurs war ein Seminar über praktische Arbeit, der schwieriger war, weil sie dabei auf ihre eigenen Erfahrungen zurückgreifen mußte, um ihnen zu helfen. Sie hoffte, daß sie es schaffen würde, ihnen von Methoden praktischer Arbeit in Afrika zu berichten, ohne dabei zu persönlich zu werden. Der Kurs fand nur einmal in der Woche, Dienstagnachmittags, statt.

Der erste Morgen nach den Sommerferien war immer ein bißchen aufregend. Alte Studenten und Dozenten begrüßten einander fröhlich, und jeder zog sich etwas bessere Sachen an als die alltäglichen, langweiligen akademischen Kleider, mit denen man sich schon bald wieder begnügen würde.

Als Laurie ihre Unterlagen einsammelte und sich nach den Lehrassistenten für dieses Jahr umsah, die ihr bei ihrem großen Kurs helfen sollten, kam Paul herein, der sie wie immer fröhlich auf Französisch ansprach. Sie hatte ihn seit fast einem Jahr nicht mehr gesehen und freute sich, sich mit ihm zu unterhalten. Jetzt war ihr Französisch gut genug, daß sie mit ihm mithalten konnte.

Paul Chirot war in Frankreich geboren worden, lebte aber schon fast sein ganzes Leben in den Staaten. Er hatte an der Columbia University studiert und war nun einer der wenigen bekannten Anthropologen der Abteilung. Paul hatte Bücher über Besessenheitstänze der Joruba geschrieben, über Landreformpolitik in Bolivien und sogar eins über traditionelle Dorfprostitution im Burundi-Hochland. Trotz seiner Jahre in Amerika gab er sich immer noch als Franzose und machte sich lustig über den amerikanischen Ethnozentrismus. Er sprach am liebsten Französisch, Deutsch oder Spanisch mit seinen Kollegen, um ihnen ihre sprachliche Unbildung unter die Nase zu reiben, während sie ihn ihrerseits für einen langweiligen Angeber hielten. Aber sie waren auch neidisch auf seine enormen wissenschaftlichen Kenntnisse und seinen Ruf auf dem Gebiet. Laurie hatte ihn immer gemocht, und jetzt, nachdem sie sich in ihrem Französisch sicher fühlte, machte es ihr nichts aus, sich mit ihm zu unterhalten.

»Ah, Laurie, wieder zurück? Wie war Gobir? Ich habe dich vermißt. Ein ganzes Jahr lang habe ich keine Feministin gehabt, mit der ich mich hätte streiten können. Hast du Lust, heute mittag mit mir zu essen?«

»Es ist schön, wieder zu Hause zu sein, Paul. Natürlich. Mein Kurs ist um halb zwölf zu Ende. Wir treffen uns dann um zwölf im Fachbereichsclub.«

Laurie fand ihre studentischen Assistenten. Es waren vier, die ihr helfen sollten, die erwarteten dreihundert Anfänger zu unterrichten, und sie freute sich, Molly unter ihnen zu sehen. Das Mädchen war zwar ein Trampel, aber sie war intelligent und würde die anderen Assistenten gut einweisen können.

Die erste Stunde mit dem neuen Kurs verlief reibungslos. Laurie hatte vor langem die Erfahrung gemacht, daß sie die Aufmerksamkeit einer großen Gruppe von neuen Studenten sofort gewinnen konnte, wenn sie am nächsten Tag mit leichter Verspätung hereinkam, elegant aussah und sich benahm, als ob sie aus Eis wäre. Sie wußte nicht genau, wieso ihr das den Respekt der Achtzehnjährigen einbrachte, aber es funktionierte, und so versuchte sie immer, dieses Image beizubehalten. Laurie ließ die Anwesenheitslisten herumgehen, und nachdem sie der Klasse die Assistenten vorgestellt hatte, begann sie mit der üblichen Einführung. Sie versprach ihren Studenten eine ganze Menge Arbeit und erklärte ihnen, daß es hart werden würde, aber daß sie am Ende mehr gelernt haben würden, als sie erwartet hätten. Sie verwahrte sich ihren inzwischen abgedroschenen Witz für den Schluß auf (aber die neuen Studenten hatten ihn noch nicht gehört, also war er für sie auch nicht alt), und genauso wie in den vergangenen sechs Jahren erzielte er auch diesmal wieder den gewünschten Effekt.

»Einige von Ihnen haben diesen Kurs möglicherweise deshalb gewählt, weil sie gesehen haben, daß eins der Bücher, die Sie lesen müssen, den Titel *Das Sexualleben von Wilden* trägt. Wenn dies der Grund sein sollte, warum Sie diesen Kurs gewählt haben, muß ich Sie enttäuschen. Ihr eigenes Sexleben ist sehr wahrscheinlich wesentlich interessanter als das der meisten Wilden.« Befriedigt hörte sie das erwartete Kichern. ». . . und wenn nicht, dann warten Sie, bis Sie erst eine Weile an dieser Universität sind.« Alle brüllten vor Lachen, und dann klingelte es.

Nach der Vorlesung setzte sie sich kurz mit ihren Assistenten zusammen, um ihnen zu erklären, was sie zu tun hatten. Sie bat Molly, am Nachmittag zu ihr zu kommen, damit sie über ihre Examensarbeit sprechen konnten. Dann machte sie sich auf den Weg zum Fachbereichsclub.

Der Campus sah wunderschön aus im letzten Teil des Herbstes von Seattle, kurz bevor der Regen begann. Sie mußte an die alte Geschichte denken, daß die University of Washington mehr Geld für ihre Parks als für ihre Fakultät ausgab, und es sah ganz so aus, als ob es stimmte. Prachtvolle Exemplare von Kiefern und Tannen ragten über dem Rasen empor, und der Springbrunnen in der Mitte des Campus sprühte gewaltige Bögen aus Wassertropfen über das Bassin hinaus, das inmitten von großen, sorgfältig gepflegten Blumenbeeten stand.

Dieses üppige Bild unterschied sich so stark von der Wüstenlandschaft Gobirs, daß Laurie daran erinnert wurde, wie weit Moussa weg war und wie sehr es ihr leid tat, daß sie nicht bei ihm war.

Sie beschloß, sich mit Paul über die Politik von Gobir zu unterhalten, um festzustellen, was er wußte. Immerhin war er ein Experte in Sachen Afrika, und vielleicht konnte sie, ohne allzu indiskret zu werden, aus ihm herausholen, was sie tun konnte.

Als sie den Speisesaal betrat, war sie wieder einmal beeindruckt von der phantastischen Aussicht, die man von hier hatte. Der Blick auf den See, den Mount Rainier im Süden, die Wasserfälle und auf die Evergreen-Point-Bridge, die sich über den See wand, war einfach überwältigend.

Sie entdeckte Paul zwischen alten Bekannten, denen er gerade von dem Buch erzählte, das er während der Sommerferien fertiggestellt hatte. Als er sie sah, kam er zu ihr herüber und stellte sich mit ihr in der Schlange an.

Nachdem sie ihr Essen bekommen und einen freien Tisch gefunden hatten, plauderte er über den Verfall der Familie in Amerika, über die Unübertrefflichkeit der französischen Küche und darüber, warum nigerianische Universitäten besser waren als amerikanische . . . Himmel, der Mann war unmöglich. Er war wie ein Terrier mit einer Ratte, die er sich schnappen und zu Tode beuteln konnte. Dann die zweite und eine dritte, und da er inzwischen vergessen hatte, daß die erste tot war, kehrte er zu ihr zurück, um sie noch einmal zu töten, dann zur zweiten und zur dritten. Er bewegte sich ständig in kleinen Kreisen herum, kehrte immer wieder zu denselben paar Themen zurück, die sich alle um die eine Idee drehten, daß alles Amerikanische schlecht war, dumm, dekadent oder alles zusammen.

»Dieses Land ist provinzlerisch, tödlich provinzlerisch! Du kannst von Glück sagen, daß du ihm ein ganzes Jahr lang den Rücken kehren und etwas Interessanteres sehen konntest. Ich beneide dich richtig. Es ist schon zwei Jahre her, daß ich das letzte Mal draußen in der Praxis gearbeitet habe. Weißt du, man muß aus dem Land raus und sehen, wieviel besser vierundneunzig Prozent der Menschen leben. Die meisten unserer Kollegen sind nur mit unseren eigenen kleinen Problemen beschäftigt. Ein kleiner Horizont und überhaupt keine geistige Aufgeschlossenheit. Du dagegen hast sie. Ich bin froh, daß du dich mal von den albernen Studien der amerikanischen Frau getrennt und gesehen hast, was so in Gobir passiert. Ich wette, du warst begeistert. Oder?«

Laurie versuchte zu lächeln und daran zu denken, daß unter dem äußeren Getue ein intelligenter Mann steckte, von dem sie vielleicht ein paar wertvolle Ansichten bekommen konnte. Sie versuchte noch nicht einmal, seine Antiamerika-Tirade mit der Frage zu stoppen, die ihm naivere Kollegen immer stellten: »Wenn Sie es so schrecklich finden, warum bleiben Sie dann?« er murmelte dann nur irgend etwas von seinen Kindern und wie wichtig es sei, daß sie bis zum Abschluß auf derselben Schule blieben. Die Wahrheit aber war die, daß seine französische Frau die Staaten liebte und nicht von hier weg wollte.

»Hast du Lust, nach Gobir zu ziehen, Paul? Sei mein Gast.« Sie klang nicht überzeugend, und ihre Stimme war unsicher, als sie es sagte. Sie teilte zwar nicht seine generelle Verachtung für Amerika, verstand aber, ebenso wie einige andere, daß er ausdrücken wollte, wie sehr ihn die bequeme akademische Routine langweilte, die sie jetzt wieder teilte. Einen Augenblick verspürte sie den brennenden Wunsch, wieder in Maradi zu sein, im heißen Wind am Anfang der Trockenzeit. Paul hatte irgendwo recht; er wußte nur nicht, wie er es richtig ausdrücken sollte.

Laurie wechselte das Thema. »Was weißt du über die jüngsten Ereignisse in Gobir?«

»Nicht viel. Diese gräßlichen amerikanischen Zeitungen sagen einem nie was. Ich warte auf die Ausgabe von *Le Monde* von dieser Woche, damit ich nachlesen kann, was genau passiert ist. Natürlich habe ich von dem Putsch dort gehört. Bist du da noch in Gobir gewesen, oder warst du schon auf dem Weg zurück?«

»Ich war noch dort.« Sie senkte ihre Stimme. »Ich muß über etwas mit dir reden. Es muß aber unter uns bleiben.«

»Natürlich. Du kannst dich darauf verlassen.«

»Ich habe ein paar gefährliche und schreckliche Dinge in Gobir erlebt, Paul, und jetzt weiß ich nicht genau, wie ich mich verhalten soll.« Sie redeten Französisch.

Laurie sah sich um, aber niemand schien sich um sie zu kümmern. »Du weißt doch sicher, daß Moussa Koulibaly während meines Aufenthalts dort Präsident von Gobir war.«

»Ja, ich erinnere mich an ihn. Kein besonders wichtiger Präsident, weißt du. Er war früher Lehrer. Soweit ich weiß, haben ihm die Franzosen zur Macht verholfen und ihn dann wieder abgesägt, als er zu groß für seine Hose wurde.«

»Hör auf, Paul. Ich bin dort gewesen, in seinem Palast, als sie ihn weggebracht und seine Frau erschossen haben.«

»Ach so.« Es war das erste Mal, daß sie Paul sprachlos erlebte. Er saß mit ernster Miene da und schien zu überlegen, wie er seine bissigen Bemerkungen zurücknehmen konnte. »Entschuldige.«

»Ich möchte ihm helfen«, fuhr Laurie fort. »Ich will ihn befreien.«

»Laurie, du bist eine Anthropologin, keine Politikerin. Schreib ein Buch über das Ganze. Du kannst ihm nicht helfen. Er ist wahrscheinlich mittlerweile schon tot.«

»Hätte das nicht in den Zeitungen gestanden?«

»Vielleicht, vielleicht auch nicht. Wer weiß?«

»Ich glaube, daß er vielleicht noch lebt. Ich besitze einige Informationen, die . . . die ihm helfen könnten.«

Paul zuckte die Achseln. »Sei vernünftig, Laurie.«

»Ich habe ein Gutachten von seinem Schreibtisch mitgenommen, das über wichtige Uranvorkommen in Gobir berichtet. Ich besitze vielleicht die einzige Kopie davon außerhalb Gobirs. Er, also Moussa, hat mir das Gutachten gegeben und mir gesagt, es sei sehr wichtig. Ich glaube, daß ich damit etwas anfangen kann.«

Er nickte. »Weiter.«

»Kennst du irgend jemanden, der mir offiziell helfen könnte? Ich bin nicht in Gefahr, aber er, und ich weiß nicht, an wen ich mich um Rat und Hilfe wenden soll.«

Paul überlegte einen Augenblick. »Also«, meinte er dann, »als erstes kann ich mir nicht vorstellen, daß du Papiere hättest mitnehmen können, die wirklich wichtig sind. Aber nehmen wir mal an, du hättest da wirklich etwas Wichtiges. Ich rate dir, sie an das Außenministerium weiterzugeben. Ich kenne jemanden, der in der Afrika-Abteilung arbeitet. Sie werden natürlich nichts unternehmen, sondern das Gutachten einfach zu den Akten legen, aber du kannst dann sagen, daß du deine Pflicht getan hast, das Ganze vergessen und es in die Liste deiner Erfahrungen einreihen.«

»Nein, Paul, ich kann es nicht vergessen. Ich habe es dir doch gesagt, ich habe es versucht, aber ich kann nicht. Ich habe guten Grund zu der Annahme, daß einige große amerikanische Unternehmen das Gutachten liebend gern in die Hände bekommen würden, aber ich traue ihnen nicht. Deshalb will ich von dir wissen, ob irgendwelche anderen Kräfte in Gobir am Werk sind, was dir dazu einfällt. Ich würde mich schon mit deinem Bekannten im Außenministerium in Verbindung setzen, aber ich werde ihm nicht sofort das Gutachten schicken.«

»Sei doch nicht so melodramatisch, Laurie. Große amerikanische Unternehmen? Das ist doch lachhaft. Sie wissen wahrscheinlich alles, was es über Uranlager in der Welt zu wissen gibt, und solche Leute würden dich in die Tasche stecken. Von ihnen könntest du nie im Leben etwas erwarten. Aber warte mal . . . wenn du darauf bestehst, ich habe da eine Idee. Ein Nachbar von mir gibt Vorlesungen in der Geologieabteilung. Wenn du mir das Gutachten gibst, kann er es sich mal durchlesen. Ich wette, daß er deine Vermutungen schnell widerlegen kann. Es ist wahrscheinlich völlig unwichtig.«

Laurie dachte über seinen Vorschlag nach. »Ich muß es mir erst noch mal durch den Kopf gehen lassen«, antwortete sie dann. »Aber es klingt nicht schlecht als Anfang.« Sie wollte nicht, daß Paul den Eindruck bekam, daß sie ihm mißtraute, aber sie tat es doch. Er würde womöglich Seiten des Gutachtens verlieren oder es allen in der Abteilung zeigen. Trotzdem konnte sie mit den Papieren zu dem Geologen gehen, von dem er gesprochen hatte. Wahrscheinlich würde sie nichts Neues von ihm erfahren, aber immerhin konnte er bestätigen, was sie aus ihren eigenen Nachforschungen erfahren hatte.

»Ich werde Mittwoch abend zu dir kommen. Heute und morgen habe ich zuviel zu tun. Dann können wir deinen Geologen besuchen.«

»Hast du den Bericht bei dir? Ich würde ihn mir gern mal ansehen.«

»Nein«, log Laurie, »ich habe keine Kopien gemacht. Das Original liegt in meinem Bankschließfach, damit es niemand stehlen kann.«

Paul begann schallend zu lachen und lehnte sich in seinem Stuhl zurück. »Du bist einfach herrlich, Laurie. Ein einziges Exemplar. Ein geheimnisvolles Gutachten. Amerikanische Unternehmen. Bankschließfächer. Eins muß ich dir lassen: Das eine Jahr in Afrika hat dich zu einer richtigen Schriftstellerin gemacht. Großartig. Einfach phantastisch. Ha! Willst du bestimmt nicht, daß ich es weitererzähle? Ich könnte es ganz groß in Hollywood für dich verkaufen.«

Laurie lief rot an vor Zorn. »Hör auf. Du hast mir versprochen, es nicht weiterzuerzählen. Ich mache keinen Spaß.«

Paul riß sich mühsam zusammen. »Ich verspreche es dir, Laurie. Aber erzähl mir nicht mehr davon, sonst kann ich es wirklich nicht mehr für mich behalten. Das ist der beste Stoff für einen Roman, den ich seit Jahren gehört habe.«

»Du bist ein Arschloch, Paul. Es tut mir leid, daß ich mit dir darüber gesprochen habe. Vergiß es. Und behalt es bitte für dich.« Sie stand auf und ging so wütend weg, daß sie nicht die zwei Männer bemerkte, die ein paar Tische weiter gesessen hatten und sich jetzt leise auf Französisch unterhielten.

12

Pierre Kléber und François Martin waren seit fast einer Woche in Seattle. Kléber war zweiunddreißig, Captain beim Geheimdienst und Yves Lévi-Rougon unterstellt. Er war Elsässer und sah eher wie ein Deutscher als wie ein Franzose aus mit seiner großen, kräftigen Gestalt und den blonden Haaren. Seine einzige Schwäche war seine Vorliebe für Bier. Er war intelligent, hart und gefährlich. Er hatte schon vorher ohne Hemmungen getötet, und seine Vorgesetzten vertrauten auf seine politische und taktische Urteilskraft.

Martin sah wie eine etwas jüngere Version von Kléber aus, und der ältere und erfahrenere Kléber war tatsächlich sein Vorbild. Aber Martin war immer noch ein Romantiker, und nachdem sie Laurie sechs Tage beobachtet hatten, wollte er einen Weg finden, ihr Leben zu retten.

Sie hatten Laurie am Morgen nach ihrer Rückkehr aus San Francisco ausfindig gemacht und waren ziemlich sicher, daß sie in der Zwischenzeit mit niemandem gesprochen hatte. Sie hatten ihr Telefon angezapft, und sie hatte keine wichtigen Anrufe gemacht. Aber sie wollten herausfinden, was Laurie zwischen ihrem Abflug von Paris und ihrer beider Ankunft hier unternommen hatte.

Das Gespräch im Club des Fachbereichs hatte Kléber in seiner Überzeugung bestärkt, daß Laurie noch nichts mit den Papieren unternommen hatte und versuchte, allein zu arbeiten. Jetzt war die Zeit zum Handeln gekommen.

Martin und Kléber stritten sich, als sie den Club verließen.

»Aber Pierre«, meinte Martin, »warum sie gleich umbringen? Wir können ihr ein bißchen Angst einjagen und ihr die Papiere abnehmen.«

»Ach, Françoise, du bist derart naiv, was Frauen anbetrifft. Ein hübsches Gesicht und ein Paar tolle Beine, und schon glaubst du, du hast es mit einem lieben netten Mädchen zu tun. Diese Frau ist eine Intrigantin, und wir können ihr nicht trauen. Hast du nicht gehört, was sie zu diesem dämlichen Franzosen gesagt hat?«

Martin, der unbedingt Lauries Leben retten wollte, versuchte es anders. »Es ist doch so oder so zu spät. Jetzt hat sie mit diesem Mann gesprochen, und wenn ihr nun etwas zustößt, wird er zur Polizei gehen, und sie werden ihr Schließfach öffnen lassen.«

»Daran habe ich schon gedacht, mein Junge. Es ist zwar bedauerlich, daß sie mit unserem redseligen Ex-Landesgenossen gesprochen hat, aber auch dem können wir abhelfen. Er scheint der einzige zu sein.«

»Du denkst doch nicht etwa daran, alle beide umzubringen, Pierre?«

»Ob einer, zwei oder drei, was macht das schon für einen Unterschied? Ihr Tod ist schon arrangiert, und wir brauchen nicht dabei zu sein.«

Martin war betrübt. Es würde ein solcher Verlust sein, so attraktiv, wie sie war. Aber er wollte ein harter Profi werden, so wie Kléber, und bei seiner Arbeit hatten seine Wunschträume keinen Platz. »*Bon*. Wie gehen wir vor?«

»Wir werden wie geplant unser Konsulat in San Francisco

anrufen, wo irgendein lokales Talent darauf wartet, sich um sie zu kümmern. Es soll heute nacht passieren. Natürlich müssen du und ich uns gleichzeitig um den Mann kümmern. Es war zwar nicht geplant und erhöht unser Risiko, aber es läßt sich nicht vermeiden.«

»Ist das nicht zu verdächtig? Zwei Morde auf einmal?«

»Natürlich wird es Fragen geben. Aber sieh es mal so: Das Team aus San Francisco nimmt den Nachmittagsflug nach Seattle, bricht in ihr Apartment ein, sorgt dafür, daß das Ganze nach einem typisch amerikanischen Verbrechen aussieht und fliegt mit der Nachtmaschine zurück nach Kalifornien. Wer wird je erfahren, wer sie waren? Und wir werden noch subtiler vorgehen. Der Mann ist nicht mehr der jüngste. Er hat Übergewicht und raucht, wie du sehen konntest. Er wird heute abend einen Herzanfall bekommen.« Kléber grinste und holte eine kleine Flasche aus seiner Tasche.

»Und wie willst du ihm das verabreichen?«

»Mit dem Schirm natürlich. Was die Bulgarier können, sollten zwei Franzosen doch erst recht schaffen.«

»Schon, Pierre, aber dann müssen wir ihn anrempeln und seine Haut ritzen. Wir können doch nicht einfach nachts in sein Haus einbrechen.«

»Das ist richtig.«

Sie hatten den Campus verlassen und befanden sich jetzt im Einkaufsdistrikt der Universität. Als sie an einer Kneipe vorbeikamen, gingen sie hinein. Kléber bestellte sich ein deutsches Bier, Martin nahm ein Glas Wein. Keiner von ihnen sprach, während sie nach einer Lösung suchten.

Nach dem zweiten Bier grinste Kléber plötzlich. »Wir müssen noch einen Tag warten. Du wirst die Frau im Auge behalten, während ich auf den Mann aufpasse. Vielleicht geht er abends noch mit dem Hund vor die Tür, oder er macht noch einen Spaziergang. Das werden wir sehen. Das Team aus San Francisco wird dann morgen abend rüberkommen. Bis dahin wird uns etwas eingefallen sein, wie wir ihn zur gleichen Zeit aus dem Weg räumen können, wenn sie die Frau beseitigen.«

Martin konnte nicht umhin, Klébers Kaltblütigkeit zu bewundern. Er kannte seinen Job. Er überstürzte nichts, aber er handelte entschlossen.

Kléber stand auf und ging zu einer Telefonzelle. Er wählte eine Nummer und verlangte Bodin.

Allo. Bodin?«

»Ja.«

»Pierre.«

»Ja.«

»Ich bin morgen abend um acht in Oakland.«

»In Ordnung.«

»Können Sie mich finden?«

»Ich kenne Ihre Adresse. Mein Chauffeur und sein Sohn werden Sie abholen.«

»*Au revoir.*«

Kléber kehrte an ihren Tisch zurück und bestellte noch ein Bier.

»Erledigt?« erkundigte sich Martin.

»Ja.«

»Keine Probleme?«

»Nein. Es ist doch alles seit Tagen schon vorbereitet. Sie haben nur auf das Zeichen gewartet. Mist, daß wir noch in Seattle sein werden, wenn sie stirbt. Es war alles so geschickt geplant. Aber es läßt sich nicht mehr ändern. Wir werden kurz danach weg sein.«

Martin seufzte. »So ein nettes Mädchen. Na ja, für dich ist das eben Politik.«

»Nein. Geschäft.«

13

Der Einführungskurs verlief reibungslos am nächsten Tag, aber Laurie aß nicht auf dem Campus zu Mittag, weil sie nicht Paul oder irgend jemand anderem, mit dem sie sich hätte unterhalten müssen, über den Weg laufen wollte. Als sie um zwei zu ihrem Seminar ging, sah sie zu ihrer Freude, daß zwölf Studenten erschienen waren. Alle waren Anthropologiestudenten, mit Ausnahme eines schläfrig aussehenden Mädchens, das Soziologie studierte, wie es sagte, und einem gutaussehenden Mann Mitte dreißig, der inoffiziell an dem Kurs teilnahm, weil er sich einmal anhören wollte, was Anthropologie war.

Laurie hatte es sich angewöhnt, die Studenten der höheren Kurse nach dem Grund für ihre Teilnahme zu fragen, damit sie sich auf die Anforderungen der einzelnen einstellen konnte. Elf gaben die Standardantworten, nämlich daß sie wissenschaftliches Arbeiten in der Praxis lernen oder sich auf Forschungsprojekte oder Examensarbeiten vorbereiten wollten, das Übliche also. Nur der ältere Teilnehmer machte eine Ausnahme, und während er sein Interesse an diesem Kurs erklärte, konnte ihn Laurie eingehend studieren.

Er hieß Malcolm McGovern, und als sie ihn im Spaß fragte, ob er mit dem gleichnamigen Senator verwandt sei, verzog er das Gesicht. »Das bin ich immer gefragt worden, als ich in Vietnam gekämpft habe, und zum Spaß habe ich gesagt, ich wäre sein Sohn. Sie hielten es alle für lustig, weil er gegen den Krieg ist, aber ich glaube nicht, daß sie es mir abgenommen haben. Sie hatten recht: Ich bin nicht mit ihm verwandt.«

Laurie zuckte innerlich leicht zusammen, als er sagte, daß er in Vietnam gewesen sei. Sie erinnerte sich an ihre eigene heftige Opposition gegen den Krieg und an die Protestmärsche und -kundgebungen, an denen sie teilgenommen hatte.

Aber das gehörte jetzt alles längst der Vergangenheit an, und sie wollte wissen, was er dort gemacht hatte. Da er nicht gern darüber zu sprechen schien, sprach sie ihn darauf an, warum er am Kurs teilnähme.

Er zuckte die Achseln. »Ich bin ziemlich viel herumzigeunert, und eigentlich habe ich nichts Produktives gemacht, seit ich aus der Armee entlassen worden bin. Ich habe auf dem College Geschichte studiert und mir überlegt, daß es mir vielleicht Spaß machen könnte, zur Uni zu gehen und einen höheren Abschluß zu machen. Und jetzt probiere ich es aus.«

»Aha. Sind Sie kein regulärer Student, weil man Sie nicht zum offiziellen Unterricht zugelassen hat?«

»Nein. Ich habe mich zu spät beworben, aber der Direktor hat sich mein Collegezeugnis angesehen und gemeint, ich könnte an ein paar Kursen teilnehmen, solange ich das Studium selbst finanziere. Wenn es mir hier gefällt, und das tut es, könnte ich mich fest einschreiben. Ich habe zwar bisher noch nie Anthropologie gehabt, aber ich bin viel herumgekommen und glaube, daß ich es ganz gut schaffen könnte.«

McGovern war zwar kein umwerfender Mann, aber er sah stark, selbstbewußt und auf sehr herkömmliche Weise sexy aus. Sein blondes Haar war leicht gewellt, und sein Gesicht war gebräunt. Kleine Falten zogen sich um die Winkel seiner grauen Augen. Er sprach sicher und ohne zu zögern, als sei er daran gewöhnt, Informationen zu geben.

Laurie hatte nicht die Absicht, sich mit einem Studenten einzulassen, und obwohl dieser Mann hier interessant aussah, wandte sie ihre Aufmerksamkeit wieder dem Kurs zu.

Sie erzählte den Studenten etwas von ihrer Arbeit in Gobir und teilte ihnen den Stoff zu, den sie lesen sollten. Jeder würde ein Referat vorbereiten und es dann in der zweiten Hälfte des Kurses vor der Klasse halten. Die erste Hälfte blieb für ihre Vorlesungen über Möglichkeiten der Durchführung einer adäquaten und wissenschaftlichen Praxisarbeit.

Nach dem Unterricht kehrte Laurie in ihr Büro zurück. McGovern folgte ihr und versuchte, ein Gespräch mit ihr anzufangen. Sie antwortete unwirsch auf seine Bemerkungen und versuchte, auszusehen, als ob sie sich nicht um ihn kümmerte. Seinem Verhalten nach schien er Interesse an ihr zu haben, und das verletzte sie. Sie hielt es für gerechtfertigt, wenn ein Dozent mehr über einen Studenten erfahren wollte, aber von Studenten erwartete sie Zurückhaltung, vor allem, wenn sie in ihrem Alter oder älter waren und ihre Autorität in Frage stellten. »Ich sehe Sie dann nächsten

Dienstag im Seminar, Mr. McGovern«, verabschiedete sie ihn an der Tür zu ihrem Büro. »Ich habe jetzt zu tun. Bis nächste Woche dann.«

Sobald er sich umdrehte und ging, tat es ihr schon wieder leid. Aber es war nicht schwer, sich an Rodneys jüngsten Betrug zu erinnern und sich zu sagen, daß Männer es nicht wert waren, daß man sich für sie interessierte. Zumindest im Augenblick nicht.

Laurie setzte sich an ihren Schreibtisch und wartete auf Molly, die sich verspätete. Das Mädchen hatte sich im letzten Jahr nicht gebessert.

Molly klopfte an, kam herein und blickte auf ihre Sandalen, während sie sich entschuldigte. »Ich habe vergessen, wie spät es war.«

»Setzen Sie sich, Molly. Ich glaube, ich muß mal so mit Ihnen reden, wie ich es schon vor drei Jahren hätte tun sollen, als Sie hier angefangen haben. Sie sind zu alt, um noch in solchen Sandalen herumzulaufen, Sie haben sich nicht gekämmt, und Sie kommen jedes Mal zu spät. Was für ein berufliches Image wollen Sie sich auf diese Weise schaffen? Sie sollten langsam anfangen, an Ihre Zukunft zu denken, und glauben Sie mir, Universitäten stellen heutzutage keine alternden Hippies mehr ein, wie sie es in den 60er Jahren getan haben. Diese Zeiten sind vorbei, und bei der heutigen Situation auf dem Arbeitsmarkt ist es gar nicht so einfach, eine Stelle zu bekommen. Sie müssen sich zusammenreißen.

Wie weit sind Sie mit Ihrer Philosophiearbeit? Ich hoffe, Sie haben inzwischen schon wenigstens ein paar einleitende Kapitel. Ich bin ein ganzes Jahr weg gewesen und denke, daß ich langsam eine Arbeit von Ihnen sehen sollte.«

Molly war ein großes, sportliches Mädchen und hätte hübsch sein können, aber das strähnige Haar, die zu großen Jeans und die schmutzige Bluse ließen sie plump und häßlich aussehen. Sie kaute nervös an einem Fingernagel und kratzte sich mit der anderen Hand am linken Bein.

»Es tut mir leid. Wissen Sie, ich lebe in einer Wohngemeinschaft, und unsere Dusche funktioniert schon seit einer

Weile nicht mehr. Ich wollte mir nichts Gutes anziehen, bis sie wieder repariert ist. Ich habe noch nichts für meine Arbeit getan, weil ich zu Hause nicht arbeiten kann. Das Haus ist der reinste Zoo. Es ist zu laut, dauernd kommt oder geht jemand, und außerdem funktioniert die Heizung nicht richtig. Da kann ich abends so schlecht arbeiten, weil es so kalt ist.«

»Mein Gott, Molly, warum ziehen Sie nicht aus? Und hören Sie auf, sich dauernd zu kratzen. Was ist los? Haben Sie Flöhe?«

»Ja.«

»Was? Wollen Sie mich auf den Arm nehmen? Hunde und Katzen haben Flöhe, aber doch nicht Menschen. Sogar die Leute in Afrika haben keine Flöhe; dafür sind sie viel zu sauber.«

»Also, wir haben in der Wohngemeinschaft etwa ein Dutzend Katzen und . . .«

»Tragen sie Flohhalsbänder?«

»Nein. Derek sagt, Flohhalsbänder werden aus Erdöl hergestellt und sind nicht natürlich. Er sagt, sie vergiften die Atmosphäre.«

»Also haben die Katzen keine, ist das richtig?«

»Ja.«

»Kratzen sie sich denn nicht dauernd?«

»Doch, aber Derek sagt, daß sie mit der Zeit einen natürlichen Schutz gegen die Flöhe entwickeln, und das macht sie dann nur um so widerstandsfähiger.«

»Und in der Zwischenzeit sterben Sie alle an der Pest. Ich nehme an, daß sich alle anderen in der Wohngemeinschaft auch kratzen.«

»Und? Die paar Stiche.«

Laurie blickte lächelnd hinauf zur Decke, bemüht, daß Molly ihre Belustigung nicht sah. Manchmal fragte sie sich, ob sie auch einmal so weltfremd wie diese Studenten gewesen war, aber sie wußte, daß sie dafür immer zu beherrscht gewesen war. Was für eine Therapie. Eine Viertelstunde mit Molly, und Laurie hatte das Gefühl, als ob sie ihr eigenes Leben völlig unter Kontrolle hätte. Ihr kam flüchtig der Gedanke, was Molly wohl in Gobir gemacht hätte.

»Molly, ich werde Ihnen helfen. Sie sind intelligent, Sie haben eine vielversprechende Zukunft vor sich, aber Sie müssen sich auf die Beine stellen und anfangen, zu arbeiten. Diese Wohngemeinschaft muß aus Ihrem Leben verschwinden. Ich werde Ihnen helfen, eine Wohnung zu finden, und ich werde Sie an die Arbeit bringen, und wenn es mich umbringt.«

»Ja, sicher, Dr. Spencer, aber . . . aber was ist mit Derek?«

»Sie halten sich doch für eine emanzipierte Frau, oder?«

»Natürlich, aber . . .«

»Kein aber. Ich möchte, daß Sie jetzt in Ihre Wohngemeinschaft gehen, Ihre Sachen zusammenpacken und in meine Wohnung fahren. Sie kennen doch meine Adresse?«

»Ja.«

»Duschen Sie sich und machen Sie sich etwas zu essen. Ich muß länger arbeiten und werde auswärts essen. Sie können diese Nacht auf der Couch schlafen, und morgen werde ich Ihnen ein sauberes, billiges Zimmer besorgen.«

Es kostete Laurie einiges an Überredungskunst, bis Molly schließlich einwilligte. Laurie gab ihr die Zweitschlüssel von ihrem Wagen und ihrer Wohnung und sagte, daß sie sich ein Taxi nach Hause nehmen würde. Sie wollte nicht hinzufügen, daß sie sich einsam fühlte und Gesellschaft brauchte.

Molly fuhr zu ihrer Kommune Ecke Aloha und 19te, um ihre paar Habseligkeiten in einen Pappkarton zu stopfen. Derek saß auf der Couch ohne Kissen im Wohnzimmer, unbewegt wie immer, und Molly erklärte ihm, daß sie auszöge.

»Wenn du mehr Platz brauchst, kann ich dich verstehen.«

Sie erwartete mehr Reaktion von ihm. »Ist das alles, was du dazu zu sagen hast?«

Er kicherte. »Es macht mich fix und foxi, Molly. Ich bin am Boden zerstört. Komm, reden wir ein andermal darüber.«

Molly knallte die Tür hinter sich zu und verließ die Wohngemeinschaft. Während der ganzen Fahrt zu Lauries Wohnung war sie wütend, und der dichter werdende Verkehr der Rushhour trug nicht dazu bei, daß sich ihre Stimmung verbesserte.

Sie parkte den Wagen, nahm ihren Pappkarton und stieg die Stufen zu Lauries Wohnung hinauf. Sie freute sich auf eine heiße Dusche. Es dauerte etwas, bis sie den richtigen Schlüssel gefunden hatte, dann schloß sie auf und ging hinein.

Eine breite Hand landete in ihrem Nacken und betäubte sie, während eine zweite Hand ihren Karton schnappte, ihn hineinzog und die Tür schloß. Molly lag ausgestreckt auf dem Boden und stöhnte.

»Mach sie fertig«, zischte der große Mann.

Sein Partner, ein kleiner Mann mit rötlichem Gesicht und grauen Haaren, zog ein Springmesser aus der Tasche und stieß es Molly unterhalb des rechten Ohres in den Hals. Mit einer raschen, erfahrenen Bewegung schlitzte er ihr die Kehle auf und sprang zur Seite, um nicht von dem hervorschießenden Blut bespritzt zu werden.

»Scheiße, Smokey, du solltest ihr das Genick brechen. Warum mußtest du so eine Sauerei machen?«

»Glaubst du, ich habe Lust, mir die Hand wehzutun?«

»Arschloch. Suchen wir nach den Papieren. Wir müssen richtig Unordnung machen, damit es nach einem Überfall von ein paar Punks aussieht.«

Die beiden Männer suchten eine halbe Stunde, konnten aber keine Papiere finden. Der Mann, der sie angeheuert hatte, hatte ihnen beschrieben, wie sie aussehen sollten, und er war sehr präzise gewesen. Er hatte ihnen einen Extrabonus dafür versprochen. Aber es wurde spät. Ihre Maschine nach San Francisco ging um halb acht.

»Gehen wir. Es ist Zeit«, sagte der große Mann.

»Noch nicht. Wir kriegen noch mal zweitausend, wenn wir die verdammten Dinger finden«, gab Smokey zurück.

»Ich habe gesagt, wir gehen. Wir kriegen doch schon jeder fünftausend für das Mädchen.«

»Noch fünf Minuten?«

»Ich habe gesagt, gehen wir.«

Die beiden Männer verließen das Haus durch die Hintertür und waren schon wieder zurück in San Francisco, bevor Laurie in ihre Wohnung zurückkehrte.

14

Um sieben saß Laurie noch immer an ihrem Schreibtisch, erfreut über ihre Fortschritte. Es war nicht schwer gewesen, ihre Kurse zusammenzustellen, und sie nahm an, daß sie sich nun auf die wichtigeren Dinge in ihrem Leben konzentrieren konnte.

Sie hatte Hunger und ging in das *Shogun* an der University Avenue, um etwas zu essen. Laurie setzte sich an die kleine Bar und knabberte fein geschnittene Stückchen rohen Thunfisch, während sie auf die Suppe wartete, die sie bestellt hatte.

»Hi.« Es war McGovern, der gerade hereingekommen war und sich neben sie an die Bar setzte.

»Wen haben wir denn da? Mr. McGovern. Hallo. Welch ein Zufall.«

»Ich komme regelmäßig her. Ich liebe die japanische Küche.«

»Haben Sie das in Vietnam gelernt?«

»Nein, die vietnamesische Küche ist anders. Ich habe ein Jahr in Japan gelebt.«

»Was haben Sie da gemacht?«

»Für eine amerikanische Firma gearbeitet, die dort Kohle exportierte.«

»Dann müssen Sie ja eine ganze Menge über Kohle wissen, oder?«

»Nein. Das heißt, jetzt ja. Ich lerne schnell.«

»Wo haben Sie denn sonst noch gearbeitet?«

»Ich war ein Jahr bei den Special Forces in Deutschland, in Bad Tölz. Dann bin ich zwei Jahre in Vietnam gewesen, ein Jahr vor Deutschland und eins danach. Mit neunzehn bin ich vom College geflogen und habe als Landarbeiter am Var in Frankreich gearbeitet, in der Nähe von Draguignan. Dann war ich Vorarbeiter auf einer Ananasplantage an der Elfenbeinküste, und das war's dann auch schon fast. Eine Zeitlang war ich noch Lastwagenfahrer in Nord-Carolina. Aber nur Kurztransporte um den High Point, für eine Möbelfirma.«

»Ist das alles? Nicht schlecht. Warum sind Sie vom College geflogen? Auf welchem waren Sie überhaupt?«

»Harvard. Ich hatte eine Auseinandersetzung mit ein paar Leuten in einer Bar. Nichts Dramatisches. Nach der Armee durfte ich wieder zurückkommen, und dann habe ich meinen Abschluß gemacht.«

»Dann sind Sie also ein ganz harter Junge?«

»Ich versuche nicht, so hart zu klingen wie Sie.«

»Tue ich das? Sie scherzen. Ich habe noch nie aus einem Gewehr geschossen, habe noch nie einen Lkw gefahren und habe, soweit ich mich erinnern kann, auch noch nie eine Prügelei in einer Bar gehabt.«

»Das meine ich nicht. Trotzdem versuchen Sie, hart zu reden.«

»Hören Sie, ich weiß nicht genau, warum Sie sich so an mich hängen, aber glauben Sie mir, ich mag keine männlichen Studenten, die versuchen, mich anzupöbeln. Auch wenn Sie ein harter Junge sind.«

»Ich versuche nicht, Sie anzupöbeln. Ich will Sie nur ausfragen. Ich mag Sie.«

»Danke, nein.«

»Darf ich Sie Laurie nennen?«

»Nein.«

Laurie bekam ihre Suppe, schlang sie hastig hinunter und verließ das Restaurant. McGovern erhob sich ebenfalls, um sich ihr anzuschließen, aber sie forderte ihn auf, sie in Ruhe zu lassen.

Auf dem Weg zurück in ihr Büro überlegte sie, ob er auch ein Spitzel war. Nein. Das war kaum wahrscheinlich. Und wenn, hätte er wohl kaum so offen über eine solche Vergangenheit erzählt. Es wäre zu offensichtlich gewesen. Paul hatte vermutlich recht. Sie sollte nicht so melodramatisch sein. Um neun rief sie ein Taxi, das sie nach Hause brachte.

Als Laurie vor ihrer Tür stand, klopfte sie an, damit Molly Bescheid wußte und steckte dann den Schlüssel ins Schloß. Zu ihrer Überraschung war die Tür nicht abgeschlossen; sie nahm sich vor, das Mädchen darauf hinzuweisen. Es war besser, sie immer abzuschließen, auch wenn sie nicht in einer gefährlichen Gegend wohnte.

Laurie versuchte, die Tür aufzudrücken, doch nach einem Stück ging es nicht mehr. Sie drückte etwas fester. »Molly, nehmen Sie bitte Ihre Sachen da weg«, rief sie, aber niemand antwortete. Laurie knurrte etwas, stemmte sich mit der Schulter gegen die Tür und betrat dann ihre Wohnung.

Im Zimmer herrschte ein furchtbares Durcheinander. Laurie war fassungslos. Man hatte bei ihr eingebrochen. Aber wo war Molly? Dann fiel ihr Blick auf den Boden, und sie sah, was die Tür blockiert hatte.

»Molly! Mein Gott! Molly!» Als Laurie sich über das Mädchen beugte, sah sie das geronnene Blut auf seinem Hals und dem Fußboden. Mollys Augen waren offen und starrten tot an die Decke. Laurie begann zu schreien und wich zurück. Die Szene mit Katsinawa stand wieder vor ihren Augen, wie er Hawa erschossen hatte, und sie begriff sofort, daß sie gemeint gewesen war. Sie schrie und schrie und fiel, kreischend vor Entsetzen und einem plötzlichen, überwältigenden Gefühl von Schuld, auf die Knie. Gütiger Gott, arme Molly. Ihre Nachbarn kamen aus ihren Wohnungstüren ins Treppenhaus und riefen ihren Namen. Eine Frau, die direkt unter ihr wohnte, tauchte in ihrer Tür auf. Laurie fiel ihr zitternd und immer noch schreiend in die Arme, machte sich von ihr los und stolperte die Treppe hinunter. Sie versuchte, sich am Geländer festzuhalten, griff daneben und fiel ein paar Stufen. Dann verlor sie das Bewußtsein.

Sie erwachte auf dem Boden, mit einer Decke zugedeckt. Überall in ihrem Wohnzimmer waren uniformierte Polizeibeamte, und jemand machte Fotos von Molly. Ein dicker, glatzköpfiger Mann saß in einem Sessel und sah sie an. Als er merkte, daß sie die Augen auf hatte, stellte er sich vor.

»Sergeant Olafsson, Seattle Police, Mordkommission. Guten Tag.«

Laurie blickte sich entsetzt um, und Olafsson versuchte, fürsorglich zu klingen. »Ganz ruhig, es kann Ihnen nichts mehr passieren.«

Eine uniformierte Polizistin kam mit Kaffee aus der

Küche. Sie beugte sich zu Laurie herunter, reichte ihr eine Tasse und fragte freundlich: »Sollen wir einen Arzt rufen? Wie fühlen Sie sich?«

Laurie setzte sich mühsam auf und trank einen Schluck.

»Nein, ich kam gerade herein und fand, ich fand . . .« Sie brachte es nicht fertig, Mollys Namen auszusprechen.

»Kennen Sie die Tote?« wollte Olafsson wissen.

»Ja. Sie ist eine meiner Studentinnen. Sie wollte umziehen, und da habe ich ihr angeboten, eine Nacht hier zu bleiben. Oh, mein Gott! Arme Molly.«

Ein anderer Mann kam herein und ging hinüber zu der Leiche. Er betastete sie an verschiedenen Stellen und wandte sich dann an Olafsson.

»Kalt. Sie ist schon mindestens ein paar Stunden tot, vielleicht noch länger. Der Mörder hat ihr die Kehle durchgeschnitten. Der Tod trat sofort oder praktisch sofort ein. Wir werden sie zur Autopsie mit in die Stadt nehmen müssen; vielleicht finden wir noch etwas anderes. Junge, ein Dreckskerl, der das getan hat. Sie hat auch einen Schlag ins Genick bekommen. Es hätte gebrochen sein können.«

Er ging, und Olafsson begann, Laurie zu befragen. Ein paar Minuten lang dachte sie, daß man sie vielleicht für verdächtig hielt und überlegte, ob sie Glassman anrufen sollte. Nein, das würde nicht gut aussehen. Doch dann zeigte sich bald, daß Olafsson nur versuchte, mitfühlend zu sein und sie keineswegs verdächtigte.

»Schön, Miss Spencer. Fangen wir am Anfang an. Erzählen Sie mir alles, was uns weiterhelfen könnte.«

Laurie wußte, daß es keinen Sinn hatte, ihm von Gobir und der United International Minerals zu erzählen. Olafsson würde es doch nicht verstehen, und er würde ihr nicht glauben.

Also begann sie mit diesem Nachmittag, ihrem Gespräch mit Molly, daß sie Molly ihren Volvo geliehen hatte und so weiter bis zu ihrer Rückkehr kurz nach neun. Olafsson machte sich Notizen.

Als sie mit ihrem Bericht fertig war, rief er verschiedene Leute an. Einmal das Taxiunternehmen, das Lauries Ankunftszeit bestätigte, dann Mollys Wohngemeinschaft. Alle Mitglieder sollten dort bleiben, weil er herüberkommen und ein paar Fragen stellen wollte.

Mollys Leiche war in der Zwischenzeit abgeholt worden, und Lauries Apartment leerte sich langsam. Olafsson sagte ihr, daß Officer Fleming, die Polizistin, die Nacht über bei ihr bleiben würde. Gerade, als er gehen wollte, kam ein Reporter vom *Seattle Herald* herein. Er flüsterte Olafsson einiges zu und machte sich ein paar Notizen auf seinem Notizblock. Nachdem er Laurie ein versuchsweises Lächeln zugeworfen hatte, ging er im Wohnzimmer herum, sah sich alles an und verließ dann die Wohnung wieder.

Als Laurie dann allein war mit Officer Fleming, begann sie, leise wieder zu weinen, und Fleming holte ihr einen Scotch. Keinem von ihnen war nach Sprechen zumute.

Gegen elf klingelte das Telefon. Laurie lag im Bett und starrte auf die teure Hockney-Litho. Auf ihrem Gesicht waren immer noch Tränen, aber sie weinte jetzt nicht mehr. Fleming nahm den Hörer im Wohnzimmer ab und kam redend in Lauries Schlafzimmer.

»Sie glauben, daß es vielleicht derselbe ist, der letzte Woche am Capitol Hill zwei Frauen beraubt und niedergeschlagen hat.«

»Das glaube ich nicht.«

»Also, Olafsson meint, daß es vielleicht ihr Freund war; sie haben ihn mitgenommen. Vielleicht war er wütend, weil sie ihn verlassen hat.«

»Derek? Unsinn.«

Fleming zuckte die Achseln und kehrte ins Wohnzimmer zurück.

Am nächsten Morgen stand es auf der Titelseite des *Seattle Herald:* »Studentin in Dozentenwohnung ermordet.« Laurie, die die ganze Nacht nicht geschlafen hatte, sah die Schlagzeile, als sie mit Officer Fleming nach unten ging, um die Zeitung hinaufzuholen. Wäre sie weniger betäubt gewesen, hätte die Sinnentstellung der Schlagzeile sie vielleicht amüsiert. Halb Seattle würde sich jetzt voll Begeisterung auf die Story stürzen, um von dem Dozenten zu lesen, der seine Studentin ermordet hatte. Sie würden alle enttäuscht sein, wenn sie herausfanden, daß der Dozent nichts mit der Sache zu tun hatte und es kein Dozent, sondern eine Dozentin war.

Laurie wußte, daß sie etwas unternehmen mußte. Ihre Freunde und Kollegen würden wissen, daß sie Schwierigkeiten hatte, und sie hatte keine Lust, neugierige Fragen zu beantworten. Sie rief den Leiter der Anthropologieabteilung, Fred Livingston, bei ihm zu Hause an. Er war schon auf und hatte den Artikel bereits gelesen.

Er klang erschüttert. »Ich weiß nicht, was ich dazu sagen soll, Laurie. Das ist der schlimmste Morgen, den ich je erlebt habe. Wissen Sie schon das mit Paul?«

»Paul? Chirot?« Sie hielt den Atem an.

»Ja. Simone hat mich vor zwei Stunden angerufen. Er ist gestern abend in der Tiefgarage an einem Herzanfall gestorben. Es kam völlig unerwartet. Er war erst siebenundvierzig. Und jetzt das. Molly . . . in Ihrer Wohnung. Ich kann es nicht glauben.«

Laurie rang nach Luft. Sie hatte keine Ahnung, wie sie es gemacht hatten, aber sie wußte, daß es eine Verbindung gab. Nachdem sie eingehängt hatte, rief sie Glassman an.

Da er die Zeitung noch nicht gelesen hatte, berichtete sie ihm, was passiert war. Er versprach ihr, sofort zu ihr zu kommen. Um Viertel nach zehn traf er ein. Fleming ließ sie allein, damit sie ungestört reden konnten.

Carl war schon bei der Mordkommission gewesen, wo er erfahren hatte, daß man Derek wieder freigelassen hatte. Wenigstens vier Leute konnten bezeugen, daß er den ganzen Nachmittag und Abend unbewegt in der Wohngemeinschaft verbracht hatte. Jetzt suchte man nach dem Capitol-Hill-Räuber.

Als Carl fertig war, bat ihn Laurie um Rat. Er schlug ihr vor, zur Polizei zu gehen, damit sie vielleicht beschützt wurde. Laurie überlegte, ob sie ihm von Rodney erzählen sollte, tat es dann aber doch nicht. Sie war sicher, daß er nichts damit zu tun hatte. Hätte die United International Minerals ihren Tod gewollt, dann hätten sie statt eines Verführers sofort einen Mörder geschickt. Sie hatten das Gutachten nicht und keinen Grund, ihren Tod zu wollen.

Sie erklärte Glassman, daß sie die Franzosen hinter der Sache vermutete, und nach einer kurzen Diskussion gab er ihr Recht, daß der Fall zu groß war für die Polizei von Seattle. Er wollte das FBI anrufen. Doch inzwischen war Lauries Angst in eine rücksichtslose Entschlossenheit umgeschlagen, mit den Schuldigen abzurechnen. Sie würde etwas unternehmen. Sie würde sich etwas einfallen lassen, wie sie es diesen Dreckskerlen zurückzahlen konnte, und sie wollte sich einen Plan überlegen, bevor sie das FBI oder eine andere Polizeidienststelle informierte. Sie wußte sehr gut, daß eine ganze Menge auf dem Spiel stand, und das FBI war in den letzten Jahren immer erfolgloser geworden. Es konnte sogar sein, daß es mit den Leuten unter einer Decke steckte, die Moussa gestürzt hatten.

Nachdem Glassman gegangen war, bekam sie Besuch von Olafsson. Er erzählte ihr, was Glassman ihr bereits über Derek berichtet hatte und beruhigte sie, daß das Haus die nächsten Tage rund um die Uhr bewacht würde. Olafsson glaubte, daß es sich um einen Geisteskranken handelte, der wahrscheinlich wieder zuschlagen würde. Sie würden ihn letztendlich schnappen, aber er hoffte, daß es ihnen gelingen würde, bevor es ein neues Opfer gab.

Am Nachmittag ging dann Fleming. Laurie blieb zu Hause und versuchte, Ordnung in ihre Gedanken zu bringen, indem sie ihre Wohnung aufräumte. Sie war dankbar für den Polizeischutz.

Am Donnerstagmorgen beschloß sie, wieder zur Uni zu gehen. Als sie in die Abteilung kam, merkte sie, daß ihr alle aus dem Weg gingen. Ihre Kollegen murmelten etwas von entsetzlich und wie leid es ihnen täte und gingen dann schnell wieder weg. Pauls Büro, das neben ihrem lag, war schrecklich leer.

Es war ihr nicht möglich, an diesem Morgen ihre Vorlesung zu halten. Es waren weitaus mehr Studenten da als am ersten Tag, und viele saßen in den Gängen. Sie wußte, daß eine ganze Reihe von ihnen nicht zu dem Kurs gehörte, sondern ganz einfach neugierig war. Sie haßte solche Gaffer. Laurie entließ die Klasse und kehrte in ihr Büro zurück, um zu überlegen, was sie jetzt tun mußte.

Draußen vor der Tür wartete Malcolm. Sie ließ ihn hereinkommen, fauchte ihn aber dann wütend an.

»Was zum Teufel wollen Sie jetzt schon wieder von mir? Ich sage Ihnen zum letztenmal: Lassen Sie mich in Ruhe. Ich brauche nicht noch mehr Ärger.«

Malcolm blieb ruhig. »Ich glaube, daß Sie mich jetzt brauchen.«

»Warum sollte ich?«

»Ich wäre ein guter Leibwächter, und Sie haben Angst.«

»Sie vergessen die Polizei.«

»Oh, natürlich. Wo ist sie? Und abgesehen von jemandem, der Sie beschützt, brauchen Sie auch jemanden, der Sie versteht, der weiß, was Sie durchmachen. Ich weiß es. Ich kann mich noch genau daran erinnern, wie ich das erste Mal mitansah, wie einer meiner Freunde getötet wurde. Ich brauchte Monate, bevor die Alpträume endlich aufhörten. Und ich dachte, ich wäre darauf vorbereitet. Aber das ist man nie. Es ist schlimmer, als wenn man selbst erschossen würde, weil man immer daran denken muß, während der andere, der tot ist, nichts davon weiß.«

»Wie könnten Sie mir schon helfen? Ich kenne Sie überhaupt nicht, und ich habe keinen Grund, Ihnen zu trauen.«

»Ich weiß eine ganze Menge über Waffen. Ich weiß, wie man kämpft. Und, um es mit Ihren Worten von Dienstag auszudrücken, ich bin hart. Ich denke, Sie brauchen das Gefühl, beschützt zu sein.«

»Aber Sie kennen mich doch nicht. Warum sollten Sie mir helfen wollen?«

Malcolm lächelte. »Ich habe es Ihnen doch schon gesagt – ich mag Sie. Sie wollten nicht mit mir ausgehen, okay. Das bedeutet aber nicht, daß ich deshalb gleich aufgeben muß. Ich wollte Sie gestern wieder fragen, und heute, und morgen und nächste Woche, bis Sie ja gesagt hätten. Haben Sie denn noch nie gehört, daß einem Mann eine Frau gefällt und er sie näher kennenlernen will? Es tut mir leid, was passiert ist, aber wenn ich eine schöne Frau in Not am Straßenrand sehen würde, würden Sie es dann nicht für ganz normal halten, wenn ich anhielte, um ihr zu helfen? Wenn sich dann später herausstellt, daß ich mich geirrt habe und sie mir doch nicht so gefällt, kann ich immer noch nur ihr Rad wechseln und sie weiterfahren lassen.«

»Ihr Vergleich gefällt mir nicht. Wenn Sie glauben, daß Sie mich nach dem, was passiert ist, ins Bett kriegen, müssen Sie verrückt sein.«

»Man muß nicht immer gleich mit einer Frau ins Bett, wenn sie einem gefällt. Zumindest war es früher so. Aber vielleicht hat es sich ja in der Zwischenzeit geändert.«

Langsam begann Laurie, das Problem von einer anderen Seite zu sehen. Sie brauchte ihn wirklich. Sie war sicher, daß Malcolm nichts mit dem Mord zu tun hatte, weil er sie kannte und niemals Molly an ihrer Stelle umgebracht hätte. Er war genau das, was er gesagt hatte: ein Glücksritter, der im richtigen Augenblick in ihr Leben getreten war, wenn sie ihn am besten gebrauchen konnte. Aber sie war fest entschlossen, daß es nicht zu einer sexuellen Beziehung zwischen ihnen kommen würde. Wenn er ihr helfen wollte, war es okay, aber sie würde distanziert bleiben. Laurie entschloß sich zu einem kühnen Schritt.

»Ich hoffe, ich mache keinen Fehler, aber ich nehme Ihr Angebot an. Ich habe es mir überlegt, und ich werde Ihnen einen Vorschlag machen.«

»Schießen Sie los, ich höre zu.«

»Sie werden zu mir ziehen.«

15

Am Freitagmorgen, nach seiner ersten Nacht in Lauries Apartment auf ihrer Couch, machte Malcolm das Frühstück für sie, während Laurie nervös im Wohnzimmer auf- und abging und sich zu überlegen versuchte, wie sie weiter vorgehen sollte. Es war Freitag, der fünfzehnte Oktober, achtzehn Tage nachdem sie Gobir hatte verlassen müssen. Sie wußte, daß die Ereignisse sie einholten und daß es Zeit war zu handeln.

Laurie rief Fred Livingston zu Hause an. »Fred«, erklärte sie, »ich werde meine Vorlesungen in diesem Quartal ausfallen lassen.«

»Ich weiß, daß Sie ziemlich viel mitgemacht haben, Laurie, aber nachdem jetzt auch Paul ausgefallen ist, steckt die Abteilung ziemlich in der Klemme.«

»Ich werde keine Vorlesungen geben. Wenn es Ihnen lieber ist, kündige ich.«

Livingston seufzte. »Nein, das ist nicht nötig. Nehmen Sie sich das Quartal Urlaub. Leider kann ich Ihnen nur unbezahlten geben. Ich muß eine Reihe höherer Studenten einstellen, die Ihren Einführungskurs in kleinen Gruppen unterrichten.«

»Ja, natürlich. Danke, Fred.«

»Sie müssen doch von etwas leben. Was werden Sie tun?«

»Ich komme schon klar.«

»Passen Sie auf sich auf.«

»Klar.« Sie lachte bitter und hängte ein.

»Eier, Schinken, Kaffee und Saft«, rief Malcolm aus der Küche. Sie setzte sich, während er sie bediente. Sein eigenes Essen stellte er auf den kleinen Tisch ihr gegenüber.

»Warum tun Sie das für mich, Malcolm? Warum? Ich weiß, Sie haben es mir schon gesagt, aber es muß doch noch einen anderen Grund geben.«

»Den gibt es. Seit ich erwachsen bin, bin ich immer eine Art Söldner ohne Ziel gewesen, habe für Leute gearbeitet, die ich nicht mochte, ohne Grund in einem Krieg gekämpft und Leute umgebracht und bin nicht von der Stelle gekommen. Jetzt kann ich endlich mein Talent für einen vernünftigen Zweck einsetzen. Hey, wollen Sie mal die Pistole sehen, die ich gekauft habe?«

Er stand auf, ging zur Couch im Wohnzimmer, wo er geschlafen hatte, und kam mit einer kleinen Walther .38 zurück. »Ich mußte dafür bloß meine ganzen Ersparnisse auf den Tisch legen, 280 $. Hören Sie, damit unsere Abmachung auch rein geschäftlich bleibt, können Sie mir das Geld ja zurückgeben.«

Mit der Pistole fühlte sie sich sicherer. »Warum haben Sie gerade die gekauft?«

»Wenn sie gut genug für James Bond ist, dann ist sie auch gut genug für mich.« Er grinste.

Nach dem Frühstück wollte sie ein Stück spazierengehen, aber Malcolm bestand darauf, daß sie sich über den Mord unterhielten. Sie räumten das Geschirr ab und gingen dann ins Wohnzimmer. Malcolm brachte zwei Tassen Kaffee und begann das Gespräch.

»Glauben Sie, daß Molly von jemandem umgebracht wurde, der bei Ihnen einbrechen wollte?«

»Nein.«

»Glauben Sie, daß Paul Chirot einen Herzanfall hatte?«

»Ich bin mir nicht sicher. Es ist möglich. Aber es wäre ein zu großer Zufall.«

»Warum erzählen Sie mir nicht einfach alles, Laurie?«

»Anscheinend will irgend jemand mich und meine Freunde umbringen.«

»Weil er keine Dozenten leiden kann?«

»Vielleicht.«

»Kommen Sie. Wenn ich Ihnen helfen soll, müssen Sie mir schon verraten, nach wem ich Ausschau halten muß.«

»Nach jedem, der mit einer Pistole oder einem Messer auf mich zielt.«

»Danke für Ihr Vertrauen.«

»Glauben Sie, daß Sie nach dem letzten Tag mehr verdienen? Ich weiß noch nicht mal, für wen Sie arbeiten. Ich bin mir ziemlich sicher, daß es nicht die Leute sind, die mich umbringen wollen, denn dann hätten Sie es schon längst getan. Aber das ist auch schon so ungefähr alles, was ich über Sie weiß.«

Malcolm verzog das Gesicht. »Das muß ich mir nicht bieten lassen. Ich gehe.« Er stand auf, und Laurie sah zu, ohne etwas zu sagen. Malcolm packte seinen kleinen Koffer, zog den Mantel an und ging zur Tür, wo er sich noch einmal umdrehte und die .38er aus seiner Tasche zog. »Wollen Sie mir das Ding abkaufen, oder soll ich es zurückgeben?«

»Malcolm . . .«

»Ja?«

»Es tut mir leid. Ich möchte, daß Sie bleiben.«

»Dann sagen Sie mir zum Teufel noch mal, was hier überhaupt gespielt wird.«

»Lassen Sie mir noch ein bißchen Zeit. Aber bitte bleiben Sie.«

»Dann verraten Sie mir wenigstens, ob Sie glauben, daß die Leute, die hinter Ihnen her sind, es noch mal versuchen werden.«

»Ja.«

»Wer sind sie?«

»Ich weiß es nicht genau.«

»Ist es eine große Sache? . . . Ich meine, ein Syndikat oder so etwas?«

»Ich habe gesagt, ich weiß es nicht genau. Es könnte die französische Regierung sein.«

Malcolm pfiff. »Es geht doch nichts über einen vernünftigen Gegner.«

»Ich bin ganz sicher, daß es irgend etwas mit Gobir zu tun hat. Ich werde Ihnen später mehr erzählen. Für den Anfang reicht das.«

Malcolm schien damit zufrieden, und nachdem er seine Pistole wieder in einer Schulterhalfter verstaut hatte, schlug er einen Spaziergang vor.

Der See begann schon ein paar Blocks den Berg hinunter. Sie spazierten an dem kleinen Einkaufszentrum vorbei zum Ufer. Es war jetzt richtig Herbst in Seattle – grau, überzogen, feuchtwarm und nebelig, und hin und wieder nieselte es. Laurie genoß den Gedanken, wie normal sie aussehen mußten, ein nettes junges Pärchen in Jeans und Windjacken, genau wie alle anderen, die um sie herum spazierengingen oder joggten. Aber so normal waren sie nicht, oder? Sie klopfte auf seine Brust, weil sie die Pistole fühlen wollte.

»Geht das nicht ein bißchen zu weit?«

Sie war verlegen. »Warum? Ich wollte doch bloß sehen, ob die Pistole noch da ist.«

Sie spazierten ungefähr eine Meile, ohne zu reden. Selbst an diesem nassen Morgen, an dem die Berge im Osten hinter grauem Nebel verborgen waren, fuhren noch Segelboote auf dem See. Sie kamen nicht gut voran, weil es windstill war, aber sie waren bunt und freundlich.

»Es ist eine schöne Stadt, finden Sie nicht?« meinte Laurie.

Sie folgten dem Ufer, solange sie konnten, und als dann Privathäuser den Weg zum See versperrten, gingen sie zurück den Hügel hinauf. Schließlich erreichten sie die Madison-Park-Bäckerei, und Laurie fühlte sich angenehm müde und ruhig, aber sie hatte auch Hunger.

»Wie wär's mit Kaffee und ein paar Doughnuts? Ich glaube, ich habe es verdient.«

»Einverstanden.« Malcolm nickte.

Die Kaffeebar war gemütlich, und im Ofen in der Ecke brannte ein kleines Gasfeuer. Sie bekamen ihren Kaffee aus dem Topf auf dem Regal und kauften drei Doughnuts. Laurie aß zwei, während Malcolm seinen langsam zur Hälfte aufaß und ihr dann den Rest anbot.

»Wollten Sie auch noch mein Leibwächter sein, wenn ich dick würde?«

»Nein. Aber wenn Ihnen Geheimagenten weiterhin auf den Fersen bleiben, um Sie umzubringen, werden Sie kaum Probleme haben, Ihr jetziges Gewicht zu halten. Wissen Sie, Sie sind wirklich hart im Nehmen. Nach allem, was passiert ist, haben Sie sich verdammt schnell wieder aufgerappelt. Ich bewundere Ihren Mut.«

»Danke, Malcolm. Wirklich. Danke für alles.«

»Okay. Wann werden Sie mir erzählen, was wirklich los ist?«

Sofort wurde sie wieder hart. »Ich will es nicht, noch nicht. Und drängen Sie mich nicht.« Sie ließ sich die Rechnung geben, bezahlte und wartete an der Tür auf ihn.

Draußen nahm er ihre Arme und drehte sie so zu sich herum, daß sie ihm ins Gesicht sah.

»Hören Sie auf, mich wie Ihren Lakaien zu behandeln. Ich will Ihnen helfen, sich von dem Mord zu erholen, aber ich brauche mir nicht Ihre Abfuhren gefallen zu lassen.«

»Entschuldigung. Ich habe es wirklich nicht so gemeint. Ich wollte Ihre Freundschaft nicht mißbrauchen. Ich vertraue Ihnen ein bißchen, aber nicht ganz, noch nicht. Wenn ich Ihnen alles erzählt habe, werden Sie mich verstehen. Aber drängen Sie mich nicht. Eins müssen Sie mir glauben: Ich mag Sie immer mehr. Ich betrachte Sie nicht als meinen Lakaien, und ich bin Ihnen sehr dankbar für Ihre Hilfe.«

Er entspannte sich, nahm ihren Arm, und so gingen sie nach Hause. Bevor sie ihre Wohnung betraten, untersuchte Malcolm das Schloß, dann ging er, mit der Hand auf der Pistole, als erster hinein.

»Okay. Alles in Ordnung. Sie können kommen.«

Es war vielleicht ein bißchen melodramatisch, aber angebracht.

Am Nachmittag legte sich Laurie etwas hin, während Malcolm las und ein paar Anrufe erledigte. Als Laurie aufwachte, war es dunkel, und Malcolm saß immer noch auf der Couch und las.

»Ich werde uns etwas zu essen machen, Malcolm, wenn Sie dafür hinterher abwaschen.«

Malcolm verzog das Gesicht.

»Ich weiß, es klingt schrecklich, aber ich behandele Sie nicht wie einen Lakaien, sondern wie einen Ehemann.«

»Wie wär's, wenn ich koche und Sie abwaschen?«

»Warum? Finden Sie es unmännlich, abzuwaschen?«

»Nein. Nur langweilig.«

Trotzdem kochte sie, und er wusch ab.

Nach dem Essen setzte er sich wieder auf die Couch. Er las gerade einen neuen Roman von Updike, der ihm offensichtlich gefiel. Laurie legte eine Platte mit Panflöten- und Harfenmusik auf. Die wehmütigen Flötenklänge und die halb indianische, halb spanische Harfenmusik der Anden versetzten sie in eine versonnene Stimmung, und sie dachte an den langen Spaziergang mit Malcolm. Sie saß in ihrem Sessel und sah ihn an, ganz in sein Buch vertieft.

Sie wollte unbeschwert klingen, auch wenn sie es nicht war. »Komisch. Ich dachte, Sie würden heute abend Annäherungsversuche machen, statt zu lesen.«

Er sah auf. »Sollte ich das?«

»Nein. Ich dachte nur, Sie würden es vielleicht versuchen.«

»Wenn Sie soweit sind. Sagen Sie mir Bescheid, wann.«

Laurie war aufgebracht und beleidigt über seine Haltung, und ihr Mißtrauen war wieder da. Sie stand auf, um in ihr Schlafzimmer zu gehen.

»Schön«, sagte Malcolm plötzlich und klappte sein Buch zu. »Eine ausgezeichnete Idee. Ich mache jetzt also einen Annäherungsversuch.«

»Haben Sie ein Kapitel gelesen?«

»Eh . . . ja.«

»Mein Gott, wir benehmen uns, als ob wir verheiratet wären, nicht? Und wir sind noch nicht mal zusammen im Bett gewesen. Tja, tut mir leid, jetzt ist es zu spät. Ich habe es mir anders überlegt. Ich bin müde.«

»Das sind Sie nicht. Sie sind bloß sauer.«

»Das bin ich doch. Und ich halte es für besser, unsere Beziehung vorläufig so zu belassen, wie sie ist.«

Er lehnte sich zurück in die Polster und zog seine Pistole aus der Halfter, legte sie neben sich und sah Laurie lächelnd nach, bevor er sein Buch wieder in die Hand nahm. Sie hatte sich die .38er nicht genau genug angesehen, um die Initialen M. M. zu sehen, die im Griff eingraviert waren.

16

Nachdem Laurie das Boot verlassen hatte, setzte sich Rodney hin. Er war zu durcheinander, um einen klaren Gedanken fassen zu können. Die Nacht mit ihr war so phantastisch gewesen, daß er seine Arbeit hinausgeschoben hatte, bis es zu spät gewesen war, und ihre Entdeckung war so unerwartet, wie sie betäubend war. Bis er sich etwas von dem Schock erholt hatte und hinaus auf den Pier gelaufen war, war sie schon verschwunden. Er überlegte, ob er zum Hilton fahren sollte, aber er hatte Angst vor einer öffentlichen

Szene. Er hätte von seinem Boot aus das Büro in New York anrufen sollen, aber er war zu nervös, um zu versuchen, die Funk-Telefon Verbindung herzustellen. Vom Clubhaus konnte er nicht anrufen, weil das Telefon dort zu öffentlich war. Um mehr Zeit zum Nachdenken zu haben, stieg er in seinen Targa und fuhr zum Büro der Firma in San Francisco.

Old Harry würde außer sich sein, und den ganzen Weg über die Brücke überlegte er, wie er seinen Bericht abfassen konnte, um Harrys Wut zu mildern. Die Firma mußte sich die Schürfrechte in Gobir sichern, wenn die Gerüchte über Uranvorkommen in diesem Land stimmten. Zuerst aber mußten sie einen Blick auf das geologische Gutachten werfen, um genau zu wissen, was dort war. Sie waren schon fast zu einer Einigung mit Präsident Koulibaly gekommen, als der Geologe und Koulibaly während des Putschs verschwunden waren. Sie wußten, daß Uhlenbrecht tot war. Der Mann von der amerikanischen Botschaft in Maradi hatte gesagt, daß Koulibaly lebte und unter Arrest stand. Hinter der ganzen Sache steckten die verdammten Franzosen, und jetzt hatten sie eine absolute Marionette an der Macht in Gobir. Bevor sich die Firma weiter in dieser Angelegenheit engagierte und mit den Franzosen oder gegebenenfalls mit der neuen Regierung verhandelte, mußte sie wissen, worum genau es bei den Lagern ging. Das einzige Verbindungsglied zu dieser Information war Laurie. Der Spion in Maradi hatte gesagt, daß sie die Unterlagen möglicherweise hatte, es aber keineswegs sicher sei. Es schien unwahrscheinlich, daß Koulibaly solche Dokumente einer Ausländerin anvertrauen sollte, mit der er nur eine flüchtige Affäre hatte. Wenigstens wußte er jetzt, daß sie sie tatsächlich hatte, und er war zutiefst enttäuscht, daß er die Gelegenheit verpatzt hatte, ihr Vertrauen zu gewinnen.

Rodney stellte den Wagen in der Tiefgarage des Gebäudes ab und fuhr mit dem Aufzug hinauf in den siebzehnten Stock, wo die U. I. M. eine ganze Etage gemietet hatte. Er nickte den Sekretärinnen zu und ging in sein Büro, um New York anzurufen. Es war schon spät an der Ostküste, und Harry meldete sich wütend am anderen Ende der Leitung.

»Wo zum Teufel hast du gesteckt? Ich hatte erwartet, schon heute morgen etwas von dir zu hören. Dieses Geschäft macht mich ganz krank. Wir haben fünfzehntausend Tonnen auf Terminlieferung für eine Dreiviertelmilliarde Dollar verkauft. Bei den heutigen Preisen wird es uns mehr als das Doppelte kosten, sie zu beschaffen, und unsere amerikanischen Bergwerke können ihre Produktion nicht in diesem Rahmen erhöhen. Du weißt, Rod, daß wir uns einen Verlust von einer Milliarde Dollar nicht leisten können. Wir sind zwar groß, aber so groß auch nicht, nicht wie diese preisbestimmenden Dreckskerle am Golf.«

Rodney, der das alles wußte, ließ Harry seiner Wut Luft machen, ohne etwas zu sagen.

»Warum sagst du nichts?«

»Was soll ich sagen?«

»Was hat sie gesagt? Hat sie das Gutachten?«

»Ja.«

»Ausgezeichnet. Wird sie es uns geben?«

»Nein, ich glaube nicht.«

»Was soll dieses Wischiwaschi? Was meinst du damit, sie will es uns nicht geben? Wieviel verlangt sie? Du hast ihr doch gesagt, daß wir bereit sind, eine ganze Menge dafür auf den Tisch zu blättern, oder?«

»Ja, äh, ich meine . . nein.«

»Verdammt, Rod, was ist passiert? Wirst du jetzt endlich den Mund aufmachen?«

»Ist die Leitung okay?«

»Von wo aus rufst du an?«

»Aus meinem Büro.«

»Du weißt verdammt gut, daß sie okay ist. Was in Gottes Namen ist passiert, Rod? Du klingst verdammt elend.«

Rod erzählte ihm alles. Er hatte erwartet, daß der alte Mann lauthals fluchen würde, doch statt dessen herrschte am anderen Ende Schweigen.

»Harry?«

»Ich bin noch dran. Ich kann nicht glauben, was du mir da gerade erzählt hast. Du mußtest sie bumsen, ja? Sie muß ja ein Schuß sein. Normalerweise kannst du doch Vergnügen und Arbeit auseinanderhalten. Okay, geh zu ihr zurück, sag ihr, daß es dir leid tut und mach ihr ein Angebot.«

»Ich kann nicht.«

»Wieso nicht.«

»Weil sie Angst vor mir hat und mich haßt. Und sie haßt auch unsere Firma. Während dieser Szene auf dem Boot hat sie mich wissen lassen, daß sie *uns* hinter dem Sturz von Koulibaly vermutet.«

»Dann geh zu ihr hin und erkläre ihr, daß wir nichts damit zu tun haben.«

»Das klappt nicht, Harry. Sie ist verletzt, verbittert und haßt mich. Wir müssen ihr Zeit lassen, sich zu beruhigen. Wenn ich jetzt zu ihr gehe, dann wird sie wahrscheinlich hysterisch werden und die Polizei rufen. Wir müssen sie einfach ein paar Wochen mit dem Gutachten in Ruhe lassen. Irgendwann wird sie begreifen, daß sie uns genauso braucht wie wir sie, und sie wird mit sich verhandeln lassen. Aber nicht jetzt. Es wird nicht klappen.«

»Du weißt doch sicher, wie du anders an sie herankommen kannst, oder, Rod?«

»Tut mir leid.«

»Hör auf mit diesem ›tut mir leid‹. Wir können noch ein paar Wochen auf das Gutachten warten, aber was ist, wenn sie es jemand anderem gibt? Was ist, wenn ihr etwas zustößt und es verloren für uns ist? Ich traue es den Franzosen durchaus zu, daß sie versuchen werden, es ihr abzukaufen oder sie loszuwerden, wenn sie herausfinden, daß sie es hat. Ich bin sicher, daß sie es tun werden, wenn sie es noch nicht wissen.«

»Meinst du das im Ernst?«

»Natürlich. Sie wollen nicht, daß wir wissen, was da unten passiert. Ein hohes Angebot von unserer Seite wäre ihren Plänen nicht gerade förderlich, denn das würde die Loyalität ihrer Marionetten da unten ins Wanken bringen. Außerdem wollen sie einen Skandal vermeiden, und wenn jetzt bekannt wird, daß sie wegen Uranvorkommen die Regierung von Gobir gestürzt haben, werden sie Ärger mit ihren sämtlichen Abhängigen in Afrika bekommen.«

»Wissen das nicht schon alle?«

»Es wird allgemein vermutet, aber niemand weiß Genaues. Außerdem spielt da noch etwas mit.«

»Was?«

»Wenn diese Lager tatsächlich reich sind und sich das herumspricht, wird das den Uranpreis auf dem Weltmarkt drücken, und die amerikanischen Reaktorhersteller werden wieder konkurrenzfähiger werden. Etwas, das die Franzosen mit Sicherheit nicht gerne sehen würden. Im Augenblick verbuchen sie nämlich die großen Verkäufe für sich und sitzen richtig dick im Geschäft.«

Rodney bekam Angst. »Glaubst du, sie würden ihr etwas tun?«

»Und ob ich das glaube.«

»Was können wir tun?«

»Daran habe ich schon gedacht. Ich hatte einen Notplan, für den Fall, daß du versagen würdest. Ich hatte zwar nicht damit gerechnet, zumindest nicht auf diese Weise, aber ich habe mir überlegt, daß sie möglicherweise auf stur schalten und nach Hause gehen würde, um es sich eine Weile durch den Kopf gehen zu lassen. Kennst du den Mann, der sie in Seattle beobachten sollte?«

»Nein, ich kenne ihn nicht. Aber du hast mir gesagt, daß wir da jemanden hätten, der es macht. Von ihm wußte ich auch, welche Maschine sie nahm. Und er hat mir doch auch das Foto von ihr geschickt, nicht?«

»Ja, genau der. Ich werde dafür sorgen, daß er ein Auge auf sie hält. Dann kann ihr kaum etwas passieren. Er ist ein harter Bursche, und er ist gut.«

»Ein Privatdetektiv von drüben?«

»Nein, der Mann arbeitet schon ein paar Jahre für uns. Wir können ihm vertrauen. Er ist der Firma treu ergeben.«

»Und er soll also auf sie aufpassen?«

»Ja. Das einzige, was mir Sorgen macht, sind die nächsten Tage. Du hast mir gesagt, daß sie eine Woche in San Francisco bleiben will? Sorg dafür, daß sie jemand beschattet, bis sie wieder nach Seattle zurückfliegt. Aber unauffällig, ja?«

»Natürlich. Dieser Typ in Seattle, weißt du genau, daß du ihm trauen kannst?«

»Sicher. Das habe ich doch gesagt, oder? Ich habe ihm den Auftrag gegeben, sie zu beobachten, ihr zu folgen und aufzupassen, daß ihr nichts zustößt. Ich habe ihm nicht gesagt, daß er mit ihr ins Bett gehen soll. Es hört sich ganz so an, als wäre es das, worüber du dir Sorgen machst.«

»Nein.«

»Rod, hörst du mir überhaupt zu?«

»Ja.«

»Du klingst wirklich völlig durcheinander, Rod. Tut mir leid, daß ich dich angeschrien habe. Hör zu, wir werden abwarten. Ich möchte, daß du alle anderen Dinge erledigst und dann nach New York kommst. Wir können die Sache dann zusammen überlegen. Ich brauche dich sowieso hier.«

»Und was ist mit dem Kupfergeschäft in Arizona?«

»Wer soll das übernehmen; du weißt, daß es nicht so wichtig ist. Diese Sache ist jetzt viel wichtiger für uns, denn wenn es nicht klappt, ist alles aus. Ich erwarte dich vor Ende der Woche zurück in New York. Nächste Woche werden wir uns dann mit deiner kleinen Lehrerin in Verbindung setzen, okay?«

»Ja. Ich werde versuchen, Donnerstag zurück zu sein.«

»In Ordnung. Bis dann.«

Rodney brauchte nur einen Tag, um alles Wichtige zu erledigen, und Mittwoch flog er mit der Abendmaschine nach New York zurück. Während des Flugs dachte er an Harry Bigelow und an Laurie Spencer. Es war das erste Mal, daß er etwas für Harry vermasselt hatte, und das ließ ihm keine Ruhe. War Laurie so etwas Besonderes? Warum hatte er sich so einfach verführen lassen? Es war natürlich Unsinn, denn er hatte sie verführt, und jetzt konnte er nichts mehr daran ändern. Er hoffte nur, daß sie ihm eines Tages verzeihen würde und ihn wiedersehen wollte.

Rodney nahm ein Taxi vom La Guardia zum U. I M.-Gebäude an der Third Avenue. Harry war bereits in seinem Penthousebüro, und Rodney fuhr sofort hinauf.

Harry Bigelow war ein großer, asketisch aussehender,

schlanker Mann von zweiundsechzig. Er hatte kurzgeschnittenes, aber volles, weißes Haar und war seit fast zwanzig Jahren Präsident der U. I. M. Er hatte mit Rodneys Vater zusammen als Geologe für eine Gesellschaft in Brasilien gearbeitet. Sie waren fast ein Jahr im Dschungel gewesen und hatten unter Moskito- und Langeweileattacken eine Reihe von Untersuchungen durchgeführt, wobei sie enge Freunde geworden waren. Gegen Ende ihres Aufenthalts war Rodneys Vater bei einer unsachgemäß durchgeführten Dynamitsprengung an einer Probestelle getötet worden. Harry war in die Staaten zurückgekehrt und hatte sich Rodneys und seiner Mutter angenommen. Er hatte versucht, sie von ihrer Trinkerei abzuhalten und sie unterstützt. Als sie dann gestorben war, hatte er Rodney adoptiert und ihn immer wie einen Sohn behandelt.

Harrys eigene Kinder, ein Sohn und zwei Töchter, waren zu verdorbenen Neurotikern geworden. Ihre Ehen waren gescheitert, Karriere hatten sie nicht gemacht, und mit den Jahren hatte Harry all seine Hoffnungen für die Zukunft in Rodney gesetzt. Er hatte sich langsam in der Firma hinaufarbeiten müssen, und schließlich hatte ihn Harry zum Vizepräsidenten der Planungsabteilung ernannt. Aber Rodney liebte die Arbeit mit Booten und hatte darum gebeten, nach San Francisco gehen und ihre Schiffsgeschäfte im Westen beaufsichtigen zu dürfen. Deshalb hatte ihn Harry auch mit der Aufgabe beauftragt, an Laurie Spencer heranzutreten, als er die Sache mit dem fehlenden Gutachten aus Gobir herausgefunden hatte. Wenn Rodney nicht gerade in Kalifornien gewesen wäre, wäre Harry selbst nach Seattle geflogen. Es ging um eine sehr wichtige Sache, und Harry liebte die Firma mehr als irgendeinen Menschen.

Harry saß hinter einem Eichenschreibtisch und las gerade einen Bericht, als Rodney hereinkam. Er stand auf, um ihm die Hand zu geben.

»Du siehst entsetzlich aus, Rod.«

»Ich habe die Nacht im Flugzeug nicht geschlafen.«

»Ich dachte, du würdest bei Nachtflügen immer schlafen. Du machst dir ernsthaft Sorgen, nicht?«

»Ja.«

»Ich auch. Aber du machst dir auch Sorgen wegen des Mädchens.« Harry schüttelte den Kopf. »Ich schätze, du bist alt genug, um zu wissen, was du tust. Aber nicht, daß es mit deiner Arbeit kollidiert. Hörst du?«

»Ich höre.«

»Weißt du, daß diese Spencer schon am Dienstag San Francisco wieder verlassen hat?«

»Ja, sicher.«

»Unser Mann in Seattle hat eine Wohnung in der Nähe von ihrer gefunden. Er wird sich etwas einfallen lassen, wie er in ihrer Nähe bleiben kann.«

»Kann er sie beschützen?«

»Die nötigen Voraussetzungen dafür bringt er jedenfalls mit.«

»Inwiefern?«

»Er schlägt mich immer beim Squash, wenn wir zusammen spielen.«

»Komm schon, Harry. Wer ist er?«

»Ich habe ihn vor zwei Jahren kennengelernt. Er hat mich nach einem Job gefragt, und er hat sich in der Zwischenzeit gut bewährt. Ich vertraue ihm. Er hat Erfahrung.«

Rodney sah aus dem Fenster, das eine großartige Aussicht auf den East River und die 59th Street Bridge bot. Er wollte Laurie sehen, aber er wußte, daß dies nicht der Augenblick war, es zu sagen.

»Geh nach unten und schlaf dich aus, Rod. Du kannst das Besucherapartment neben meiner Suite haben. Sieh zu, daß du ein bißchen ruhiger wirst. Ich werde dich anrufen, wenn sich irgend etwas Neues ergibt. Wir bekommen regelmäßig Berichte herein, und wenn ich den richtigen Zeitpunkt für gekommen halte, werde ich diese Spencer anrufen und sie dazu bringen, daß sie zu einem Gespräch nach New York kommt. Unser Mann sagt, daß sie in ihrer Wohnung bleibt und nichts Besonderes macht. Sie wird früher oder später vernünftig werden.«

Harry hatte recht. Es gab im Augenblick nichts für ihn zu tun, also fuhr Rodney nach unten, um zu schlafen.

In den nächsten fünf Tagen bekam er täglich Berichte von Harry. Ihr Mann in Seattle rief jeden Morgen um neun an und gab durch, was passiert war. Rodney blieb die meiste Zeit über im Gebäude und gab vor, beschäftigt zu sein. Er wollte eigentlich nicht arbeiten, übernahm aber ein paar Aufgaben, damit er nicht zu deprimiert wurde.

Um sieben am Mittwochmorgen wurde Rodney von einem Klopfen an seiner Tür geweckt. Es war Harry, und er war wütend und erregt.

»Sie haben es tatsächlich getan. Ich wußte es. Diese verfluchten Dreckskerle! Gott sei Dank ist es danebengegangen! Aber sie haben es versucht! Diese Leute sind genauso schlecht, wie ich erwartet habe. Und sie wissen alles!«

»Was ist los?« fragte Rodney verschlafen.

»Er hat aus Seattle angerufen. Es war halb vier bei ihm, und er hat mich aufgeweckt. Ein Glück, daß ich ihm meine Privatnummer gegeben habe. Verdammt. Sie haben versucht, sie umzubringen.«

Rodney war mit einem Schlag hellwach.

»Es ist gestern abend passiert. Sie haben eine andere Frau in ihrer Wohnung umgebracht, die sie für sie gehalten haben.«

Rodney stürzte sich in seine Sachen. »Weißt du genau, daß ihr nichts passiert ist? Ich werde rüberfliegen.«

»Das wirst du nicht. Sie steht unter Bewachung. Unser Mann ist ihr die ganze Zeit gefolgt. Wenn sie in ihrem Apartment gewesen wäre, hätte er es zu verhindern gewußt. Du wirst nirgendwo hinfliegen. Das letzte, was sie jetzt braucht, ist dich zu sehen. Womöglich denkt sie noch, wir stecken dahinter. Wir müssen abwarten, bis sich die Dinge wieder beruhigt haben. Ich bin sicher, daß es die Franzosen waren. Zum Teufel mit ihnen!«

Rodney verbrachte die nächsten sechsunddreißig Stunden in seiner Suite und wartete ungeduldig auf neue Nachricht aus Seattle. Dienstagabend kam dann endlich der Bericht, und Harry informierte ihn, daß es Laurie gutgehe.

Rodney bettelte, nach Seattle fliegen zu dürfen, doch Harry wollte es ihm nicht erlauben und wies ihn an, die Angelegenheit zu vergessen, bis es neue Entwicklungen gäbe.

Samstagmorgen lud Harry Rodney zum Frühstück zu sich hinauf ins Penthouse ein. Er berichtete ihm, daß Laurie wohlauf sei. Nachdem Rodney wieder weg war, schüttelte Harry sorgenvoll den Kopf. Er wußte noch, wie es war, wenn man sinnlos verliebt war. Er hatte sich vor vierzig Jahren in seine Frau verliebt, und das war die einzige ungeordnete Periode in seinem Leben gewesen. Das war einer der Vorteile des Alters – so etwas passierte einem jetzt nicht mehr. Er fand, daß es an der Zeit war, daß Rodney heiratete. Die Ehe würde ihn zu einem Zyniker in Sachen Liebe machen und ihn ruhiger werden lassen.

Um neun rief er Laurie Spencer an. Rodney war noch in seinem Apartment, und Harry fand, daß es ganz gut so war.

17

Um sechs klingelte das Telefon neben Lauries Bett. Verschlafen hob sie ab. »Ja?«

»Hallo, Miss Spencer?«

»Ja.«

»Guten Morgen. Hier ist Harry Bigelow. Ich bin der Vorsitzende der United International Minerals Corporation in New York. Ich habe Sie sicher geweckt. Es ist hier neun, also muß es bei Ihnen an der Küste sechs sein. Tut mir leid. Ich wollte nur sichergehen, daß ich Sie auch zu Hause antreffe.«

Laurie war noch nicht wach genug, um richtig zu begreifen, was sie hörte.

»Ja, ich schlafe noch. Das heißt, ich habe noch geschlafen. Wer, sagten Sie, sind Sie?«

»Der Präsident der United International Minerals Corporation in New York. Ich glaube, es ist an der Zeit, daß wir uns zu einem geschäftlichen Gespräch treffen.«

»Was?« Sie war plötzlich hellwach, starrte ungläubig auf den Hörer und hielt ihn von sich, um sich zu vergewissern, daß sie nicht träumte. »Was haben Sie gesagt?«

»Ich sagte, ich bin Harry Bigelow, der Präsident . . .«

»Ich habe Sie schon verstanden. Wie können Sie es wagen, mich anzurufen!«

»Hängen Sie nicht ein. Es könnte Ihnen leid tun.«

»Wollen Sie mir drohen?«

»Nein. Sie wissen, daß jemand versucht, Sie umzubringen und daß wir ein Gutachten von Ihnen kaufen möchten, das sich in Ihrem Besitz befindet. Sobald wir es haben, kann Ihnen nichts mehr passieren, denn dann gibt es keinen Grund mehr, daß jemand Sie beseitigen will.«

»Wer sagt mir, daß Sie es nicht waren, die Molly und Paul umgebracht haben, um mir Angst einzujagen.«

»Glauben Sie, dann würde ich Sie anrufen, um die Sache mit Ihnen zu besprechen?«

»Zuerst haben Sie gedacht, Sie könnten mich mit einem Verführer dazu bringen, Ihnen zu geben, was Sie haben wollen, und als das nicht klappte, haben Sie es auf andere Weise versucht, indem Sie mir Angst einjagten.«

»Seien Sie vernünftig. Wir können Ihnen einen guten Preis für dieses Gutachten bezahlen, aber wir wollen Ihnen bestimmt nichts tun. Es gibt nur eine Gruppe von Leuten, die das will, und das sind die Leute, die nicht wollen, daß dieses Gutachten an die Öffentlichkeit kommt. Können Sie sich denken, wer das sein könnte?«

Laurie mußte an Rodney denken und beschloß wütend, einzuhängen. Doch in diesem Augenblick klopfte Malcolm an ihre Tür und kam herein, ohne ihre Antwort abzuwarten.

»Was gibt's?« wollte er wissen. »Wer ist da am Apparat?«

Laurie bat Bigelow, einen Moment zu warten und legte die Hand auf die Muschel. »Jemand aus New York. Es hängt mit dem Mord zusammen. Ich werde wieder auflegen.«

»Lassen Sie sich erst ihre Nummer geben, damit Sie sie zurückrufen können. Wenn sie sie Ihnen geben, können wir sie überprüfen. Wenn es eine offizielle Nummer ist, können Sie sicher sein, daß Ihnen diese Leute nichts tun wollen. Wenn sie Ihnen ihre Nummer nicht geben wollen oder wir sie nicht nachprüfen können, haben wir ja nichts riskiert. Klingt der Anruf wie eine Drohung?«

»Nein. Aber was Sie da sagen, ergibt doch keinen Sinn.«

»Fragen Sie nach ihrer Nummer und hängen Sie dann ein. Wir können uns anschließend darüber unterhalten.«

Laurie nahm die Hand von der Muschel. »Geben Sie mir Ihre Telefonnummer. Ich werde Sie nachher zurückrufen.«

Der Mann am anderen Ende zögerte nur kurz. »In Ordnung. Ich werde Ihnen aber nicht meinen Anschluß geben, sondern nur die Firmennummer. Man wird Sie dann mit mir weiterverbinden. Und rufen Sie bitte zurück. Die Nummer ist 212-555-6067. Dr. Spencer? Sind Sie noch da?«

»Ja.«

»Haben Sie die Nummer?«

»Ja.«

»Ich vermute, daß man Ihre Leitung abhört, also seien Sie vorsichtig mit dem, was Sie sagen.« Bigelow hängte ein.

Laurie sah Malcolm an. »Ich frage mich, warum ich Ihren Rat einfach so angenommen habe, ohne darüber nachzudenken.«

»Sie haben doch ihren Namen genannt, oder?«

»Es war ein gewisser Harry Bigelow von der United International Minerals in New York.«

»Rufen Sie die New Yorker Auskunft an und lassen Sie sich die Nummer der United International Minerals geben. Dann rufen Sie sie an und sehen Sie, wen Sie an den Apparat bekommen. Wenn es derselbe Mann ist, wissen Sie, daß sie die sind, für die sie sich ausgeben. Verraten Sie mir etwas. Ich weiß immer noch nicht, worum es eigentlich geht. Sind das die Leute, die Sie im Verdacht haben, daß sie Sie umbringen wollen?«

»Nein. Eigentlich nicht.«

»Das klingt vernünftig. Ich glaube kaum, daß sie Sie anrufen würden, wenn sie es wären.«

»Ich glaube, Sie haben recht. Es müssen die Franzosen gewesen sein, die versucht haben, mich umzubringen.«

»Das können Sie mir alles später erklären. Jetzt rufen Sie die New Yorker Auskunft an.«

Sie wählte die Auskunft und bekam die Nummer von

United International Minerals bestätigt. Dort meldete sich die Vermittlung.

»United International Minerals.«

»Ich hätte gern Mr. Bigelow gesprochen.«

»Mr. Harry oder Mr. Rodney Bigelow?«

»Harry.«

»Und wer sind Sie bitte?«

»Laurie Spencer.«

Es dauerte ungefähr eine halbe Minute, dann meldete sich am anderen Ende Harry Bigelows Stimme.

»Dr. Spencer?«

»Ja. Und jetzt verraten Sie mir, warum ich Ihnen nach dem, was Ihr Sohn gemacht hat, noch vertrauen sollte.«

»Bleiben wir beim Geschäftlichen. Ich möchte mich mit Ihnen treffen. Kommen Sie heute abend nach New York. Wir können Sie heute nachmittag mit einem Firmenjet am Sea Tac abholen lassen.«

»Machen Sie Witze? Ich habe Ihnen gerade gesagt, daß ich Ihnen nicht traue!«

»Das müssen Sie auch nicht. Ich nehme an, daß Sie entsprechende Vorsichtsmaßnahmen ergriffen und die Papiere an einem sicheren Ort hinterlegt haben. Setzen Sie sich mit Ihrem Anwalt in Verbindung und sagen Sie ihm, was er unternehmen soll für den Fall, daß Ihnen etwas zustoßen sollte, dann können Sie ganz beruhigt sein, daß Ihnen nichts zustößt. Wenn wir Ihnen etwas tun würden, bekämen wir das Gutachten nicht und würden vor Gericht landen. Wir halten uns an das amerikanische Gesetz, Dr. Spencer, im Gegensatz zu gewissen anderen Leuten, die Interesse an Ihnen haben.«

»Ich werde es mir durch den Kopf gehen lassen. Heute ist zu früh.«

»Morgen früh?«

»Vielleicht. Kann ich noch jemanden mitbringen?«

»Wenn Sie möchten. Ihren Anwalt?«

»Nein, meinen Leibwächter.«

Bigelow lachte leise. »In Ordnung. Freut mich zu hören, daß Sie von sich darauf gekommen sind. Ich wollte Ihnen vorschlagen, daß wir Ihnen einen zur Verfügung stellen, aber ich hatte Angst, Sie würden damit nicht einverstanden sein. Wenn Sie Ihren eigenen haben, um so besser.«

»Was wollen Sie mir anbieten?«

»Eine Menge Geld. Und jetzt schlage ich vor, daß wir aufhören, so zu reden.«

Malcolm kam ins Schlafzimmer. Er hatte über den Zweitanschluß im Wohnzimmer mitgehört. »Sagen Sie ja. Es klingt gut. Sie können später immer noch Ihre Meinung ändern. Aber sagen Sie ja.«

Laurie legte wieder die Hand über die Muschel. »Haben Sie etwa mitgehört?« Sie war wütend. »Habe ich Ihnen . . .«

»Hören Sie auf. Entweder Sie wollen meine Hilfe, oder Sie wollen sie nicht. Sagen Sie ja, hängen Sie ein und erklären Sie mir dann alles, sonst gehe ich auf der Stelle.«

»In Ordnung«,sagte sie zu Bigelow. »Morgen früh.«

»Nehmen Sie ein Taxi zum Flughafen. Unser Mann wird Sie am Ostschalter um sieben morgen früh erwarten. Das ist ein sicherer Treffpunkt, weil da immer eine Menge Leute sind.«

»Woran werde ich ihn erkennen?«

»Er wird Sie erkennen. Wir haben eine gute Beschreibung von Ihnen.«

Laurie mußte an Rodney und das Boot denken und wurde rot. »Das kann ich mir vorstellen, ihr Mistkerle!«

»Auf Wiedersehen, Dr. Spencer.« Bigelow hängte ein.

Laurie hielt den Hörer noch einen Augenblick in der Hand und starrte auf Malcolm, der in der Tür stand. Dann legte sie auf. Malcolm kam zu ihr herüber und setzte sich neben sie aufs Bett.

Sie war sich plötzlich bewußt, daß er nur einen Slip trug und ihr Nachthemd halb durchsichtig war. Aber er war ernst und schien im Augenblick an nichts anderem interessiert als an ihrem Problem.

»Ich meine«, begann er, »daß es jetzt an der Zeit ist, daß Sie mir erzählen, was los ist. Alles. Ich habe mir genug zusammenreimen können, um eine ungefähre Vorstellung zu haben, aber wenn ich Ihnen weiterhelfen soll, kann ich meine Energie nicht darauf verschwenden, mir zu überlegen, was Sie längst wissen.«

Laurie mochte nicht, wenn sie jemand herumkommandierte. Sie hatte seinen Rat mit dem Telefonanruf befolgt, weil ihr im Augenblick keine bessere Lösung eingefallen war, aber jetzt, nachdem es vorbei war, fragte sie sich, wieso. Vielleicht war sie doch mehr von ihm angezogen, als sie dachte. Aber warum drängte er so, diese Entscheidung zu treffen?

»Was wollen Sie wirklich, Malcolm?«

»Zuerst wollte ich nur Sie, dann ein Abenteuer, und jetzt sieht es so aus, als ob auch noch Geld dabei herausspringen könnte. Das heißt, wenn Sie Lust haben, zu teilen. Sind Sie jetzt schockiert?«

»Ich glaube, wir sind uns irgendwo ähnlich. Wie auch immer, wir verstehen uns. Und jetzt werde ich Ihnen erzählen, was ich weiß.«

Laurie begann mit Gobir und ließ auch nicht das kleinste Detail aus. Sie erzählte ihm sogar von Rodney. Unbewußt nahm sie die Decke und zog sie bis unters Kinn hoch, während sie beschrieb, was auf dem Boot passiert war. Malcolm verzog das Gesicht.

Als sie mit ihrem Bericht fertig war, nickte er. »Das paßt alles zusammen. Die United International Minerals will wissen, wieviel Uran in Gobir zu holen ist, und der einzige Weg, das herauszufinden, führt über Sie. Die Franzosen wollen nicht, daß jemand davon erfährt, und sie haben wahrscheinlich Angst, daß die Presse sie für diesen Putsch verantwortlich macht, wenn dieses Gutachten an die Öffentlichkeit kommt. Aus diesem Grund wollen sie Sie umbringen. Es spielt vermutlich noch mehr mit hinein, aber die ganzen kommerziellen Aspekte werden wir erst erfahren, wenn wir in New York sind. Trotzdem wissen wir genug. Ich meine, daß Sie mit dieser Firma ins Geschäft kommen können. Sie brauchen sich gegenseitig.«

»Glauben Sie, daß sie etwas für Moussa tun können?«

»Ich weiß es nicht. Das werden wir dann sehen. Wenn es in ihre Pläne paßt, könnten sie vielleicht etwas unternehmen. Eins ist sicher: Allein können Sie nichts tun. Also müssen wir uns vorläufig an sie halten. Ich glaube nicht, daß es viel Sinn hat, Verbindung mit der Gegenseite aufzunehmen, nicht nach diesen Morden. Die Polizei kann uns nicht helfen, nicht gegen die Regierung eines anderen Landes.«

»Glauben Sie, daß uns die Franzosen beobachten lassen?«

»Nein. Man hält Sie für tot. Es wäre unklug von ihnen, wenn sie noch einen Spitzel hier hätten. Es wäre viel zu gefährlich. Aber wenn sie erst herausgefunden haben, daß Sie noch leben, werden wir in Schwierigkeiten kommen. Glauben Sie, daß wir diesem Glassman vertrauen können?«

»Ja.«

»Gut; wir werden ihn anrufen müssen und ihm alles erklären. Er kann die Papiere in Verwahrung nehmen und alle Angebote nachprüfen, die die Firma macht.«

Es hörte sich alles so überzeugend und einfach an. »Danke, Malcolm. Es gefällt mir, einen Partner zu haben.«

Laurie lehnte sich gegen das Kopfende zurück, das Kissen im Rücken. Sie merkte, daß Malcolm auf ihre Brüste unter ihrem Nachthemd sah. Als sie auf seinen Slip sah, konnte sie die Konturen seines Penis erkennen. Er beugte sich vor und küßte sie.

Sie war überrascht über das Gefühl, das der Kuß in ihr auslöste.

Sein Mund berührte weich ihre Lippen und erregte sie. Laurie wollte ihn und zog ihn an sich, aber als sein Penis ihren Bauch streifte, hielt sie die Luft an und zuckte zurück.

»Stoß mich nicht weg, Laurie. Ich will dich, und du willst mich.«

»Ja, ich will dich, Malcolm. Aber ich bin nervös.«

Er lächelte.

»Nein, nicht was du denkst. Ich spiele dir nichts vor. Ich habe eine ganze Menge schlechter Erfahrungen hinter mir, und ich hatte es nicht gerade einfach in der letzten Zeit, was Sex betrifft. Ich muß immer daran denken, was in Gobir passiert ist. Ich will dich, aber ich will auch, daß du weißt, daß es vielleicht nicht so klappt, wie ich es gerne möchte.«

Wieder küßte er sie zärtlich, und sie fühlte sich schwindlig und nachgiebig.

»Ich werde dir keine Note geben.«

»Schon, aber . . .«

»Wir reden zuviel.« Er verschloß ihren Mund mit seinen Lippen.

Seine Hände streichelten ihr Gesicht und zeichneten seine Konturen nach. Sie schloß die Augen, als er ihre Wangen küßte, erst die rechte, dann die linke, wobei er mit seinen Lippen ihre Nase streifte. Seine Finger glitten ihren Hals entlang bis hinunter zu den Brüsten, dann hob er ihr Nachthemd hoch, und sie half ihm, es über ihren Kopf zu streifen. Seine Hände glitten zurück zu ihren Brüsten und umschlossen sie fest. Laurie hatte das Gefühl, als triebe sie langsam auf einer warmen Meereswelle. Er nahm sie im Rücken und unter den Beinen und legte sie quer auf ihr Bett. Laurie sah ihn an. »Du siehst sehr gut aus.«

»Das freut mich. Ich habe dich schon schön gefunden, als ich dich das erste Mal gesehen habe.« Er kniete sich neben sie und betrachtete sie eingehend. »Sehr schön.«

Sie schloß wieder die Augen und lächelte glücklich. Seine Hände streichelten weiter ihre Brüste, und sie konnte spüren, wie sie ihre Form und ihren Druck veränderten. Als sie sich aufbäumte, griff er fester zu als vorher, und sein Kuß war mehr leidenschaftlich als zärtlich.

Sie entspannte sich und überließ sich der Zärtlichkeit seiner Berührungen, und sie fühlte sich gut dabei, weil er es genoß.

Malcolm legte sich neben sie, und sie rollte sich auf die Seite, so daß sie sich gegenüberlagen. Er zog sie an sich, und ihre Körper schmiegten sich wie von selbst aneinander.

»Soll ich ein Kondom nehmen?«

»Nein, Malcolm. Du brauchst keins.«

»Bestimmt nicht?«

»Nein. Liebe mich.«

Sie tastete nach seinem Penis, aber er zog sich leicht zurück.

»Laß mich dich noch ein bißchen streicheln«, flüsterte er.

Seine Hand glitt sanft ihren Bauch hinunter, und Laurie spürte, wie ihre Arm- und Beinmuskeln starr vor Spannung wurden. Sie bäumte sich seinen Fingern entgegen, als sie in sie eindrangen.

Malcolm küßte sie wieder und kam über sie, seine Knie zwischen ihren Beinen. Er hob sie hoch und legte sie auf seine Hüften. Dann nahm er seinen Penis, erregte sie wieder und drang langsam in sie ein. Laurie ballte die Hände zusammen, ihre Zehen krümmten sich, und sie biß die Zähne aufeinander. Sein Körper drängte sich hart gegen ihren, als versuchte er, in sie einzutauchen, und sie hielten sich fest und küßten sich immer wieder.

18

Laurie hatte nicht bemerkt, daß es draußen regnete. Die Wolken hingen tief über dem See, und Mercer Island war kaum zu erkennen. Sie fühlte sich wundervoll entspannt und summte vor sich hin, als sie sich anzog. Malcolm war schon fertig und betrachtete sie lächelnd, während sie sich das Haar bürstete. Als sie fertig war, küßte sie ihn, und sie gingen Hände haltend hinunter. Sie fuhren zum Surrogate Hostess, um dort zu frühstücken, wo sie lange saßen und sich in die Augen schauten. Schließlich sah Malcolm auf seine Uhr.

»Halb neun. Mußt du heute zur Uni?«

»Nein. Ich habe Bescheid gesagt, daß ich mir ein Quartal Urlaub nehme.«

»Ging das denn so einfach?«

»Ja.«

»Weißt du, du bist eine richtige harte Frau.«

»Weißt du, du bist ein richtiger toller Mann.«

Er lächelte. »Ich glaube, wir fahren jetzt besser zurück. Wir müssen noch einiges fertigmachen, wenn wir morgen früh fliegen wollen.«

Sie fuhren nach Hause.

Während Malcolm einen kleinen Koffer für sich packte, rief Laurie Glassman an. Obwohl es Samstag war, wollte er sich mit ihr in seinem Büro treffen. Sie fuhren zusammen zu ihm. Diesmal hatte man aus Glassmans Fenster so gut wie keine Aussicht, abgesehen auf die Wolken, die vom Süden herantrieben. Sie waren so dick, daß die Fährboote unter ihnen fast nicht zu erkennen waren.

Laurie stellte Malcolm vor, und sie nahmen Platz. Glassman war nervös und musterte seinen Gegenüber mißtrauisch, während Malcolm so tat, als würde er es nicht bemerken und aus dem Fenster sah. Laurie erklärte, was am Morgen vorgefallen war, und Glassman nickte. »Du wirst es bald der Polizei sagen müssen«, meinte er. »Olafsson sucht noch immer nach seinem Raubmörder.«

»Sag es ihm morgen.«

»Dann wird er einen Haftbefehl ausstellen, und die New Yorker Polizei kann dich zur Auslieferung nach Washington festhalten.«

»Mich? Wieso? Ich habe sie doch nicht umgebracht.«

»Nein. Wenn ich ihm alles erzähle, was ich von dir weiß, kann er sagen, du hättest dich der Angabe falscher Informationen und der Verheimlichung von Beweismaterial bei einem Kapitalverbrechen schuldig gemacht.«

»Und was ist mit dir?«

»Schweigepflicht. Mich kann man für nichts verantwortlich machen, was mir ein Klient erzählt. Trotzdem möchte ich lieber nicht bei der Polizei von Seattle in Ungnade fallen. Ich stehe auf ganz gutem Fuß mit ihnen und möchte, daß es so bleibt.«

»Also sag nichts.«

»Dann werden sie aber eine ganze Menge Zeit damit vergeuden, nach dem Raubmörder zu suchen.«

»Und?«

»Okay. Aber hältst du es nicht für gefährlich, nach New York zu fliegen?«

Malcolm drehte sich mit seinem Stuhl wieder zu Glassman herum. »Sie trauen mir nicht, nicht?«

»Ich kenne Sie nicht, und die ganze Sache stinkt zum

Himmel. Ich meine, Laurie sollte zur Polizei gehen, das Gutachten an das Außenministerium schicken und das Ganze vergessen.«

»Du bist mein Anwalt, nicht mein Vater. Sag mir nicht, was ich tun sollte oder nicht.« Glassman war überrascht, wie aufgebracht Laurie war.

»Schön. Was willst du also von mir?« wollte er wissen.

»Du hast doch das Gutachten.«

»Ja. Es ist an einem sicheren Ort.«

»Ich werde dich morgen am späten Nachmittag von New York aus anrufen. Dann werde ich dir sagen, ob du es der U. I. M. schicken sollst oder nicht. Wenn du bis fünf, das ist acht New Yorker Zeit, nichts von mir gehört haben solltest, kannst du mit der ganzen Geschichte zur Polizei gehen und ihnen sagen, daß ich gegen meinen Willen in New York von der U. I. M. festgehalten werde.«

»Ich wette, das würde mir niemand abnehmen.«

»Sag es ihnen trotzdem. Sie werden dir glauben, wenn ich nach ein paar Tagen immer noch nicht aufgetaucht bin.«

Malcolm hörte zu und pflichtete Laurie bei, wollte aber noch etwas dazu sagen. Als Laurie fertig war, fügte er hinzu: »Es könnte sein, daß sie dich zwingen, ihnen die Papiere schicken zu lassen, also überleg dir mit Mr. Glassman ein Codewort, damit er weiß, ob du aus eigenem Willen handelst oder nicht.«

Glassman nickte langsam. »Ja. Gut. In Ordnung. Ich habe nicht viel Erfahrung mit dieser Art von Dingen. Sicher, ich kenne Sie jetzt, Mr. McGowan . . .«

»Govern. Wie der Politiker.«

»Ja, McGovern. Also, Ihr Vorschlag ist gut, aber ich möchte gern mit Laurie unter vier Augen sprechen.«

Laurie lachte. »Ich vertraue ihm. Wirklich. Genauso sehr, wie ich dir vertraue. Laß uns ein Codewort ausdenken.«

Sie überlegten einen Augenblick, dann lächelte Glassman. »Wie einfach. Wenn du freiwillig mit mir telefonierst, meldest du dich mit: ›Hier ist Laurie.‹ Wenn du in irgendeiner Art dazu gezwungen wirst, sagst du: ›Hier ist Laurie Spencer.‹ Das wird niemand merken.«

Alle drei fanden den Vorschlag gut. Es gab nur noch einen Punkt zu klären. Wenn es zu einem Geldaustausch kam, wie sollte Laurie es sicher auf ihr eigenes Konto bekommen? Sie kamen überein, daß die United International Minerals Glassman das Geld telegraphisch anweisen sollte, wenn sie zu einer Einigung kamen. Er würde es auf ihr Konto überweisen und das Gutachten dann über Telex nach New York schicken. Der ganze Austausch konnte an einem Morgen über die Bühne gehen.

Als sie Glassmans Büro verließen, bat er Laurie, noch einen Moment zu bleiben, während Malcolm draußen vor der Tür wartete. Nachdem Glassman sie geschlossen hatte, meinte er ernst: »Ich traue ihm nicht. Sei vorsichtig, Laurie. Sehr, sehr vorsichtig. Du bist dort ganz auf dich allein gestellt.«

»Ist das das einzige, was dir Sorgen macht?«

»Vielleicht nicht.«

»Bist du eifersüchtig?«

»Vergiß nicht, ich bin verheiratet . . . ja, ich kann nichts dran machen. Ich will nicht, daß er dich nur benutzt.«

»Du weißt, daß ich selbst auf mich aufpassen kann.«

Er seufzte. »Ja, ich weiß.«

Sie gab ihm einen freundschaftlichen Kuß und ging zurück zu Malcolm.

Den Rest des Morgens verbrachte Laurie damit, ein paar Kleider zu kaufen, die sie für New York brauchte. Sie hatte einen guten Geschmack, und Malcolm war mit ihrer Wahl einverstanden. Sie aßen im Saint Michel zu Mittag und kehrten dann gegen drei nach Hause zurück, um zu packen. Laurie zog ihr schickes neues Tweedkostüm und eine weinrote Bluse für Malcolm an. Dann streifte sie die Sachen wieder ab, und sie liebten sich langsam und leidenschaftlich, bis es dunkel war.

Im Shogun aßen sie zu Abend und gingen dann früh schlafen.

Am nächsten Morgen um sieben fanden sie sich am Ost-Schalter am SeaTac-Flughafen ein. Eine Schlange bildete sich für die Frühmaschine nach St. Louis. Aus der Menge kam ein gut angezogener junger Mann auf Laurie zu. »Dr. Spencer?«

»Ja.«

»Ich bin der Pilot der U. I. M.«

»Hallo.«

»Gehört der Herr hier zu Ihnen?«

»Ja.«

»Gehen wir.«

Sie verließen die Halle und kamen in einen Teil des Flughafens, in dem Laurie noch nie gewesen war. Hier standen die Privatmaschinen. Ein Lear wartete auf sie, und sie stiegen ein. Der Jet hatte sechs Plätze, eine Couch auf einer Seite und eine kleine Bar auf der anderen. Ein Steward mixte ihnen zwei Bloody Marys, während die Maschine zum Start hinausrollte.

Sobald sie in der Luft waren, bekamen sie ihre Drinks serviert, und Laurie kuschelte sich an Malcolm.

Sie landeten gegen Abend auf dem Teterboro-Flughafen in New Jersey, wo ein großer Lincoln auf sie wartete, der sie zum U. I. M.-Gebäude brachte. Um sechs Uhr, New Yorker Zeit, fuhren sie hinauf in Harry Bigelows Büro. Draußen war es bereits dunkel, und auf der 59th Street Bridge konnte man die Lichter funkeln sehen. Es regnete auch in New York, aber es war kälter als in Seattle.

In Bigelows Büro war es warm, und im Kamin in der Ecke knisterte ein Feuer. Harry Bigelows saß hinter seinem Schreibtisch, aber als sie hereinkamen, stand er auf und begrüßte Laurie herzlich. Malcolm reichte er deutlich kühler die Hand.

»Es freut mich sehr, Sie endlich kennenzulernen, Dr. Spencer. Ich hoffe, Sie halten mich nicht für einen Bösewicht. Sie sind eine schöne Frau. Noch schöner als auf den Fotos.«

Laurie genoß die luxuriöse Umgebung und die behagliche Wärme, aber sie bemühte sich, kurz zu klingen.

»Lassen Sie uns zum Geschäftlichen kommen.«

»Hätten Sie nicht Lust, mir zum Abendessen Gesellschaft zu leisten? Ich würde mich freuen. Wir haben doch Zeit.«

Laurie hätte am liebsten angenommen, doch sie hatte Angst, unvorsichtig zu werden. »Ich habe meinem Anwalt in Seattle gesagt, daß ich ihn spätestens um fünf, seine Zeit, anrufen würde. Wie spät ist es jetzt?«

Malcolm sah auf seine Uhr. »Drei.«

Bigelow lächelte. »Dann haben wir noch zwei Stunden Zeit. Wir können zusammen essen und uns über einem guten Steak und einer guten Flaschen Wein über das Geschäftliche unterhalten. Wir haben Zeit genug.«

Als Laurie Malcolm ansah, zuckte er die Achseln und wandte den Blick ab. Es war ihre Entscheidung. Sie war müde von dem langen Flug und wollte etwas zu trinken, also nahm sie an.

»Fein, Doktor.« Bigelow ging zu einem Telefon, nahm den Hörer ab und sagte: »Bringen Sie das Essen herein.«

Kellner kamen herein und breiteten ein Leinentischtuch mit Blumenmuster über den großen Tisch in der Mitte des Raums.

Während sie für vier Personen deckten, sah sich Laurie die getäfelten Wände an, die japanischen Holzschnitte aus dem 18. und 19. Jahrhundert, die frischen Blumen in den chinesischen Vasen und das leuchtende Blau und verblichene Rot der alten Persianer auf dem Boden.

Einer der Kellner stellte eine Reihe von Weinflaschen auf die kleine Bar in der Ecke, und Bigelow goß drei Gläser ein. »Wein, meine Liebe?«

»Danke – aber ich bin nicht ›Ihre Liebe‹.«

»Ich werde es mir merken. Und Sie, Mr. eh . . . wie war doch noch Ihr Name?«

»McGovern. Malcolm McGovern.«

»Richtig. Nein?«

»Danke.«

»Sie müssen entschuldigen, aber bei mir gibt es keine harten Sachen. Ich finde, sie sind schlecht für den Magen. Wein ist besser. Allerdings trinke ich nie Weißwein. Ich mag ihn nicht. Höchstens mal einen Chablis. Die meisten Weißweine sind mir zu lasch und haben keinen Geschmack. Oder sie sind zu süß. Das hier ist ein St.-Emilion. Die meisten

Weine, die ich habe, sind St.-Emilions. Ich mag ihren Geschmack. Ich hoffe, Sie stimmen mir zu.«

Die Tür ging auf, und ein Mann kam herein. Als Laurie ihn erkannte, machte ihr Herz unwillkürlich einen Satz. Sie hatte Angst vor diesem Augenblick gehabt und war überrascht, festzustellen, daß sie die Begegnung mit ihm wollte. Laurie hatte gehofft, ihre Verachtung zeigen zu können, doch statt dessen meinte sie, lächeln zu müssen.

Harry Bigelow füllte ein viertes Glas. »Ich glaube, Sie kennen meinen Stiefsohn Rodney schon, Dr. Spencer. Rodney, das hier ist Mr. Malcolm McGovern.«

»Hallo, Laurie.«

Sie drehte sich zu dem alten Mann um und meinte kalt: »Lassen Sie Ihre Angestellten immer an Geschäftsbesprechungen teilnehmen? Mit ihm da verhandele ich nicht.«

»Nein, meine Liebe . . . ich meine, Dr. Spencer. Rodney ist der Vizepräsident der Firma und wird vielleicht der nächste Präsident.« Dann wurde er böse. »Ich weiß nicht, ob Ihre Motive bei dieser Sache besser sind als die unseren. Sie wollen Geld, und wir wollen Geld, und dagegen ist nichts einzuwenden. Denn mit Geld geht alles. Aber glauben Sie mir, wenn Sie irgendwelche schmutzigen Tricks mit mir versuchen, ich kann es genauso.«

Rodney versuchte, ihn zu unterbrechen. »Du . . .« Aber Harry hatte schon gesagt, was er sagen wollte und lächelte wieder zuckersüß. Laurie schwieg. Sie ging hinüber zum Fenster und sah auf die Brücke hinunter. Bigelow hatte recht. Sie hatte keinen Grund, so selbstgerecht zu sein.

So eisig lächelnd, wie sie konnte, ging sie zu ihm zurück. »Sie haben völlig recht. Es tut mir leid. Man sollte persönliche Dinge und Geschäftliches auseinanderhalten, nicht?«

»Genau. Und jetzt lassen Sie uns zu Tisch gehen.«

Während die Suppe serviert wurde, kam Harry Bigelow sofort zum Thema.

Er erklärte die gegenwärtige Situation auf dem Uranmarkt. U_3O_8 wurde bei Terminlieferungen bis in die 90er Jahre für 42,50 $ das Pfund verkauft. U.I.M. vermutete gute Lager in Gobir, die für wesentlich weniger abgebaut werden konnten. Laurie besaß nun das einzige geologische Gutachten in den Vereinigten Staaten, das diese Vermutung bestätigen konnte. Er wollte es, und er war bereit, ihr 25000 $ in bar dafür zu bezahlen.

Laurie lachte. »Glauben Sie, ich könnte nicht die *New York Times* oder das *Wall Street Journal* lesen? Sie haben sich vertraglich verpflichtet, eine ganze Menge Uran zu einem niedrigen Preis zu verkaufen, und jetzt wissen Sie nicht, wie Sie an das Uran kommen sollen. Westinghouse klagt gegen Sie, damit Sie Ihre Verträge einhalten, und die Leute, die Reaktoren von Westinghouse gekauft haben, verklagen Westinghouse. Sie klagen gegen Gulf, weil Sie behaupten, daß sie die Preise mit den Franzosen und Kanadiern absprechen und sie so künstlich hochhalten. Wenn Sie ihre Prozesse verlieren und bis Mitte der 80er Jahre kein billiges Uran bekommen haben, sind Sie bankrott, nicht wahr?«

Malcolm, Harry und Rodney starrten sie beeindruckt an.

»Wieviel wollen Sie also, wenn ich fragen darf?« wollte Harry schließlich wissen.

»Wie wär's mit einer Million?«

Harry verschluckte sich an seinem Wein, stellte das Glas hin und beugte sich über den Tisch zu Laurie vor. »Ich glaube, Sie haben diese Artikel nicht gründlich genug gelesen. Wir stehen kurz vor dem Bankrott. Wir können nicht mit Millionen für ein paar Fetzen Papier um uns werfen. Wir wissen noch nicht einmal, wie reich diese Lager in Gobir sind, und selbst wenn wir es wissen, haben wir keine Gewähr, daß wir an sie herankommen können. Die Franzosen und wir sind nicht gerade Freunde, müssen Sie wissen, und nach dieser Unvorsichtigkeit Ihres Freundes Koulibaly haben sie das Land im Augenblick fest unter Kontrolle.«

»Es bleibt dabei: eine Million.«

»Du begreifst nicht, Laurie«, mischte sich jetzt Rodney ein. »Ein geologisches Gutachten ist nur ein Hinweis auf das, was wir vielleicht finden werden. Man muß Proben nehmen, um sich Gewißheit zu verschaffen. Wir wissen nichts Genaues, bis wir mehr Informationen haben.«

»Apropos geologisches Gutachten: Was ist eigentlich aus

Ihrem Geologen geworden?« wollte Malcolm wissen.

»Er ist tot«, antwortete Harry. »Er arbeitete als angeblich unabhängiger Berater, aber ich glaube nicht, daß er irgend jemanden damit täuschen konnte. Sie haben ihn umgebracht, genau wie ihren unglücklichen Kollegen und fast auch Sie, Doktor.«

Laurie war verwirrt. »Aber warum wollen Sie dann unbedingt das Gutachten? Nach dem, was ich da gerade gehört habe, ist es doch offensichtlich dann nicht so wichtig. Und warum sollten die Franzosen mich umbringen wollen, damit ich die Informationen nicht weitergebe?«

Harry aß ein paar Bissen von seinem Steak und schob sich ein Stück Mandel in den Mund, bevor er antwortete. »Wenn wir den Bericht haben, können wir mehrere Dinge tun. Einmal können wir versuchen, direkt mit der Regierung von Gobir zu verhandeln und ihnen einen besseren Preis als die Franzosen bieten. Das wird aber wahrscheinlich nicht klappen, zumindest im Augenblick nicht. Aber es gibt einige nationalistische Offiziere in der Armee, die nicht gerade glücklich sein dürften mit dem neuen Präsidenten, diesem Katzdingsbums . . .«

»Katsinawa«, half Rodney.

»Ja, dieser französische Handlanger. Vielleicht versuchen sie, ihn zu stürzen, wenn sie glauben, daß er sich an die Franzosen verkauft hat. Die Franzosen ihrerseits können die Situation eine gewisse Zeit unter Kontrolle halten, aber ihre Erfahrungen im Tschad haben ihnen gezeigt, daß sie nicht den Daumen auf ein ganzes Land halten können, ohne nicht ihre verdammte Fremdenlegion zur Hilfe zu holen. Da aber in diesem Fall die linken Zeitungen in Frankreich einen Heidenwirbel veranstalten würden, wollen die Franzosen das vermeiden.

Zum zweiten können wir die Informationen an die Geschäftswelt weitergeben. Wenn bekannt würde, daß ein riesiges Lager entdeckt worden ist, würden die Uranpreise fallen, und die Terminlieferungen wären wieder zu einem etwas vernünftigeren Preis zu haben. Das würde uns helfen und den Franzosen weh tun, weil sie im Augenblick auf die

Unfähigkeit der Amerikaner bauen, Termingeschäfte zu einem guten Preis abzuschließen.

Drittens können wir zu unserem Außenministerium gehen und uns beschweren. Dann würden die UN ziemlich bald Bescheid wissen, und jeder würde erfahren, wie die Franzosen mit ihren Ex-Kolonien umgehen. Das wollen die Franzosen natürlich nicht. Sie haben große Investitionen in einigen anderen Ländern – Mauretanien, Niger, Gabun, Elfenbeinküste –, und dann könnte es unangenehm für sie werden. Natürlich würde uns das auch nicht sofort helfen, aber es könnte sie dazu veranlassen, mit uns zu verhandeln, um den Druck zu lockern.

Aber ohne einen Beweis können wir nichts unternehmen, und diesen Beweis besitzen Sie möglicherweise. Sicher können wir allerdings erst dann sein, wenn wir dieses verdammte Gutachten geprüft haben.«

Das Ganze war etwas komplizierter, als Laurie erwartet hatte.

Sie warf einen Blick auf ihre Uhr. Es war jetzt sieben. Sie gab sich noch eine Stunde.

Rodney hatte nichts von dem Essen angerührt und die meiste Zeit Malcolm angestarrt. Jetzt wandte er seine Aufmerksamkeit ganz der Diskussion zu.

»Wir können dir 20000 Dollar in bar plus Aktienoptionen anbieten.«

»Aktienoptionen?«

»Ja«, mischte sich Harry ein. »Ganz einfach. Wir geben Ihnen die Möglichkeit, sagen wir 5000 U.I.M.-Anteile zu einem Preis von drei Dollar pro Anteil zu kaufen. Mit Ihren 20000 Dollar können Sie ohne weiteres alle 5000 Anteile kaufen. Sollte sich der Bericht als nützlich erweisen, wird der Preis der U.I.M.-Aktien letztendlich wieder in die Höhe gehen. Sollte es uns gelingen, unsere vertraglichen Verpflichtungen zu erfüllen, können sie bis zu 50 Dollar das Stück ansteigen. Dann hätten Sie eine Viertelmillion.«

Laurie begriff sofort. »Sie meinen, Sie wollen mir wertloses Papier für mein Gutachten geben. Sollte sich herausstellen, daß Sie gebrauchen können, was ich habe, bringt mir das Gutachten Gewinn. Im andern Fall bekomme ich nichts für nichts.«

»Genau.« Harry klingelte, und die Kellner kamen herein, um die Teller abzuräumen. Sie servierten einen Salat aus Palmenherzen in Vinaigrette und verließen den Raum wieder.

»Geben Sie mir 50000 Dollar. Ich möchte 15000 Anteile kaufen.«

»Aha. Es freut mich, festzustellen, daß du offensichtlich Vertrauen in unsere Gesellschaft hast«, meinte Rodney. »Aber wo wir einmal von Vertrauen sprechen: Wer sagt uns, daß wir dir vertrauen können? Du könntest diese Geschichte – nach dem Handel – als Buch verkaufen wollen, und wir würden Ärger wegen Bestechung und anderer unlauterer Aktivitäten bekommen.«

»Also?«

Harry spitzte den Mund. »Ich glaube, wir können Ihnen einen guten Vorschlag machen. Wir geben Ihnen diese 20000 Dollar so, einfach zum Ausgeben. Dann richten wir einen Fonds ausschließlich für die Aktienoption ein. Sie können jedes Jahr 1000 Anteile zu drei Dollar pro Anteil kaufen, und das zwanzig Jahre lang. Nach zwanzig Jahren hätten Sie dann 20000 Anteile. Sollte die Gesellschaft bankrott gehen, wären sie natürlich wertlos, aber wenn der Preis wieder auf 50 Dollar oder darüber ansteigt, haben Sie mindestens eine Million. Ob Sie reich werden oder nicht, wird dann ganz allein von unserem Erfolg abhängen. Zwanzig Jahre lang.«

Laurie fand, daß es vernünftig klang, und ohne lange zu überlegen, fragte sie: »Wenn ich ja sage, wie wickeln wir dann das Geschäft ab?«

»Wer ist dein Anwalt?« fragte Rodney.

Laurie sagte es ihnen.

»Wir können alles über Telex nach Seattle kabeln. Damit wird der Vertrag bindend, wenn Sie ihn hier unterschreiben. Mr. Gassman . . .«

»Glassman«, korrigierte ihn Laurie.

»Richtig. Glassman kann das Ganze nachprüfen und uns

dann morgen die Antwort schicken. Sie können sich natürlich selbstverständlich unserer Telefone bedienen, um die Angelegenheit mit ihm durchzusprechen. Oder wir fliegen Sie nach Seattle zurück, wenn Sie lieber persönlich mit ihm reden möchten. Wir können ein paar Tage warten. Dann können Sie das Gutachten mit hierher zurückbringen. Oder wenn wir es über Telex machen, kann er uns das ganze Gutachten herüberkabeln. Er hat es doch, oder?«

»Ja.«

»Fein. Rufen Sie ihn an.«

Laurie stand auf und ging zum Telefon auf Bigelows Schreibtisch, doch auf halbem Weg blieb sie stehen. »Was ist mit Moussa? Wo ist er? Ich möchte, daß Sie mir helfen, ihn zu befreien.«

Harry seufzte. »Darauf wollte ich noch kommen. Es würde uns helfen, wenn wir ihn da herausbekommen könnten. Wenn wir ihn hätten, hätten wir einen Riesenvorteil. Die Franzosen wissen, daß er eine Opposition aufbauen könnte, also werden sie nur zu gern das Uran mit uns teilen, um das zu verhindern. Die neue Regierung würde dann ebenfalls nervös sein und unter allen Umständen mit uns verhandeln wollen. Und sollten alle Stricke reißen, könnten wir vielleicht eine kleine Rebellion unterstützen. Ein paar unserer Leute haben sich mit Ghadafi in Libyen in Verbindung gesetzt, und wenn er auch die Amerikaner haßt, mißtraut er den Franzosen wegen ihrer Aktivitäten im Tschad, in Niger und Gobir noch mehr als uns und wäre bereit, uns im Augenblick zu unterstützen. Ich glaube, er erwartet im Endeffekt von uns, daß wir ihm helfen, einen Atomreaktor zu bauen. Die Russen und Franzosen haben sich bisher geweigert, ihm in dieser Hinsicht zu helfen. Sie halten ihn für verrückt. Das tue ich übrigens auch, aber das brauche ich ihm die nächsten paar Jahre ja noch nicht zu sagen.«

Lauries Herz machte einen Sprung. Moussa lebte. Sie würde ihn befreien können. Aber woher wußten sie das? »Wissen Sie genau, daß er noch am Leben ist?«

»Das war er jedenfalls letzte Woche noch. Einer seiner Bewacher dort erstattet regelmäßig Bericht. Er hat ein kleines

Funkgerät, mit dem er uns auf dem laufenden hält.«

»Wird er von Ihnen bezahlt?«

»Eigentlich nicht. Er ist Nationalist und will Ihren Freund Koulibaly zurück an der Macht sehen. Er hat Ihnen wahrscheinlich auch das Leben gerettet.«

Laurie versuchte, Klarheit in ihre Gedanken zu bekommen. Sie konnte kaum glauben, was sie hörte. »Ich verstehe nicht.«

Rodney übernahm die Erklärung. Es war etwas, das er sich mit Harry überlegt hatte, und er war stolz, die Einzelheiten so genau zu kennen. »Corporal Yousouf. Harouna Yousouf Sidibey. Erinnerst du dich an ihn?«

»Nein.«

»Er sollte dich bewachen, als du diese Papiere an dich genommen hast. Er wußte verdammt genau, daß du da etwas machtest, was nicht in Ordnung war, aber er hat nichts gesagt. Später hat er uns dann gesagt, daß du das Gutachten hättest. Er hat uns auch gesagt, daß der Geologe tot ist. Jetzt ist er Lieutenant und ist drei Monate zur Bewachung von Koulibaly in der Bilma-Oase eingesetzt.«

»Mein Gott«, murmelte Laurie. »Wie nett von ihm.«

»Ja. Du kannst von Glück sagen, daß er diese Einstellung hatte. Hätte er Katsinawa gesagt, was du getan hast, wärst du jetzt nicht hier.«

»Und jetzt will er uns helfen?«

»Vielleicht. Aber jetzt kommt der springende Punkt: Wenn wir Koulibaly retten wollen, muß jemand dabei sein, den Yousouf vom Sehen her kennt. Wir können natürlich eine Gruppe Söldner anstellen, aber er wird niemandem sofort trauen. Ich bin mir nicht sicher, ob er mitmacht, wenn plötzlich ein Haufen weißer Männer in Bilma landet und den Ort unter Beschuß nimmt. Vergiß nicht, er ist Nationalist, nicht einer unserer Agenten.«

»Also?« Laurie glaubte, zu verstehen, aber sie wollte Gewißheit haben.

Da Rodney zögerte fortzufahren, übernahm Harry die weitere Erklärung. »Wenn Sie einverstanden sind, werden wir uns einen Trupp Söldner zusammenholen; sie fliegen ein, holen Koulibaly heraus und fliegen ihn wieder aus. Wir können von einer libyschen Basis aus operieren. Ghadafi wird einverstanden sein, solange seine Hände dabei sauber bleiben. Aber Sie müssen mitkommen, Laurie, weil Sie die einzige unter uns sind, die Yousouf kennt und der er vertraut.«

Malcolm sprang auf. »Das ist der absurdeste Quatsch, den ich je gehört habe. Es ist zu gefährlich für Laurie, und es nützt keinen Dreck, bei einem Angriff mit wilder Schießerei ein bekanntes Gesicht zu haben. Keiner wird die Zeit haben, sie zu erkennen, geschweige denn, mit ihr zu sprechen.«

»Er hat natürlich recht«, pflichtete ihm Rodney bei. »Es ist sehr gefährlich. Dieser Teil des Plans macht mir auch Sorgen, aber wenn Laurie nicht dabei ist, werden unsere Erfolgsaussichten geringer sein.«

»Sprechen wir das Ganze mal langsam durch. Schritt für Schritt. Und ihr beiden seid mal einen Augenblick still«, grollte Harry mit einem Blick auf Rodney und Malcolm. »Wir wollen hier keine Wildwestschießerei anfangen. Wir müssen unser Glück ausnützen und uns bei unserem Plan auf Yousouf stützen, solange er noch in Bilma ist. Er ist jetzt schon ein paar Wochen dort und wird wahrscheinlich noch bis Ende des Jahres da bleiben. Aber er könnte früher wieder abberufen werden, und deshalb müssen wir rasch handeln.

So, und jetzt sehen wir uns diesen Yousouf mal etwas näher an. Warum ist er auf unserer Seite? Nach dem, was wir erfahren haben, war er schon mal gegen den Putsch, hielt aber den Mund, als er sah, daß Katsinawa die Situation unter Kontrolle hatte. Er machte also mit in der Hoffnung, irgendwann etwas unternehmen zu können. Er hat gewisse Vermutungen, daß es in Gobir möglicherweise wichtige Bodenschätze gibt, und will nicht, daß die Franzosen sie sich unter den Nagel reißen. Wahrscheinlich wurde im Palast des Präsidenten davon gemunkelt. Später nahm er dann Kontakt mit jemandem auf, der für uns in Gobir arbeitet.«

»Wer ist das?« wollte Laurie wissen.

»Ein Amerikaner. Jemand von der Botschaft. Wer er ist, spielt keine Rolle. Er wird von uns bezahlt. Yousouf ist clever; er hat sich in der Botschaft umgehört und den Mann ziemlich schnell gefunden. Yousouf ist keine wichtige Person, also wurde er nicht beobachtet. Unser Mann hat ihm dann ein Funkgerät gegeben, damit er jederzeit Verbindung mit ihm aufnehmen kann, ohne in die Botschaft gehen zu müssen.«

»Ein Funkgerät? Das ist verdammt unvorsichtig. Wenn nun jemand mithört?« mischte sich Malcolm ein.

»In Gobir? Gobir ist nicht Europa. Es gibt keine Möglichkeit, die Kanäle auf Funkverkehr zu überprüfen. Er gibt unserem Mann regelmäßig Berichte durch, die dann über den Kurier der amerikanischen Botschaft an uns weitergehen. Auf dem gleichen Weg schicken wir auch Nachrichten rüber.

Okay. Es vergeht also einige Zeit, und Katsinawa befördert Yousouf, weil er nach außen hin ein loyales Mitglied der Präsidentengarde war und sich an dem Putsch beteiligt hat. Das heißt, loyal gegenüber Katsinawa. Da die Katsinawagruppe Maradi völlig unter Kontrolle hat, braucht sie nur ein paar Männer, denen sie absolut vertrauen kann, um Koulibaly im Norden bewachen zu lassen. Yousouf ist einer dieser Männer, wir finden es heraus, und da wären wir.

Alles, was wir jetzt tun müssen, ist, eine Nachricht an unseren Kontaktmann in der Botschaft zu schicken. Das nächste Mal, wenn sich Yousouf bei ihm meldet, wird er die Nachricht weitergeben, daß wir mit einem Flugzeug in Bilma landen werden, um Koulibaly zu retten. Wir wollen das Flugzeug, mit dem wir fliegen werden, mit französischen Hoheitszeichen markieren, damit wir ohne Komplikationen landen können. Sie können sich sicher vorstellen, wie Yousouf reagieren wird, auch wenn er gewarnt ist. Woher soll er wissen, daß wir es sind, und nicht die Franzosen, die irgendeinen faulen Trick abziehen, um Koulibaly zu töten? Woher soll er wissen, ob unser Plan tatsächlich funktioniert hat? Er muß ein Gesicht sehen, das er kennt.«

»Was ist mit Ihrem Mann in der Botschaft?« wollte Malcolm wissen.

»Den können wir vergessen. Erstens können wir nicht in

Maradi zwischenlanden, um ihn an Bord zu nehmen, und zweitens denkt er an seine Karriere beim Außenministerium. Wenn bekannt wird, daß er für uns arbeitet, wird er großen Ärger mit unserer eigenen Regierung bekommen. Washington duldet solche Intrigen heutzutage nicht mehr. Es kommt nur Laurie in Frage.«

»Es ist zu gefährlich«, widersprach Malcolm.

»Ein kalkuliertes Risiko, bei dem die besseren Chancen auf unserer Seite sind«, entgegnete Harry. »Sehen Sie, unser Flugzeug landet, angeblich als französische Maschine. Yousouf kennt den Zeitpunkt und kommt hinaus, um uns zu überprüfen. Nachdem er mit Laurie gesprochen hat, erklärt er den Soldaten, alles sei okay. Dann stürmen unsere Jungs los, und Yousouf sorgt dafür, daß Koulibaly möglichst in Reichweite ist. Mit etwas Glück wird es gar nicht zu einer Schießerei kommen. Laurie braucht die Maschine überhaupt nicht zu verlassen. Alles, was sie tun muß, ist, mit Yousouf zu sprechen, damit er beruhigt ist.«

»Wann haben Sie sich diesen Plan ausgedacht?« wollte Laurie wissen.

»Wir haben erst letzte Woche erfahren, daß Yousouf in Bilma ist.«

Der Plan klang gut, und Laurie fand, daß er funktionieren konnte. Malcolm war skeptischer, ließ sich aber schließlich überzeugen, daß er mit ausreichender Überlegung und Übung realisierbar war. Rodney hatte den Plan bereits vor dem Essen gekannt und war einverstanden gewesen, aber jetzt, nachdem er Laurie wieder gesehen hatte, war er dagegen, weil er es für zu gefährlich hielt. Schließlich ergriff Laurie das Wort.

»Ich bin einverstanden.« Sie nahm den Hörer von der Gabel und rief Glassman an. Sie war zwar eine Viertelstunde überfällig, aber er war noch an seinem Schreibtisch. Laurie erzählte ihm nichts von ihrem Plan, Moussa zu retten, sondern nur von dem Geld und den Aktienoptionen. Er versprach, das Abkommen zu überprüfen, sobald es über Telex hereinkam, und sie am nächsten Morgen zurückzurufen, ob alles in Ordnung war. Laurie fühlte sich schwindelig und war bereit, sich in dieses unglaubliche Abenteuer zu stürzen, Moussa wiederzusehen und reich zu werden, alles auf einmal. Sie wies Glassman an, am nächsten Morgen eine Kopie des Gutachtens herüberzuschicken, wenn alles legal war. Nach ihrem Anruf klingelte Harry wieder, worauf das Dessert serviert wurde. Kuchen, Kaffee und Cognac. Laurie wählte Cointreau und trank eine ganze Menge davon. Gegen halb zehn entschuldigte sich Rodney, daß er müde sei. Laurie, die in gelöster Stimmung war, winkte ihm fröhlich gute Nacht. Dann nahm Malcolm sie am Arm und ging mit ihr hinunter in das Gästeapartment, das für sie reserviert war. Laurie fiel aufs Bett und schlief sofort ein, und Malcolm mußte sie ausziehen, sie zudecken und das Licht ausschalten.

Danach kehrte er zurück zu Harry Bigelow.

»Sie haben ausgezeichnete Arbeit geleistet, Malcolm.«

»Danke, Sir.«

»Ich glaube, wir haben es geschafft.«

»Das glaube ich auch, Sir.«

»Schläft sie?«

»Ja.«

»Rodney ist verrückt vor Eifersucht auf Sie.«

»Das tut mir leid, Sir.«

»Waren Sie mit ihr im Bett?«

»Ja, Sir.«

»Ich werde Rodney sagen, Sie wären nicht mit ihr im Bett gewesen. Er wird es mir zwar nicht abnehmen, aber ich schätze, dann geht es ihm etwas besser. Ich glaube, er ist verliebt in sie.«

»Wenn die Sache vorbei ist, werde ich verschwinden. Dann kann er sein Glück versuchen.«

»Danke, Malcolm. Stört es Sie nicht, daß Sie ein Söldner sind?«

»Wenn, dann werde ich es Ihnen sagen, Sir.«

»Sagen Sie mir eins: Sie sind doch Soldat. Sie haben doch in Vietnam bestimmt ähnliche Dinge mitgemacht. Wie gefährlich ist dieser Plan, den wir da ausgeheckt haben, um Koulibaly zu retten?«

»Sehr.«

»Könnte es klappen?«

»Ich muß es mir erst genau ansehen. Ich kann es noch nicht sagen. Ich gehe doch mit, oder?«

»Natürlich. Rodney will übrigens auch mit.«

»Er ist zu wichtig und zu unerfahren.«

»Das weiß ich. Aber er besteht darauf.«

»Ich bin für ihre Sicherheit verantwortlich. Wenn er mitkommt, wird er den ganzen Plan ruinieren.«

»Da stimme ich Ihnen zu.«

»Sir?«

»Ja, Malcolm?«

»Ich bin kein Söldner.«

»Das meinte ich auch nicht. Sie wissen, was ich damit sagen wollte, nicht?«

»Das Geld interessiert mich nicht. Ich könnte es mir leichter verdienen.«

»Ich weiß.«

»Ich glaube nicht, Sir. Wir leben in einer Gesellschaft von Feiglingen. Alle meine Freunde auf Harvard waren Weichlinge, und das habe ich gehaßt. Die Amerikaner wollen nicht für das bezahlen, was sie haben. Sehen Sie sich Vietnam an. Ich glaube, wir sind von den ganzen faulen, feigen Politikern zu Hause aufs Kreuz gelegt worden. Und sehen Sie sich uns heute an. Angola, Iran – es wird von Tag zu Tag schlimmer.«

»Ich weiß, Malcolm. Halten Sie mich für einen Feigling?«

»Sie sind Pirat, ein Pirat aus alter Zeit. Männer wie Sie haben unsere Welt aufgebaut, aber heute produzieren alle Handelsschulen nur noch weiche kleine Buchhalter. Deshalb arbeite ich für Sie und nicht für die anderen.«

»Danke, Malcolm.«

Malcolm trank seinen Wein aus und ging dann nach unten. Harry blieb hinter seinem Schreibtisch sitzen, bis über dem East River der Morgen dämmerte.

19

Nachdem Laurie und Malcolm am nächsten Morgen gefrühstückt hatten, fuhren sie hinauf in Bigelows Büro.

Laurie las sich die Abmachung rasch durch. Sie war präzise, klar und gab die Bedingungen wieder, die Harry bereits beim Essen aufgeführt hatte, mit dem Zusatzpunkt, daß ihr die Gesellschaft zwanzig Jahre lang einen Betrag von 3000 Dollar pro Jahr zahlen würde. Sie hatte das Recht, ihre erworbenen Anteile jederzeit auf dem freien Markt zu verkaufen, für den Preis, den sie bekommen konnte. Jeder Anteil würde sie drei Dollar kosten.

Diese Klausel unterschied sich etwas von dem, was Bigelow am Abend zuvor gesagt hatte, deshalb hakte Laurie nach.

»Eine Vorsorge«, erklärte Harry. »Wir können es im Grunde nicht verantworten, Ihnen Anteile zu geben oder ein zinsloses Darlehenkonto für Sie einzurichten. Aber wir können Ihnen diese Option lassen und Ihnen jährliche Abfindungen zahlen. Wenn Sie sich also entscheiden, nicht von Ihrem Optionsrecht Gebrauch zu machen, bekommen Sie jedes Jahr glatte 3000 Dollar, also insgesamt 60000 Dollar. Damit können Sie natürlich nicht reich werden, aber es ist doch besser als nichts. Es ist für Ihre Bereitschaft, mit nach Gobir zu kommen. Wenn alles klappt, wie geplant, schätze ich, daß Sie ziemlich reich werden. Sollte der Preis unserer Aktien aber aus irgendeinem Grund an der Börse nicht steigen, dann können Sie das Geld wenigstens direkt verwenden, wenn es auch nicht viel ist. Ich hoffe übrigens, daß Sie bemerkt haben, daß der Vertrag nicht erlöscht, sollten Sie sterben; er erstreckt sich dann weiter auf Ihre Erben, solange die Gesellschaft solvent ist. Deshalb schlage ich vor, daß Sie ein Testament mit Ihrem Anwalt machen. Man kann nie wissen.«

Später am Nachmittag kabelte Glassman das geologische Gutachten herüber, und Rodney und Harry verbrachten den Rest des Abends in einer Konferenz mit ihren Geologen.

Laurie setzte mit einem Anwalt der U.I.M. ein neues Testament auf. Sie hinterließ ein Viertel von allem, was sie besaß oder später besitzen würde, ihrem Lieblingsonkel in Chicago, ein Viertel der Familie von Paul Chirot, ein Viertel der von Molly und ein Viertel Malcolm, ohne ihm etwas davon zu sagen. Dann rief sie Glassman an und las es ihm vor. Er war beunruhigt über die Tatsache, daß sie auch Malcolm in ihrem Testament bedachte, versprach aber, sich um alles zu kümmern. Er wies sie an, ihn als Hauptvollstrecker einzusetzen, es zu unterschreiben, die Unterschrift beglaubigen zu lassen und es ihm dann zuzuschicken.

Als sie an jenem Abend mit Malcolm schlief, war er bemüht und zärtlich.

Kurz, bevor sie zum Orgasmus kam, sagte sie ihm, daß sie ihn liebte, aber zu diesem Zeitpunkt merkte sie nicht, daß er keine Antwort darauf gab.

Während der nächsten paar Tage lasen sie und Malcolm Berichte, unterhielten sich gelegentlich mit Bigelow und gingen in eine Reihe von Konzerten, für die sie über die U.I.M. Karten bekommen hatten. Das geologische Gutachten hielt, was sich Harry von ihm versprochen hatte, und Rodney suchte ein Team von Söldnern in Europa zusammen. Harry schlug vor, daß Laurie und Malcolm in New York blieben, statt das Risiko einzugehen, nach Seattle zurückzufliegen, und beide stimmten ihm zu, daß es klüger sei. Am Donnerstag flog Rodney nach Brüssel, um sich mit dem belgischen Ex-Fallschirmjäger zu treffen, der das Unternehmen leiten sollte, und anschließend in die Schweiz, um eine DC-3 zu organisieren. Von Zürich aus ging es dann weiter nach Tripolis, wo er mit Beamten der libyschen Regierung sprach. Am vierzehnten kehrte er schließlich wieder nach New York zurück. Es war jetzt alles vorbereitet. Laurie und Malcolm würden, begleitet von Rodney, New York am Freitag, den neunzehnten, verlassen und mit der Alitalia über Rom nach Bengasi fliegen. Rodney würde sie zu ihrer Trainingsbasis im Fessan, im südlichen Teil Libyens, begleiten, wo sie das Rettungsunternehmen zwei Wochen durchexerzieren sollten. Nach einer längeren Diskussion verzichtete Rodney schließlich darauf, am letzten Teil des

Plans teilzunehmen. Statt dessen würde er zurück nach Tripolis fliegen, um dort auf sie zu warten.

Am neunzehnten flogen sie dann mit einer italienischen 747 vom New Yorker Kennedy Airport nach Rom, wo sie nachts eintrafen. Am nächsten Morgen ging es mit einer DC-9 weiter nach Libyen.

In Bengasi war es viel wärmer als in Rom, und Laurie fühlte den heißen, trockenen Wind, sobald die Tür des Flugzeugs geöffnet wurde. Sie war wieder in Afrika. Nach knapp fünf Wochen. Bevor sie die Maschine verließen, fragte Rodney sie, ob sie noch immer bei ihrem Entschluß bliebe.

»Natürlich.«

Sie wurden einem kleinen, hageren, nervösen libyschen Offizier vorgestellt, der für den Rest ihres Aufenthalts in Libyen bei ihnen bleiben sollte. Dann wurden sie zu einem kleinen Gebäude am Ende des Rollfeldes gefahren, wo sie Lucien van Boschaft kennenlernten, ein großer Mann mit gelocktem blonden Haar, einem Schnurrbart und einem ewigen Grinsen auf den Lippen. Er und seine Männer trugen Straßenanzüge, aber jeder von ihnen hatte eine M-16 dabei. Sie sahen alle ziemlich betrunken aus, mit Ausnahme von van Boschaft. Ein Bus holte sie ab und brachte sie zu einer zweimotorigen sowjetischen Militärmaschine mit libyschen Hoheitszeichen.

Sie flogen einige Stunden über die Sahara, bevor sie in einem trockenen Tal zwischen Felsen und ein paar Hügeln landeten. Es war später Nachmittag und immer noch sehr heiß. Laurie hatte Hunger und Durst. Sie wurden zu ein paar wackeligen Wellblechgebäuden geführt. Van Boschaft und seine Männer gingen in eins, Rodney, Malcolm, Laurie und der libysche Offizier in ein anderes. Rodney unterhielt sich mit ihm auf Italienisch, dann verließ der Mann sie.

»Wir bekommen gleich etwas zu essen. Eigentlich müßte das Essen gut sein, denn die U.I.M. bezahlt ordentlich dafür. Hier werden wir schlafen, in den Kojen da. Wir werden hier auch essen und leben, es wäre also vielleicht ganz angebracht, wenn wir uns vertragen.« Rodney versuchte, seine Stimme ironisch klingen zu lassen, aber es mißlang. »Schließlich stehen wir doch auf derselben Seite.«

Malcolm grinste. »Okay. Reich ihm die Hand, Laurie.«

Laurie tat es. »Ich wußte gar nicht, daß du Italienisch sprichst«, meinte sie.

»Du hast mich ja nie gefragt. Ich hoffe, es macht dir nichts aus, wenn ich heute mit in diesem Schlafsaal schlafe.«

Es waren acht Doppelkojen da, und Laurie versuchte zu scherzen. »Jeder von uns kann ja ein Doppelbett für sich nehmen. Du darfst bleiben, Rodney, wenn du versprichst, daß du nicht versuchst, mich zu vergewaltigen.«

»Natürlich.« Weder Rodney noch Malcolm lachten.

Nach dem Abendessen aus Lammfleisch und Reis, das überhaupt nicht gut, aber wenigstens sättigend war, ging Malcolm zum nächsten Bett, legte sich hin und war schnell eingeschlafen. Rodney suchte sich ein anderes und legte sich ebenfalls schlafen.

Ihr Gepäck war im Flugzeug geblieben, und niemand hatte es nachgebracht. Laurie saß eine halbe Stunde am Tisch, dann ging sie hinüber zu Malcolm, gab ihm einen flüchtigen Kuß und legte sich in die Koje neben seiner, wo sie sofort einschlief.

Als sie aufwachte, standen ihre drei Koffer nebeneinander an der Tür.

Auf dem Tisch entdeckte sie drei Becher mit dampfendem Tee und drei große Stücke knuspriges Brot. Malcolm und Rodney schliefen noch.

Als Laurie die beiden betrachtete, tat ihr Rodney ein bißchen leid. Sie dachte an das, was auf seinem Boot in Oakland passiert war, und an seine kaum verhohlene Eifersucht auf Malcolm. Sie überlegte sich, was für ein Gefühl es sein würde, mit ihnen beiden gleichzeitig zu schlafen. Dann kam der libysche Offizier herein und beendete ihren Tagtraum.

Er hustete und weckte damit die beiden Männer auf. Nachdem er wieder gegangen war, wuschen sie sich die Gesichter über dem kleinen Becken, das nur einen Kaltwasserhahn hatte. Eine Leitung führte hinauf zu einem Faß auf dem Dach, und das Wasser war rostig. Malcolm und Rodney gingen hinaus, während Laurie auspackte und sich Jeans und eine Bluse anzog. Als die Männer zurückkamen, zeigten sie ihr, wo die Latrinen waren.

Als sie beim Essen saßen, kam ein Soldat mit einem großen Stück flachem, weißlichem Käse. Sandkörner knirschten zwischen ihren Zähnen, als sie auf dem harten Zeug kauten.

Nachdem sie fertig waren, kehrte der libysche Offizier mit van Boschaft zurück. Sie reichten sich alle die Hände, und der Offizier hielt eine kleine Rede in schlechtem Italienisch. Er und seine Leute hatten lediglich die Funktion von Aufpassern. Sie würden weder am Training des Söldnertrupps noch am Befreiungsplan teilnehmen. Aber er wünschte ihnen Glück. Moussa Koulibaly war ein Freund von Colonel Ghadafi, und das libysche Volk wollte, daß er aus den Klauen der Franzosen befreit wurde. Nach einer steifen Verbeugung ging er wieder hinaus.

Van Boschaft rief seine Leute herein, die auf den Betten, auf den wenigen Stühlen und am Tisch Platz nahmen, um zu hören, was er zu sagen hatte. Er erklärte ihnen, daß sie eine schwierige Aufgabe vor sich hatten, und daß er für die nächsten zwei Wochen keine Trinkerei oder Disziplinlosigkeit dulden würde. Jeder von ihnen würde 5000 Dollar bekommen, ein ganzer Haufen Geld für so wenig Arbeit. Sie schuldeten es ihrem Zahlmeister (dabei deutete er auf Rodney), sich anständig zu benehmen. Ihrer aller Leben hinge davon ab. Rodney war *»le patron«*, und Laurie die Schlüsselverbindung zum »Präsidenten, den wir retten werden«. Malcolm war, nach Darstellung van Boschafts ein amerikanischer Offizier, der »das stellvertretende Kommando während der Operation« übernehmen würde. In allen anderen Angelegenheiten, die sich auf die Ausbildung und Landung bezogen, hatte van Boschaft das Kommando. Er erinnerte sie daran, daß sie alle ihn kennen würden und wüßten, wie fair er war. Bis ihre Aufgabe beendet war, war er mit *»mon Colonel«* anzureden. Jeder Verstoß gegen die Disziplin würde schwer bestraft. Bei Tagesanbruch würde geweckt. Nach ein paar Tagen würde er dann einen Leutenant und ein paar Sergeanten bestimmen.

Zusammen mit van Boschaft waren es siebzehn Mann. Im Verlauf der Ausbildung würden sie in zwei Gruppen zu je fünf mit einem kommandierenden Sergeanten und einer Gruppe zu sieben mit dem Lieutenant als Truppführer aufgestellt werden.

Van Boschaft erklärte, daß er hoffte, ein paar leichte Maschinengewehre zu bekommen, wenn ihr Flugzeug kam, und vielleicht einen leichten Mörser. Aber das Rettungsunternehmen sollte ohne ablaufen können, und er hoffte, einen ernsthaften Kampf vermeiden zu können. Sie würden mit den M-16ern trainieren. Von jetzt an würden sie mit einer Stunde Gymnastik vor dem Frühstück beginnen. Bis zum Mittagessen folgten dann Schießübungen und immer wieder Scheinangriffe. Nach dem Mittagessen ging es weiter mit den praktischen Übungen, bis es dunkel wurde, dann wurde eine halbe Stunde in voller Ausrüstung gelaufen. Anschließend Abendessen und ins Bett.

Malcolm erklärte, daß er die Ausbildung mitmachen wollte, und packte einen alten amerikanischen Tarnanzug aus. Die anderen Männer besaßen ähnliche Kleidung. Einer von ihnen machte einen Witz, es sei nicht fair, daß die Amerikaner mit einer Frau zusammenschlafen durften und sie nicht, worauf van Boschaft ihn scharf zurechtwies, er würde ihn auf der Stelle entlassen, wenn er noch weitere solcher Bemerkungen hörte.

Dann verließen sie die Baracke, um mit dem Training zu beginnen. Malcolm ging mit ihnen, während Laurie und Rodney zurückblieben, um ihnen zuzusehen.

Am Nachmittag landete eine ähnliche Maschine wie die, mit der sie gekommen waren, und brachte Kisten mit Munition, Kanister mit Benzin und ein Funkgerät für Rodney. Malcolm und Rodney verbrachten den Rest des Nachmittags damit, an dem Gerät herumzubasteln, und bei Anbruch der Dunkelheit verabschiedete sich Rodney von Laurie, sagte ihr, daß er in ein paar Tagen zurück sein würde und flog mit der Transportmaschine ab.

Vier Tage lang blieb Laurie nicht viel anderes zu tun, als den Männern bei ihrem Routinetraining zuzusehen, bis

Malcolm sie am Morgen des fünften Tages mit einem sanften Kuß auf die Wange weckte. »Du wirst von jetzt an mit uns zusammen trainieren. Wahrscheinlich wirst du es nicht brauchen, und eine Woche wird nicht viel helfen, aber schaden kann es auf keinen Fall. Zieh dich an, und komm mit raus. Nimm deinen dicken Pullover mit.«

Da sie müde und ihr kalt war, fiel ihr die Morgengymnastik schwer, aber Malcolm bestand darauf. Sie mußte auch den Dauerlauf mit den Männern um die Landebahn mitmachen, doch das Laufen im Sand war mühsam. Nach dem Frühstück durfte sie sich ausruhen, bis Malcolm vor dem Mittagessen wieder zurückkam, sie zum Schießstand führte, ihr eine M-16 gab und anfing, ihr alles zu erklären. Sie hörte eifrig zu, zuckte aber zusammen, als sie den Abzug durchzog und verfehlte ihr Ziel, ein Faß, das nur hundert Yards entfernt war. Malcolm nahm ihr die Waffe ab, lud sie neu und gab eine Salve ab, die das Faß fast entzweihieb. »Wenn das da ein Mensch gewesen wäre, wäre jetzt nichts mehr von ihm übrig«, meinte er.

Zwei Tage später traf Laurie ein Faß auf hundert Yards, ohne beim Feuer zu zucken. Sie schaffte es jetzt auch, das ganze Stück um die Landebahn zu laufen, ohne zwischendurch stehenzubleiben, wenn sie auch zwei oder drei Minuten länger brauchte als die Männer.

An diesem Nachmittag kam Rodney mit einer alten, zweimotorigen DC-3 mit französischen Hoheitszeichen zurück. Laurie hatte eine solche Maschine bisher nur in Filmen gesehen und war überrascht, wieviel Lärm sie machte. Sie wurde dem Piloten vorgestellt, einem Engländer namens Herb Preston, und dem Copiloten, einem keinen, dunkelhäutigen Franzosen namens Léon. Er nannte seinen Familiennamen nicht und sprach mit einem Toulouser Akzent. Die Piloten schliefen in der Baracke mit Laurie, Malcolm und Rodney zusammen und verbrachten die meiste Zeit der nächsten zwei Tage damit, bei der Ausbildung der Söldner zuzusehen. Am Morgen des achtundzwanzigsten, genau drei Wochen und einen Tag, nachdem Harry Laurie angerufen hatte, beschlossen Rodney, Malcolm und van Boschaft, das ganze Unternehmen einmal durchzuproben. Und nachdem alles reibungslos abgelaufen war, verkündete Rodney, daß sie bereit waren. Am Freitag, dem zweiten November, sollte das Unternehmen über die Bühne gehen. Am Donnerstag, dem ersten, würden sie einen Ruhetag einlegen, um sich zu entspannen und Bier zu trinken, das in der DC-3 mitgebracht worden war. Rodney erklärte, daß er an diesem Nachmittag noch nach Tripolis zurückfliegen und die Männer Anfang November in Brüssel treffen würde, um ihnen den Rest ihres Lohns auszubezahlen. Jeder von ihnen hatte bereits vor ihrer Abreise 2500 Dollar überwiesen bekommen.

Nach dem Mittagessen ging Malcolm zu den Männern, um mit ihnen einiges zu besprechen, während Rodney Laurie bat, bei ihm zu bleiben. Da die Piloten in der Baracke schliefen, gingen sie nach draußen. Sie spazierten zu den Felsen, setzten sich auf einen großen Stein und redeten. Es war heiß, und sie schwitzten. Laurie hatte eine Sonnenbrille gegen die grellen Sonnenstrahlen und den treibenden Sand aufgesetzt. Rodney trug seine Brille vom Flughafen. Sie war staubig und schmutzig, wo Schweiß auf die braunen Gläser getropft war. Er sah sie nervös an.

»Hast du mir verziehen, Laurie?«

»Ja.«

»Liebst du Malcolm?«

»Das geht dich nichts an. Außerdem könnte ich dir keine Antwort darauf geben. Ich weiß es nicht. Ich dachte, ich wäre in ihn verliebt, aber jetzt weiß ich es nicht mehr. Seit wir hier sind, verhält er sich mir gegenüber sehr kühl und distanziert.«

»Ich liebe dich.«

»Sag das nicht.«

»Warum nicht? Es ist mir ernst.«

»Nur wegen dem, was in San Francisco passiert ist?«

»Nein. Aber damals hat es angefangen. Und ich bewundere deinen Mut.«

»Wenn du mir damals alles gesagt hättest, könnten Molly und Paul jetzt noch am Leben sein.«

»Du hast recht. Das Ganze tut mir wirklich schrecklich leid.«

»Das mag sein, aber das macht die beiden nicht wieder lebendig.«

»Ich habe sie doch nicht umgebracht.«

»Das weiß ich. Aber du hättest es verhindern können.«

»Ich hatte ja keine Ahnung, daß die Franzosen so gemein werden würden.«

»Du hast recht. Ich bin zum Teil selbst daran schuld. Aber verlange nicht von mir, daß ich dich liebe.«

»Denk darüber nach.«

»Nein. Sag mal, du haßt Malcolm, nicht?«

»Nein, ich glaube einfach, daß du zu schade für ihn bist, das ist alles. Weißt du, wer er wirklich ist?«

»Ja . . . ich glaube schon. Wahrscheinlich genauso ein Killer wie dieser van Boschaft.«

»Wie bist du überhaupt mit so einem wie ihm zusammengekommen?«

»Ein Glückstreffer.«

»Glück? Haha!«

»Was meinst du damit?«

»Nichts. Ich meine nur, daß man solchen Leuten nicht jeden Tag über den Weg läuft.«

»Ich habe ihn im Telefonbuch nachgeschlagen.«

»Du hast dich verändert seit San Francisco. Du klingst genau wie Malcolm oder einer dieser Söldner.«

»Du meinst hart?«

»Nein. Kalt.«

Laurie seufzte gereizt. »Jetzt paß mal auf, mein Bester, du und dein Stiefvater, ihr habt mich in diese Sache hineingezogen. Er ist nicht gerade der wärmste Mensch, den ich kenne. Allerdings glaube ich nicht, daß du so hart bist wie er.«

»Da hast du recht. Wäre es dir lieber, wenn ich so wäre wie er?«

»Ja. Und jetzt würde ich gern wissen, wie ihr an das Flugzeug gekommen seid.«

»Das war nicht weiter schwer. Wir haben es in der

Schweiz gechartert, sind nach Sizilien geflogen, haben eine Flugroute nach Beirut angegeben und sind statt dessen nach Tripolis geflogen. Ich wette, daß sie jetzt irgendwo in der Nähe von Italien nach einer abgestürzten Maschine suchen. Offiziell ist sie verschollen. In Tripolis bekam sie dann die französischen Hoheitszeichen verpaßt. Wenn man keine Regierung hat, die einem hilft, ist es natürlich schwieriger, aber so war alles ganz einfach.«

»Was passiert, wenn die Operation zu Ende ist?«

»Die DC-3 fliegt hierher zurück, und eine libysche Transportmaschine bringt euch nach Bengasi oder Tripolis. Von dort aus kehren alle mit regulären Flügen nach Hause zurück, mit Ausnahme von dir, Malcolm und Moussa. Ihr werdet mit einer Maschine der United International Minerals zurück in die Staaten fliegen.«

»Mit Moussa?«

»Ja. Wir glauen, daß wir politisches Asyl für ihn bekommen können. Sonst nehmen ihn England oder Kanada auf. Es hängt auch von ihm ab. Vielleicht will er in Libyen bleiben. Das ist sicherer.«

»Und die DC-3?«

»Wir haben sie gekauft, und wir werden sie wieder verkaufen. Es wird sich schon ein Käufer finden.«

»So einfach ist das alles, ja?«

»Mit Geld schon.«

Das Heulen von Düsenmotoren unterbrach sie. Als sie aufblickten, entdeckten sie einen kleinen Jet ein paar hundert Fuß über ihren Köpfen, der über die Felsen kreiste. Laurie sprang auf. »Was ist das?«

»Ruhig, Laurie. Erkennst du nicht das Flugzeug, das dich von Seattle nach New York gebracht hat? Es ist ein U.I.M.-Jet, der mich abholen soll. Ich muß jetzt gehen. Gibst du mir einen Kuß zum Abschied?«

Da Laurie nicht antwortete, nahm er sie in die Arme, küßte sie auf den Mund und drückte sie fest an sich. Zuerst reagierte Laurie nicht, doch dann erwiderte sie den Kuß.

»Viel Glück, Laurie. Ich liebe dich trotzdem.«

Schweigend gingen sie zu dem wartenden Jet. Rodney

nahm seinen Koffer, stieg ein, winkte ihr in der Tür noch einmal zu und verschwand dann im Innern. Sofort darauf startete die Maschine wieder. Laurie hatte nicht bemerkt, daß Malcolm dicht hinter ihr stand.

»Eigentlich ist er gar kein so übler Bursche«, meinte Malcolm.

»Ich weiß.«

Malcolm grinste. »Na ja, vielleicht ein bißchen weich, aber sonst ist er wirklich nicht übel.«

Laurie konnte nicht genau sagen, ob ihr sein Grinsen gefiel, und sie wünschte, sie wären irgendwo weit weg, könnten allein reden und sich lieben. Malcolm ging zurück an seine Arbeit.

An diesem Tag und am nächsten versuchte Laurie, Malcolm allein anzutreffen, um mit ihm zu reden, doch entweder war er zu beschäftigt oder bei den anderen Männern. Abends waren die beiden Piloten bei ihnen.

Er schien immer distanzierter zu werden, und am Abend des dreißigsten nahm sie ihn nach dem Essen am Arm und zog ihn hinaus.

»Ich bin ehrlich müde, Laurie. Was ist denn?«

»Ich muß mit dir reden. Du behandelst mich wie eine Fremde.«

»Das muß ich. Ich habe den Männern erklärt, du seist die Geliebte des Präsidenten, den wir retten wollen, und daß du für uns alle unerreichbar bist. Wenn sie glauben, ich würde mit dir schlafen, wären sie eifersüchtig, und das ist schlecht für die Moral. Für sie bin ich ein genauso angeworbener Mann wie sie auch.«

»Ist das der einzige Grund?«

»Ja. Paß auf, am Donnerstag haben wir doch einen Ruhetag, nicht? Wie wär's, wenn wir beide dann einen Spaziergang in die Felsen machen? Die Libyer sagen, daß es völlig sicher ist. Dann können wir uns in Ruhe unterhalten, aber nicht jetzt. Es ist kalt, und ich bin müde. Morgen früh, vor Morgengrauen, haben wir noch eine Scheinübung.«

»Das meine ich nicht. Ich habe viel über dich nachgedacht. Rodney und ich haben uns am Sonntag über dich unterhalten, und ein paar meiner Vermutungen sind bestätigt worden.«

»Was hat er gesagt?«

»Nichts. Nur, wie er es gesagt hat. Die U.I.M. scheint auf einmal unwahrscheinlich viel Vertrauen zu dir zu haben, und nicht nur die U.I.M.. Auch van Boschaft. Er würde dir nie eine so wichtige Rolle bei diesem Unternehmen zuteilen, nur weil du mein Geliebter bist. Er ist ein Profi, und er würde nie einen Amateur dulden. Weißt du, wenn du nicht bei mir gewesen wärest, als Harry Bigelow mich damals anrief, hätte ich sein Angebot wahrscheinlich abgelehnt. Je mehr ich darüber nachdenke, desto komischer finde ich es.«

»Komisch?«

»Nein. Merkwürdig ist ein besseres Wort.«

Er gab keine Antwort.

»Malcolm, antworte mir.«

»Glaubst du, daß du das Falsche getan hast?«

»Nein, ich bin froh, daß du da gewesen bist. Ich brauchte genau so jemanden wie dich, und du hast mir ungeheuer geholfen. Danke. Aber jetzt sag mir, wer du bist.«

»Malcolm McGovern.«

»Hör auf. Du arbeitest für sie, nicht? Du bist auf mich angesetzt gewesen, genau wie Rodney, nicht? Nur bist du zehn Klassen besser als er, was?«

»Ich gehe jetzt schlafen. Wir können am Donnerstag darüber sprechen.«

»Los, red schon. Verdammt noch mal, sag es mir! Du brauchst keine Angst zu haben. Ich habe alles, was mein Herz begehrt – Geld, Moussa wird gerettet, und einen Superleibwächter. Ich werde nicht hysterisch werden, so wie bei Rodney. Aber ich will es wissen.«

»Wenn du so sicher bist, warum brauchst du dann noch eine Antwort?«

Laurie schlang die Arme um seinen Nacken und küßte ihn. »Ich mag dich noch immer sehr. Du brauchst es mir nicht zu sagen, wenn du es nicht willst, aber ich wünsche, du würdest es tun.«

»Ich arbeite nicht für die U.I.M..«

»Ich glaube dir nicht.«

»Ich arbeite für Harry Bigelow. Nicht für die verdammte Gesellschaft. Ich bin in Seattle nicht auf dich angesetzt worden, um dir irgendwelche Geheimnisse zu entlocken oder dich zu irgend etwas zu überreden. Ich sollte auf dich aufpassen und dafür sorgen, daß dir nicht jemand den Kopf von den Schultern pustet. Es war nicht mein Job, dir irgendeinen Rat zu geben; ich sollte nur sehen, daß du am Leben bliebst, während du überlegtest, was du tun solltest. Wenn ich dir einen Rat gegeben habe, dann nur, um dir zu helfen, weil ich dich mag. Wenn du lebend aus dieser Sache herauskommst, bekomme ich mein Geld, ob die U.I.M. ihr Uran bekommt oder nicht.«

Laurie war nicht überrascht über das, was sie eben erfahren hatte, weil sie darauf vorbereitet gewesen war. Es gab nichts mehr, das sie noch groß überraschen konnte. »Danke, daß du ehrlich zu mir warst, Malcolm.«

»Willst du immer noch am Donnerstag mit mir weggehen? Es ist mein freier Tag. Und es hat nichts mit dem Job zu tun.«

»Sicher.«

Er wandte sich ab und ging hinein, ohne sie zu küssen. Laurie setzte sich auf die Stufen und saß frierend im kalten Wind, bis sie glaubte, daß er schlief. Dann ging sie auch hinein, legte sich in ihr Bett und schlief ein. Ihr letzter Gedanke war, daß ihr jetzt alles egal war, solange nur das Rettungsunternehmen klappte.

20

Am Morgen des neunundzwanzigsten Oktober saß Harry Bigelow in seinem New Yorker Büro und dachte an die Ausbildungsbasis in Südlibyen und an die Gefahren, die das für Freitag angesetzte Unternehmen barg. Am Tag vorher hatte er nachmittags mit Rodney gesprochen, nachdem sein Stiefsohn aus dem Fessan nach Tripolis zurückgekehrt war. Soweit schien alles glatt zu verlaufen.

Das Telefon klingelte, und er nahm ab.
»Mr. Bigelow?« meldete sich seine Sekretärin.
»Ja.«
»Ich habe hier Paris am Apparat; ein Anruf aus dem französischen Außenministerium.«
»Was?« Er wußte nicht genau, ob dies etwas Wichtiges zu bedeuten hatte, und es kam so unerwartet, daß er einen Moment lang mit dem Gedanken spielte, seiner Sekretärin zu sagen, sie solle eine Ausrede vorbringen und sagen, daß die U.I.M. später zurückrufen würde. Aber das war Unsinn, solange er nicht wußte, was los war. »In Ordnung. Aber dann müssen wir einen Dolmetscher zwischenschalten. Ich spreche kein Französisch.«
»Das ist nicht nötig, Sir. Die Sekretärin des Anrufers spricht ziemlich gut Englisch, und sie sagt, daß ihr Chef auch Englisch spricht.«
»Okay.«
Es klickte, und dann meldete sich eine Stimme in kultiviertem Englisch, die nur einen schwachen französischen Akzent hatte.
»Mr. Bigelow? Es ist mir eine Freude, einmal mit Ihnen zu sprechen, nachdem ich schon so viel von Ihnen gehört habe. Mein Name ist Yves Lévi-Rougon, und ich gehöre zum französischen Außenministerium hier in Paris. Normalerweise bin ich bei der französischen Atomenergiekommission. Ich glaube, Sie haben meinen Vogesetzten, Ausschußvorsitzenden Foujac, bei einer Konferenz über Uranmärkte im letzten Herbst in Washington kennengelernt.«
»Ja. Ich erinnere mich. Wie geht es Monsieur Foujac?«
»Sehr gut, danke. Er läßt Ihnen Grüße ausrichten und hofft, Sie bald einmal wiederzusehen.«
»Kommt er nach New York?«
»Nein, Sir. Aber er hat mich gebeten, Sie hierher nach Paris einzuladen. Er würde sich gern mit Ihnen über äh, wie soll ich sagen, Angelegenheiten von gegenseitigem Interesse unterhalten. Vielleicht könnten Sie es einrichten, noch diese Woche herzukommen – morgen oder am Mittwoch?«
»Nun, das ist ziemlich überstürzt. Ich hatte eigentlich

nicht vor, nach Paris zu fliegen. Vielleicht habe ich nächsten Monat etwas mehr Zeit, Ende November. Ein bißchen Urlaub könnte mir nicht schaden, und auf dem Weg nach, sagen wir Griechenland, könnte ich in Paris zwischenlanden.«

»Nein, Sir, Sie verstehen nicht. Wir meinen, daß Sie uns schon viel früher besuchen sollten. Ich kann am Telefon nicht ausführlicher werden, aber nächsten Monat könnte schon zu spät sein. Sogar nächste Woche schon.«

Bigelow konnte sein Herz hämmern hören. Diese verdammten Burschen wußten etwas. Es gab irgendwo eine undichte Stelle. Er mußte Rodney warnen. Wie hatten sie es herausgefunden? Durch die Libyer? Einer der Söldner? Die Piloten der DC-3? Er konnte es nicht sagen, aber auf jeden Fall war die Rettungsaktion mit einem Schlag sehr bedenklich geworden.

»Kein Grund zur Unruhe«, hörte er Lévi-Rougon sagen. »Wir wollen Ihnen nicht drohen, aber wir fürchten, daß Sie möglicherweise unnötige Risiken auf sich nehmen. Es sind bereits einige sehr bedauerliche Fehler gemacht worden, und ich kann Ihnen versichern, daß sie von den höchsten Stellen in unserer Regierung nicht genehmigt waren. Leider haben wir einige impulsive, ziemlich unberechenbare Agenten in unseren Diensten, die noch im Algerienkrieg mitgemacht haben und auf die wir eigentlich schon vor langem hätten verzichten sollen. Aber wir werden nicht zulassen, daß sie dieselben Fehler noch einmal machen, und wir fürchten, daß Sie dadurch einen völlig falschen Eindruck bekommen haben könnten.«

»Ich verstehe wirklich nicht, worum es geht«, erwiderte Harry Bigelow ehrlich.

»Ich möchte nicht zuviel sagen. Wir haben da von einem plumpen, dummen und unerlaubten Angriff auf das Leben des Mädchens erfahren. Wir wissen auch, daß er fehlgeschlagen ist. Wir nehmen an, daß Sie ihr Gutachten haben. Allerdings wird es Ihnen ohne unsere Mithilfe kaum etwas nützen. Aber es gibt gewisse Dinge, für die wir bereit wären, Ihnen zu helfen, und wir müßten uns darüber unterhalten, was für Dinge das sein könnten. Wir hoffen, daß Sie in der Zwischenzeit nichts Überstürztes unternehmen.«

Bigelow war verwirrt, aber langsam begriff er doch. Die Franzosen hatten also herausgefunden, daß sie mit ihren Morden nicht ans Ziel gekommen waren. Wahrscheinlich hatten sie einen Agenten nach Seattle geschickt, der sich vergewissern sollte, und der hatte dann festgestellt, daß etwas nicht stimmte. Es war nicht schwer für die Franzosen gewesen, darauf zu kommen, daß Laurie jetzt bei der U.I.M. war. Er lachte leise. Sie mußten stocksauer sein und wollten jetzt wahrscheinlich versuchen, zu retten, was noch zu retten war. Er würde ihr Spiel vorläufig mitspielen, damit die Operation in Gobir ruhig ablaufen konnte. Sobald er Koulibaly hatte, konnte er verhandeln, aber dann war er derjenige, der die Bedingungen bestimmte.

Seine Stimme klang wieder zuversichtlich. »Nun, wenn es wirklich so wichtig ist, dann kann ich mich vielleicht am Wochenende freimachen.«

»Wie Sie wünschen, Sir, aber je früher Sie herkommen, desto besser für uns alle. Ich muß dazu sagen, daß unserem Außenministerium einige beunruhigende Gerüchte zu Ohren gekommen sind. Und es wäre wirklich schade, wenn Sie die Situation in der Richtung mißinterpretieren würden, daß Sie glauben, Sie könnten allein mit dieser Sache fertig werden. Könnten Sie nicht schon vor dem Wochenende kommen? Wir könnten am Donnerstagmorgen einen Platz in der Concorde reservieren lassen, wenn Mittwoch zu früh ist.«

Harry überlegte schnell. Konnte die Sache gefährlich sein? Kaum. Er war der Präsident einer recht großen Gesellschaft, und es war kaum wahrscheinlich, daß ihm die französische Regierung etwas tun würde. Ob sie über das geplante Unternehmen in Gobir informiert waren? Sie wußten offensichtlich etwas, aber nicht viel. Sonst wäre Donnerstag zu spät für sie gewesen. Die Rettungsaktion war für Freitag vorgesehen. Er würde hinfliegen, sich anhören, was sie anzubieten hatten, und am nächsten Tag würde er seinen Joker ausspielen können. Wahrscheinlich wollten sie lediglich herausfinden, was im Gange war, und dann würden sie sich plötzlich in einer Situation wiederfinden, in der sie tatsächlich zu einem Handel gezwungen waren.

»In Ordnung«, sagte Harry. »Ich werde am Donnerstagmorgen fliegen. Aber reservieren Sie mir zwei Plätze in der Concorde. Ich bringe meinen Stellvertreter mit, Rodney Bigelow.«

»Danke, Mr. Bigelow. Ich werde Sie am Flughafen Roissy erwarten, wenn die Maschine landet.«

»Ich dachte, sie landet auf dem Charles-de-Gaulle-Flughafen.«

»Das ist derselbe. Wir sagen Roissy. Charles de Gaulle ist ja tot.«

»Ach so. Bis am Donnerstag also.«

»Commissionaire Foujac wird ebenfalls am Flughafen sein. Auf Wiedersehen.«

Nachdem Harry aufgelegt hatte, ging er hinunter in ihren Funkraum, um sich mit Rodney in Verbindung zu setzen, aber es war schwierig, den Kontakt herzustellen. Sie riefen Tripolis, bekamen aber keine Antwort. Nachdem sie es eine Stunde lang versucht hatten, meldete sich Rodney endlich.

»Warum meldest du dich erst jetzt?« wollte Harry wissen.

»Ich sitze schließlich nicht die ganze Zeit vor dem Funkgerät.«

»Läßt du denn nicht jemanden aufpassen, wenn du nicht da bist?«

»Nein. Ich habe nicht mit einem Funkruf gerechnet. Ich melde mich nur nachmittags und dann noch einmal abends, um meine Berichte durchzugeben, aber wenn du möchtest, bleibe ich ab jetzt den ganzen Tag am Gerät kleben.«

»Schon gut. Du mußt sofort zurück nach New York kommen.«

»Das kann ich nicht. Warte einen Moment. Laß uns den Code nehmen.«

»Du kommst sofort zurück, hörst du. Der Rest der Nachricht kommt verschlüsselt. Bis heute abend dann.«

Der verschlüsselte Teil war an die Trainingsbasis im Fessan gerichtet. Sie sollten dort weitermachen wie geplant, aber keinen Kontakt mehr mit Tripolis aufnehmen. Nach Beendigung der Aktion sollten sie wie verabredet nach Fessan und von dort aus nach Tripolis zurückfliegen.

Die DC-3 hatte ein Funkgerät an Bord, und Harry ging von der Möglichkeit aus, daß er auch während der Operation jederzeit mit dem Flugzeug Kontakt aufnehmen konnte. Er bezweifelte allerdings, daß es nötig werden würde.

Um ein Uhr nachts traf Rodney todmüde in seinem Büro ein. Harry begrüßte ihn gutgelaunt. »Komm rein, mein Junge, komm rein. Du siehst müde aus. Wie wär's mit einem Steak und einer Flasche Wein?«

»Nur Wein. Ich habe zwischen Tripolis und New York dreimal gegessen. Was ist denn los?«

»Die Franzosen vermuten irgend etwas. Sie haben mich heute morgen angerufen. Sie scheinen allerdings nichts Genaues zu wissen und wollen, daß wir nach Paris kommen, um mit ihnen zu verhandeln.«

»Ist das nicht zu gefährlich? Harry! Unsere Leute sind ganz allein da draußen, und sie balancieren auf einem verdammt dünnen Seil.«

»Es ist jedenfalls sicherer, mit ihnen zu reden als sie einfach zu ignorieren. Ich schätze, daß sie uns möglicherweise ein Geschäft vorschlagen. Wenn wir Koulibaly befreit haben, können wir verhandeln.«

»Ich verstehe nicht ganz.«

»Also, wenn sie sich bereit erklären, uns unseren Teil an diesem Uran zu geben, versprechen wir dafür, daß wir verhindern werden, daß Koulibaly einen Guerillakrieg gegen ihre Marionettenregierung führt.«

»Ich bin mir nicht sicher, ob sie uns soviel bieten würden, nur um einen einzelnen Mann unter Kontrolle zu wissen.«

»Nun, auf jeden Fall werden sie einen ähnlichen Krieg wie im Tschad wie auch die peinliche Situation vermeiden wollen, daß ihre dunklen Machenschaften an die Öffentlichkeit dringen. Aber ich glaube, es gibt noch mehr Gründe. Ich habe mir Artikel über ihre Bergbautechnologie angesehen und festgestellt, daß wir über wesentlich bessere Maschinen und Gewinnungsmethoden verfügen, die die Kosten je nach Tiefe des Urans um zwanzig bis vierzig Prozent senken würden. Bei soviel guten Karten auf unserer Seite bin ich ziemlich zuversichtlich, daß sie uns ein gutes Geschäft vorschlagen werden.«

»Soll die Rettungsaktion trotzdem stattfinden? Noch können wir das Ganze abblasen.«

»Nein. Nein, auf keinen Fall. Das ist nur ein weiterer Pluspunkt für uns. Sollten wir in Paris feststellen, daß sie zu viel wissen, können wir das immer noch tun.«

»Wann fliegen wir?«

»Donnerstagmorgen.«

»Ist das nicht zu spät?«

»Nein, genau richtig. Wir werden am frühen Abend in Paris eintreffen, ein paar Gespräche führen, dann schlafengehen, und wenn wir am nächsten Morgen die Gespräche wieder aufnehmen, wird die Rettungsaktion gelaufen sein.«

»Und wie sollen wir mit der DC-3 in Kontakt bleiben?«

»Wenn wir sie um ein Funkgerät bitten, werden sie uns bestimmt eins geben.«

»Und mithören.«

»Natürlich. Und? Ich schätze, daß wir uns erst mit ihnen in Verbindung setzen müssen, wenn sie wieder auf ihrer Basis gelandet sind, oder kurz vorher. Dann spielt es keine Rolle mehr, wenn die Franzosen es erfahren. Sollten wir das ganze Unternehmen mitten in der Luft stoppen wollen, und wir tun es, ist es auch egl, wieviel sie erfahren.«

Rodney fand, daß es haarsträubend gefährlich klang, und er machte sich Sorgen um Laurie. Aber er war zu müde, um sich jetzt zu streiten, außerdem wußte er, daß Harry in solchen Situationen erfahrener und verwegener war als er. Er gab allerdings seinen Zweifeln Ausdruck und meinte schließlich: »Da du schon öfter bei solchen Dingen Recht behalten hast, möchte ich deine Entscheidung nicht in Frage stellen. Es klingt auf jeden Fall besser als alles, was mir dazu eingefallen wäre. Ich lege mich jetzt besser hin. Gute Nacht, Harry.«

»Schlaf gut. Und mach dir nicht zuviel Sorgen, Rod. Deinem Schatz wird schon nichts passieren.«

»Danke, aber sie ist nicht mein Schatz. Ich glaube kaum, daß sie jemals wieder viel für mich übrig haben wird.«

»Hast du in Libyen mit ihr darüber gesprochen?«

»Ich habe es versucht. Aber sie ist so verliebt in diesen McGovern, daß es schwierig war, mit ihr zu reden.«

»Hat sie ihn noch nicht durchschaut?«

»Ich glaube doch, aber es scheint sie nicht zu stören.«

»Entspann dich. Solche Dinge finden gewöhnlich ein glückliches Ende. Gute Nacht.«

Am Morgen des ersten Novembers hatte sich Rodney von den Strapazen der letzten Wochen erholt, und einige weitere Gespräche mit Harry hatten ihn schließlich überzeugen können, daß die Aussichten tatsächlich vielversprechend waren. Er war entsprechend optimistisch, als er die letzte verschlüsselte Nachricht nach Fessan schickte:

Operation läuft weiter wie geplant. Der Funkkontakt wird erst nach Abschluß des Unternehmens wiederaufgenommen, wenn es erfolgreich war. Viel Glück.

Dann ließen sich er und Harry hinaus zum Kennedy-Flughafen fahren, von wo aus sie nach Paris flogen.

Als sie in Paris aus dem Flugzeug stiegen, wurden sie von Etienne Foujac und Yves Lévi-Rougon erwartet. Sie schüttelten sich die Hände und wurden von uniformierten Sicherheitsbeamten zu einem bereitstehenden schwarzen Citroën geführt. In Begleitung zweier Polizeifahrzeuge als Eskorte, die ihre Warnlichter eingeschaltet hatten, waren sie in zwanzig Minuten in Paris. Foujac fing allerdings schon an zu reden, sobald sie im Wagen saßen. Sein Englisch war nicht so gut wie das von Lévi-Rougon, und der junge Franzose mußte ihm hin und wieder mit einem Ausdruck aushelfen.

»Lévi-Rougon hat Ihnen bereits gesagt, wie sehr wir diesen Zwischenfall mit dem Mädchen bedauern. Ich habe den Befehl nicht gegeben, und ich kann Ihnen versichern, daß niemand im Ministerium davon gewußt hat. Wir haben eine Reihe sehr häßlicher Charaktere in unseren Geheimdiensten, und manchmal überschreiten sie ihre Befugnisse.

In diesem Fall sind sie entschieden zu weit gegangen. Wir dachten, daß wir die meisten von ihnen ausgemerzt hätten, aber es sind immer noch einige da. Sie waren in Indochina und in Algerien, und sie sind für den Tod des Mädchens verantwortlich.«

»Ich dachte, es hätte zwei Tote in Seattle gegeben, nicht nur das Mädchen«, warf Rodney ein.

»Zwei? Nein, nur das Mädchen.«

»Und der Dozent in der Tiefgarage? Wollen Sie behaupten, daß das nur ein Zufall war?« hakte Harry nach.

Lévi-Rougon sah Foujac an und zuckte verständnislos die Achseln. »Ich weiß nicht, was Sie meinen. Das mit dem Mädchen ist richtig. Das haben wir herausgefunden. Aber das ist alles. Obwohl, bei diesen Renegaten aus dem Algerienkrieg weiß man nie. Sie sind hinterhältig und unberechenbar.«

Rodney war nicht überzeugt, und Lévi-Rougon erinnerte ihn daran, daß es das gleiche Problem auch in den Staaten gäbe. »Sie haben solche Leute doch auch bei sich drüben. Harte alte Männer, im C.I.A. oder in der Armee, Kubaner, die verbittert sind, Vietnamoffiziere, die glauben, sie wären betrogen worden, und die die neue Ordnung hassen. Manchmal geraten sie dann außer Kontrolle, nicht?«

»Sind die Leute, die für die Morde in Seattle verantwortlich sind, bestraft worden?« wollte Harry wissen.

Lévi-Rougon blickte unbehaglich auf Foujac. »Für den Mord, von dem wir wissen? Ja, ein paar von ihnen, aber wir kennen nicht alle, die daran beteiligt waren. Sie hatten von irgend jemandem Befehle, nur wer das war, das können wir nicht genau sagen. Diese Männer sind gefährlich. Sie arbeiten für die Regierung, aber sie sind nicht loyal. Und viele von ihnen geben den Vereinigten Staaten die Schuld an unseren Niederlagen in den Kolonialkriegen, so daß sie sich eine Art von Patriotismus bewahrt haben, der mehr schadet als nützt. Wir haben zwar gewisse Vermutungen, aber bisher ist die Armee noch zurückhaltend. Doch das steht jetzt nicht zur Debatte. Wir wollen diese Angelegenheit nicht länger Geheimdienstleuten und Ex-Fallschirmjägern überlassen, sondern sie mit Ihnen auf einer geschäftlichen Basis regeln. Wir haben etwas, das Sie brauchen, und Sie haben vielleicht etwas, das wir brauchen.«

An diesem Punkt der Diskussion waren sie gerade durch das kunstvolle Eisentor gefahren, das in den Hof des Quai d'Orsay, des französischen Außenministeriums, führte. Man führte Rodney und Harry hinauf in ein Apartment, und Foujac erklärte, daß sie das Gespräch beim Abendessen fortsetzen würden.

Die Dämmerung brach über Paris herein, und von ihrem Apartment aus hatte Rodney und Harry einen phantastischen Blick auf die Seine. Die verschnörkelten Louis-XV-Möbel verstärkten noch den Eindruck von Luxus und auserlesenem Geschmack, obwohl Rodney fand, daß die Betten zu weich waren, wie die meisten französischen Betten. Auf einem Tisch stand eine Karaffe Scotch mit Eis und Perrierwasser, und nachdem er sich frischgemacht hatte, nahm sich Rodney etwas zu trinken, während sie darauf warteten, daß man sie zum Essen rief.

»Ich frage mich, warum man immer annimmt, daß die Amerikaner Scotch trinken«, bemerkte Harry, der Perrier genommen hatte.

»Sie geben sich Mühe, das muß man ihnen lassen. Immerhin ist es besser, als wenn sie jemand auf uns loslassen würden.«

Um acht klopfte Lévi-Rougon an und führte sie in einen luxuriösen Speisesaal innerhalb des Gebäudes. Foujac wartete bereits auf sie. Neben ihm stand ein großer Mann mit Halbglatze und scharfen Gesichtszügen. Foujac übernahm die Vorstellung. »Darf ich Sie mit dem Präsidenten der Republik bekanntmachen?«

Harry, der schon viele wichtige Persönlichkeiten kennengelernt hatte, zeigte sich nicht beeindruckt. Rodney dagegen stolperte über die Begrüßung, und der Präsident mußte lachen.

Die fünf Männer nahmen um den Tisch herum Platz, während der Präsident das Gespräch eröffnete, als die Austern serviert wurden.

»Ich habe eben von dieser höchst bedauerlichen Angelegenheit erfahren, die sich in den letzten Tagen zugetragen hat. Leider können wir die Tote nicht wieder lebendig machen, aber ich möchte Ihnen versichern, daß die Schuldigen bestraft werden. Unser Konsul in San Francisco ist entlassen worden, obwohl er, wie es aussieht, nichts von der Angelegenheit weiß. Es ist unentschuldbar, wenn jemand nicht weiß, was in seinem eigenen Amt vor sich geht.

Wir brauchen die Uranvorkommen in Gobir, und wir hätten dabei auch gerne Ihre Mithilfe. Ihre Bergbautechnologie ist besser als unsere, und wir könnten die Lager gemeinsam abbauen. Es gibt Franzosen, die der Ansicht sind, wir seien die Konkurrenten der Amerikaner. In einem kommerziellen Sinn sind wir das auch. Aber wir würden genauso wenig zu kriminellen Handlungen Zuflucht nehmen wie die konkurrierenden amerikanischen Firmen. Wir möchten unseren Wettbewerb offen führen.«

Harry und Rodney lächelten beide. Der Präsident wußte ganz genau, wie große Firmen im Wettbewerb gegeneinander kämpften. Er verstand die Bedeutung ihrer Blicke.

»Sicher, sicher, ich weiß, daß es im Geschäftsleben nicht immer ganz sauber zugeht. Aber in unserem Fall kann ich offen sein. Aufgrund der Schwierigkeiten, die die Amerikaner mit dem Uranpreis gehabt haben, haben wir eine Reihe exzellenter Verträge für Reaktoren aushandeln können. Aber wie viele Reaktoren gibt es nicht zu bauen in der Welt? In den letzten sechs Monaten haben wir genug Verträge abgeschlossen, um so viele zu bauen, wie wir in den nächsten zwanzig Jahren bauen können. Von jetzt an besteht keine Veranlassung mehr, den Markt nicht auch anderen zu überlassen.

Die United International Minerals verkauft Uran. Sie bauen keine Reaktoren. Wenn wir zusammenarbeiten, bedeutet das nicht, daß wir ein Übereinkommen mit Westinghouse unterschreiben. Wir kennen die Probleme, vor denen Ihr Unternehmen steht, und wir glauben, daß, wenn wir Ihnen eine ausreichende Menge an Erz garantieren, damit Sie Ihren vertraglichen Verpflichtungen nachkommen können, Sie uns dafür helfen würden, es abzubauen.

Sollten Sie sich weigern, werden wir auch allein zurechtkommen. Wir sind technologisch nicht soweit zurück, daß wir es nicht könnten. Aber es wäre für beide Seiten von Vorteil, wenn wir zu einer Einigung kämen.«

Der Präsident sah auf seine Uhr und erhob sich. »Ich habe noch eine Verabredung. Ich bin gekommen, um Ihnen deutlich zu machen, wie ernst unsere Absichten sind. Wenn ich nicht meinte, was ich gerade gesagt habe, hätte ich es nicht gesagt. Ich überlasse es jetzt Ihnen und *Commissionaire* Foujac, sich über die Details einig zu werden. Ich hoffe zutiefst, daß sich unsere Beziehungen positiv entwickeln.«

Er reichte allen vier Männern die Hand und verließ dann den Speisesaal.

Sie lehnten sich zurück, und Foujac nahm die Diskussion wieder auf. »Sie sehen nicht ganz überzeugt aus, Mr. Bigelow. Sie glauben, daß noch mehr hinter dieser Angelegenheit steckt. Sie haben recht. Lévi-Rougon wird es Ihnen erklären; sein Englisch ist besser als meins.«

Lévi-Rougon spielte nervös mit seinem Weinglas. »Wir haben Informationen, daß Sie sich mit Ghadafi in Libyen verbündet haben. Ein gefährlicher Verrückter. Wir fürchten, daß sein nächstes Ziel nach dem Krieg im Tschad Gobir sein wird. Vielleicht haben Sie ihm von den Uranlagern erzählt. Vielleicht haben Sie ihm irgendwie Hilfe versprochen, mit Atomreaktoren oder Plutonium zum Beispiel.

Wir wünschen, daß Sie sofort mit ihm brechen. Wir wollen keinen neuen Krieg in Gobir, und wir wollen nicht, daß ihm eine einflußreiche amerikanische Gesellschaft wie die United International Minerals mit einem entsprechend hohen technologischen Wissen hilft. Der Himmel weiß, daß die Russen ihm nie so etwas Gefährliches in die Hände haben kommen lassen wie das, was Sie ihm vielleicht geben würden. Aus diesem Grund wollen wir Ihre Mitarbeit. Das, und ihre Bergbautechnologie. Aber wenn es allein um die Technologie ginge, wären wir weniger eifrig. Wir müssen zugeben, daß Sie uns Angst machen.«

»Lenin hat so was mal vor langer Zeit gesagt«, warf

Rodney ironisch ein. »Ich glaube, es war 1916. Irgend etwas über die kapitalistische Welt, die sich selbst vernichtet im Kampf um Rohstoffe in den Kolonien.«

»Richtig«, antwortete Lévi-Rougon. »Wir hoffen, daß er sich geirrt hat.« Es folgte eine lange Pause.

Harry aß in aller Ruhe zu Ende, und als der Käse serviert wurde, unterbrach er das Schweigen. »Ich stimme Ihnen in jedem Punkt zu, und ich halte es für möglich, daß wir zu einer Einigung kommen. Aber das kann ich Ihnen noch nicht sofort sagen. Ich brauche etwas Zeit, um mir das alles noch einmal durch den Kopf gehen zu lassen. Ich muß gestehen, daß ich überrascht bin, wie langsam Sie reagiert haben. Sie hätten schon vorher mit uns Kontakt aufnehmen können, dann wäre das alles nicht passiert. Aber Sie hatten recht: Wir haben Kontakt mit den Libyern aufgenommen. Schließlich liegen diese Uranvorkommen in Gobir nur ein paar hundert Meilen von der libyschen Grenze entfernt. Wenn wir natürlich gewußt hätten, wie Sie zu dieser Sache stehen, nun . . .« Er breitete die Hände in einer Geste aus, die zu sagen schien: »Ihr wißt verdammt gut, daß ihr uns praktisch dazu gezwungen habt.«

Nach dem Cognac stand Harry auf und erklärte, daß er zwölf Stunden Zeit bräuchte, um sich die Sache zu überlegen. Rodney sah auf seine Uhr.

Es war fast zehn. Um sechs würde die DC-3 in Bilma landen, und um zehn am nächsten Morgen würde Koulibaly schon in Sicherheit sein. Er bewunderte Harrys Gelassenheit und Raffiniertheit.

Lévi-Rougon zuckte die Achseln. »Vielleicht sollte ich es Ihnen nicht sagen, aber . . .«

Foujac unterbrach ihn in Französisch, worauf Lévi-Rougon zu ihm herüberkam und mit ihm flüsterte. Dann nickte Foujac.

Lévi-Rougon fuhr fort: ». . . wir fürchten, daß Sie irgend etwas Dummes in Gobir versuchen könnten. Wir haben unsere Truppen in Maradi alarmiert, und sie bewachen den Flughafen scharf.«

Harry lächelte traurig. »Sie glauben doch nicht etwa, daß

die U.I.M. versuchen würde, Gobir hinter Ihrem Rücken zu erobern, oder?«

»Nein. Nur eine Vorsichtsmaßnahme.« Foujac warf den Bigelows einen mißtrauischen Blick zu und ging zu einem Telefon, das auf einem kleinen, verschnörkelten Tischchen neben dem großen Fenster des Speisesaals stand. Rodney versuchte zu verstehen, was er sagte. Nachdem er wieder aufgelegt hatte, wandte er sich mit einem Lächeln an die beiden Amerikaner.

»Für den Fall, daß Sie irgendwelche anderen Pläne haben«, erklärte er, »ich habe gerade das Büro des Präsidenten angerufen, und er wird ein Legionskommando losschicken, das Moussa Koulibalys Gefängnis bewachen soll. Sie werden Korsika bei Morgengrauen verlassen und dort sein, wenn wir uns morgen früh wieder treffen.«

»Koulibaly?« fragte Harry erstaunt. »Ich dachte, er wäre längst tot.«

»Nein, nur seine Frau. Wir werden ihn in der Zukunft vielleicht brauchen, um den neuen Präsidenten dort unten im Zaum zu halten, deshalb brauchen wir ihn lebend. Wir glauben zwar nicht, daß Sie seinen Aufenthaltsort kennen, aber zur Vorsicht werden unsere Leute ihn zusätzlich bewachen. Um jeder möglichen überstürzten Aktion Ihrerseits vorzubeugen. Bitte glauben Sie uns, wir hassen solche Dispute. Wir möchten nur, daß Sie Ihre Verbindungen zu Ghadafi abbrechen und mit uns zusammenarbeiten.«

Harry und Rodney reichten Foujal und Lévi-Rougon die Hände und erkundigten sich, ob sie noch einen Spaziergang machen könnten, bevor sie schlafengingen.

»Meinen Sie, wir machen es wie die Russen und lassen Ihr Apartment abhören, damit Sie sich nicht ungestört besprechen können?«

»Nein«, erwiderte Harry, »nicht wie die Russen. Wie die Amerikaner.«

Foujac winkte. »Gehen Sie nur. Zwei Sicherheitsbeamte werden Ihnen in einiger Entfernung folgen. Nur zu Ihrem Schutz. Paris ist heutzutage fast so gefährlich wie New York.«

»Das bezweifle ich«, gab Harry zurück. »Aber danke für den Schutz. Und danke, daß Sie uns vorgewarnt haben. Sagen Sie Ihren Polizisten nur, sie sollen fünfzig Meter hinter uns bleiben. Wir versprechen auch, nicht wegzulaufen.«

Alle vier lachten und wünschten sich eine gute Nacht.

Draußen war es kühl, und es fiel ein leichter Nieselregen. Harry und Rodney spazierten zur Seine, über die Alexander-III-Brücke auf die Champs-Elysées zu. Hier würde der Verkehrslärm ihre Stimmen übertönen, und während sie auf den Étoile zugingen, der früher Charles de Gaulle geheißen hatte, fragte Rodney Harry, was er dachte.

»Sie wissen, daß irgend etwas im Gang ist, aber nicht genau was.«

»Meinst du nicht, daß wir das Leben von einer ganzen Reihe von Leuten umsonst gefährden? Warum blasen wir das Ganze nicht ab? Wir haben doch, was wir wollen.«

»Fast. Aber wenn sie erst wissen, daß wir Koulibaly haben, können wir ihnen vertrauen. Sie werden eine Heidenangst vor einem Krieg in Gobir haben.«

»Angenommen, Koulibaly spielt nicht mit?«

»Das wird er. Immerhin haben wir ihm das Leben gerettet. Außerdem ist ja Laurie noch da.«

»Wir benutzen sie, nicht?«

»Und? Sie benutzt uns doch auch. Sie bekommt von uns ein Vermögen für diese Sache, und wir retten ihren Geliebten. Mach dir keine Sorgen um sie. Ich glaube, daß sie härter ist, als du denkst, Rod. So, und morgen um zehn, wenn wir wieder mit den Franzosen zusammenkommen, werden wir diejenigen sein, die bestimmen. Sie werden sich schon einverstanden erklären mit dem, was wir verlangen.«

»Und wenn sie ein falsches Spiel spielen?«

»Wir haben doch Koulibaly, oder?«

»Angenommen, das Unternehmen schlägt fehl?«

»Dann sind wir in keiner schlechteren Situation als jetzt. Es bleibt uns dann immer noch Ghadafi. Er ist zwar keine so gute Karte wie Koulibaly, aber heute abend hatten wir ihn ja auch nicht, oder?«

Sie machten sich auf den Rückweg zum Ministerium.
Harry und Rodney hatten getrennte Schlafzimmer. Harry schlief in dieser Nacht tief und fest, während Rodney immer wieder wach wurde. Um sieben klingelte das Telefon.

21

Der Tag vor dem Sturm auf Bilma war ein Ruhetag, wie Malcolm versprochen hatte. Er weckte Laurie mit einem Kuß (was seltsam für ihn war, seit sie hier waren) und erinnerte sie daran, daß sie den Tag zusammen verbringen wollten. Laurie sah ihn verschlafen an.

»Guten Morgen, Malcolm. Wozu hättest du denn Lust? Segeln zu gehen? Oder einen Einkaufsbummel zu machen?« Sie rollte sich auf den Bauch, weil sie keine Lust hatte aufzustehen. In der Baracke war es kalt, und ihre Muskeln fühlten sich steif und müde an.

»Eigentlich hatte ich ein Picknick vor.«

»Ein Picknick?« Mit einem Schlag war Laurie wach und setzte sich auf. »Bist du okay?«

Malcolm grinste. »Sicher. Und jetzt beeil dich. Ich habe ein paar Überraschungen für dich. Ich werde draußen warten.«

Sie stand auf, zog sich einen dicken Pullover an und machte ein paar Kniebeugen, um die Steifheit aus ihrem Rücken zu vertreiben.

Malcolm wartete vor der Tür in einem Jeep.

»Wo hast du den denn her?«

»Der libysche Offizier hat ihn mir geliehen.«

»Phantastisch.«

Sie schwang sich in den Wagen.

»Weißt du, Malcolm, ich freue mich richtig auf morgen. Ich fühle mich, als ob ich reif für einen Einsatz bin, einen Einsatz, auf den wir alle stolz sein können, wenn wir es geschafft haben.«

Er machte ein ernstes Gesicht, als er vom Lager weg in die

Wüste hinausfuhr. »Ich kenne das Gefühl. Du wirst ganz ruhig. Deine Erregung und deine Angst verwandeln sich in etwas, das wie Selbstvertrauen ist. Es ist real, Laurie, und doch nicht real. Ich habe es immer einen Tag vor einer solchen Aufgabe, und Stunden, bevor es losgeht, werde ich schrecklich nervös. Und wenn es schließlich soweit ist, bin ich wieder ganz ruhig und fühle mich unbesiegbar. Aber ich glaube, in Wirklichkeit ist es der Verstand, der einem einen Streich spielt. Er läßt dich einfach weitermachen, ohne nachzudenken, wenn du auch nur mit einem bißchen Verstand in die entgegengesetzte Richtung laufen müßtest, so schnell dich deine Füße tragen.«

»Du hast mir noch nie soviel von dir erzählt wie jetzt.«

»Scheint ein günstiger Zeitpunkt, meinst du nicht?«

Irgendwann hielt Malcolm an und schaltete die Zündung aus. Die Landschaft stieg leicht an, und um sie herum standen ein paar dürre Büsche.

»Na ja, wie im Paradies ist es gerade nicht, aber was Besseres konnte ich leider nicht finden. Und wir sind allein. Das ist doch auch was, nicht?«

Laurie lächelte, zog ihren Pullover aus und beugte sich zu ihm vor, um ihn zu küssen.

»Warte, Laurie; ich möchte erst mit dir reden.«

Sie war überrascht.

»Habe ich dir nicht ein Picknick versprochen?« fuhr er unbeschwert fort. »Und daß dieser Tag ein ganz besonderer Tag werden soll? Oder ist Sex das einzige, was du von mir willst?«

Malcolm stieg aus dem Wagen, kramte auf dem Rücksitz herum und brachte dann einen Sack und eine alte Armeedecke zum Vorschein.

»Voilà. Das Picknicktuch.«

Er legte die Decke auf den Boden, aber sie wollte nicht liegenbleiben. Der Wind fing sich unter ihr und wirbelte sie durcheinander. Als sie sich bückten, um sie glattzuziehen, wehte ihnen Sand ins Gesicht. Lauries Zähne knirschten, und am liebsten hätte sie ihm gesagt, er solle das Ganze vergessen. Aber da sie inzwischen begriffen hatte, daß er versuchte, etwas Sentimentales und Nettes zu tun und daß es den ganzen Tag verderben würde, wenn sie jetzt sein Programm durcheinander brachte, ließ sie es sein.

Sie schafften es schließlich, daß die Decke liegenblieb, indem sie auf einen Zipfel einen Schraubenschlüssel legten, eine Seite unter die Räder des Jeeps klemmten und den Rest mit ein paar Steinen beschwerten. Malcolm bedeutete ihr, in der Mitte Platz zu nehmen.

»Und jetzt: Meine Überraschung.« Er griff in den Jeep und zauberte eine Flasche französischen Wein hervor.

»Malcolm! Wo hast du die denn her?«

»Ich habe sie aus New York mitgenommen und für den richtigen Augenblick aufgehoben.«

»Weißt du, wenn du willst, kannst du richtig nett sein.« Laurie zog ihn zu sich herunter auf die Decke. Sie sahen sich einen langen Moment in die Augen und küßten sich dann zärtlich.

Malcolm fuhr sanft über ihr Gesicht und streichelte ihr Haar. Dann drehte er sich um, griff in den Sack und holte einen Korkenzieher heraus. Die Absurdität dieses Gegenstandes ausgerechnet hier an diesem Ort kam ihr so unglaublich ironisch vor, daß sie laut lachen mußte.

»Was gibt es denn so Komisches?«

»Ich dachte nur gerade, wie ironisch es ist, daß wir morgen ein französisches Gefängnis stürmen wollen und jetzt mit französischem Wein darauf trinken. Findest du das nicht komisch?«

»Nicht überwältigend.« Er goß den Wein in Zinnbecher, die er aus dem Lager mitgebracht hatte. Sie tranken ihn, jeder mit seinen eigenen Gedanken beschäftigt.

Malcolm sprach als erster weiter. »Wir haben uns nicht mehr unterhalten, seit ich dir von meiner Beziehung zu Bigelow erzählt habe. Ich frage mich, wie du über mich denkst.«

»Spielt das eine Rolle?«

»Was soll das heißen? Oder denkst du immer noch, daß das Ganze von Anfang an so geplant war? Natürlich spielt es eine Rolle. Ich hatte nie die Absicht, es so weit mit dir kommen zu lassen. Es paßt nicht zu meiner Vergangenheit und wahrscheinlich auch nicht zu meiner Zukunft. Aber inzwischen bedeutest du mir einiges. Ich wünsche, es wäre nicht so.«

»Warum?«

»Warum du mir etwas bedeutest, oder warum ich wünsche, daß es nicht so wäre?«

»Beides.«

»Also, ich glaube, ich mag beide Seiten von dir. Ich mag die harte, entschlossene Frau, aber ich mag auch deine andere Seite. Du bist schön und lieb zu mir.«

»Was meinst du mit lieb, Malcolm? Daß ich gern mit dir schlafe?«

»Ja, das auch.«

»Aber warum wünscht du dann, du würdest mich nicht mögen?«

»Laurie, ich bin auch nur ein Mensch. Ich habe Gefühle. Ich habe auch mal Angst, und ich brauche Sex und Liebe und all das. Aber ich brauche es nicht so, wie du es brauchst. Ich brauche nichts so sehr wie meine Freiheit und die Herausforderung an mich selbst. Ich weiß nicht, ob du es mit jemandem wie mir aushalten könntest.«

»Soll ich es versuchen, wenn das hier alles vorbei ist?«

»Du hast dich verändert.«

»Wieso?«

»Hättest du einen Mann gemocht, der für den Vietnamkrieg war?«

»Nein. Aber wir sprechen jetzt nicht über Politik. Ich mag dich, nicht deine Ansichten.«

»Mich, einen Killer, der für ein großes Unternehmen arbeitet?«

»Du bist so ehrlich zu mir, weil du damit rechnest, daß du morgen sterben könntest, nicht?«

Er sah sie unruhig an. »Ja.«

Sie rückte näher an ihn heran und lehnte ihren Kopf an seine Schulter, und er legte den Arm um sie. »Laurie . . . ich bin noch nie verheiratet gewesen, und ich habe auch noch nie mit jemandem zusammengelebt. Ich weiß nicht, ob ich es könnte. Ich glaube nicht, daß wir uns unter anderen Umständen so nahe gekommen wären, aber ich bin froh, daß es so war.«

»Ich auch.«

»Ich habe das noch nie zu jemandem gesagt, Laurie, aber ich liebe dich.«

Sie lächelte. »Ich liebe dich auch.«

»Weißt du, Laurie, sollten wir aus dieser Sache heil wieder herauskommen – und die Chancen dafür stehen gut –, werde ich nicht so ordentlich aussehen in deiner Welt. Rodney paßt viel besser zu dir, und das weißt du auch. Du wußtest es, als du ihn zum erstenmal gesehen hast.«

»Als ich Rodney kennenlernte, habe ich gedacht, er sei perfekt – reich, gutaussehend und nett. Jetzt glaube ich, daß ich seinen Stiefvater lieber mag. Er hat es ganz allein geschafft und zeigt es auch.«

»Und was ist mit mir?«

»Das habe ich dir schon gesagt. Als ich dir eben gesagt habe, ich liebe dich, war es mir wirklich ernst damit.«

»Mach dir nicht selbst etwas vor, Laurie. Du fühlst dich immer noch zu Männern wie Rodney hingezogen.«

»Bist du eifersüchtig, Malcolm?«

»Nein, Eifersucht gehört nicht zu meinen Schwächen. Ich spiele keine Spielchen, und ich will nicht schüchtern sein. Es ist ganz einfach die Wahrheit.«

»Ich liebe dich, Malcolm.«

»Ich liebe dich auch, so, wie ich kann.«

»Was meinst du damit: So, wie du kannst?«

»Na ja, es ist nicht gerade ein ewiger Treueschwur. Es könnte sein, daß ich morgen von einer Salve Kugeln zerfetzt werde. Aber selbst wenn nicht, weiß ich nicht genau, was ich zu geben habe. Ich finde, daß ich in dieser Beziehung ehrlich zu dir sein sollte. Ich weiß nicht, wie es ist, jemanden zu lieben. Wer weiß, wie wir miteinander auskommen würden, sollten wir je die Chance bekommen, in so etwas wie normalen Verhältnissen zusammenzuleben.«

»Ich werde die Hoffnung nicht aufgeben.«

Er sah sie lächelnd an und schnappte sie sich. Dann legte

er seine Hand unter ihren Kopf, drückte sie auf die Decke und bedeckte sie mit seinem Körper. »Du bist eine ganz schön mutige kleine Lady, was?«

»Ja, und scharf dazu.«

Sie lachten und redeten, und dann liebten sie sich, bis sie schließlich zum Lager zurückkehren mußten.

22

Um vier standen sie auf. Es war noch immer dunkel, und in den unbeheizten Baracken war es kalt. Sie kamen alle zu einem großen, gemeinsamen Frühstück zusammen. Niemand sprach, während sie aßen. Laurie saß zwischen Malcolm und van Boschaft. Die Deckenbeleuchtung flackerte. Trotz ihrer dicken Pullover froren alle, und ihr Atem bildete feine Nebelwölkchen vor ihrem Mund, wenn sie ausatmeten. Die Männer trugen Tarnoveralls und rote Baskenmützen, in denen sie wie französische Fallschirmjäger aussahen. Malcolm hatte einen amerikanischen Anzug an, der fast genauso aussah, und eine grüne Mütze. Um fünf waren sie fertig.

Der libysche Offizier kam herein, sprach mit van Boschaft und wandte sich dann an die anderen. Van Boschaft übersetzte: »Er wünschte uns viel Glück. Er weiß, daß wir keine Moslems sind, aber er hofft, daß Gott uns helfen wird, weil wir einen guten Moslem retten wollen, Moussa Koulibaly, der auch ein Kämpfer für die Freiheit und den Sozialismus in Afrika ist. Colonel Ghadafi ist ein Freund von Präsident Koulibaly, und er läßt uns ausrichten, daß er für uns auf einen schnellen und glücklichen Ausgang des Unternehmens hofft.«

Die Männer klatschten schwach, und der Libyer ging.

Sie sammelten ihre Ausrüstung und ihre M-16er ein und strömten aus der Baracke. Es waren zweiundzwanzig Leute: die siebzehn Manner, Lucien van Boschaft, die beiden Piloten, Malcolm und Laurie. Die Kisten mit Munition und das

Maschinengewehr waren bereits an Bord der DC-3, und sie stiegen durch die Tür am Heck der Maschine ein, ein paar Fuß über dem Boden. Als sie alle an Bord waren, zog van Boschaft die kleine Treppe ein, und jemand schloß die Tür. Die Männer setzten sich, während van Boschaft nach vorn ging und eine kleine Ansprache an die Männer richtete. Er wünschte allen Glück, gab noch einmal seiner Überzeugung Ausdruck, daß sie es schon schaffen würden, und gab den Männern letzte Instruktionen. Koulibaly mußte unter allen Umständen lebend herausgeholt werden. Tot nützte er niemandem. Laurie sollte im Flugzeug bleiben, aber so, daß sie gesehen werden konnte. Ihr Leben war auf jeden Fall zu schützen, falls irgend etwas schiefging. Das war ein persönlicher Befehl von Monsieur Rodney Bigelow, der jedem Mann noch 2000 Dollar zusätzlich zu ihren 5000 geben würde, wenn Laurie und Koulibaly unversehrt zurückkehrten.

Die Maschine startete um halb sechs. Es war noch immer dunkel. In Gobir war es erst halb fünf. Der Flug würde eindreiviertel Stunde dauern, und sie würden um viertel nach sechs in Bilma landen. Bis dahin würde es draußen fast Tag sein.

Laurie saß neben Malcolm und hielt seine Hand. Er schien ruhig, sie dagegen zitterte vor Erregung und Kälte. Als die DC-3 an Höhe gewann, wurde es noch kälter. Die Kabine war nicht beheizt, und es gab auch keinen Druckausgleich. Es knackte in ihren Ohren, und Laurie schluckte hart gegen den Schmerz. Van Boschaft reichte Zigaretten herum, aber weder Laurie noch Malcolm rauchten. Bald war die Luft in der Kabine vom Zigarettenqualm zum Schneiden dick, und sie wurden durchgeschüttelt, als die Maschine in Turbulenzen geriet.

In etwa achttausend Fuß Höhe ging die Maschine auf waagerechten Kurs, und der Flug wurde ruhiger. Dann sank sie wieder, und es wurde wieder turbulenter. Van Boschaft, der vorn saß, kämpfte sich in der schwankenden Kabine zu Malcolm und Laurie nach hinten. Er beugte sich zu Malcolm vor und sagte: »Die Piloten wollen in einer Höhe von tausend

Fuß fliegen. Soweit uns bekannt ist, hat die Regierung von Gobir hier zwar keine Radaranlagen, aber wir wollen kein Risiko eingehen. Wir befinden uns jetzt in ihrem Luftraum.«

Laurie sah aus ihrem Fenster nach Osten hinaus, und die atemberaubende Schönheit der Natur vor ihr verdrängte etwas das Unbehagen, das sie fühlte. Die aufgehende Sonne hing als riesiger, roter, leuchtender Feuerball über der Wüste. Weit im Süden waren hohe Berge zu erkennen.

Nach wenigen Minuten stand die Sonne schon über dem Horizont, und der riesige, rote Ballon schrumpfte auf eine normale große, leuchtend heiße Sonne zusammen.

Irgendwann begannen die Soldaten, die auf den Einzelsitzen auf der rechten Seite des Flugzeugs saßen, zu rufen und aus ihren Fenstern zu deuten, und Malcolm und Laurie standen auf, neugierig, was es da zu sehen gab. Der Anblick unter ihnen war völlig unerwartet. Etwa eine halbe Meile westlich von ihnen entdeckten sie große, anmutige Palmen. Das war die berühmte Bilma-Oase, eine Viertelmeile breit und achtzig Meilen lang, die das im Westen der Erdfalte an die Oberfläche tretende Grundwasser zu einem zarten, ätherischen Garten Eden machte.

»Wir sind in fünf Minuten in Bilma«, rief van Boschaft über das Dröhnen der Motoren. »Alles bereithalten. Wenn wir landen, wartet auf weitere Instruktionen.«

Der erste Trupp, fünf Männer unter Führung des Lieutenants, saß im hinteren Teil der Maschine. Sie würden als erste aussteigen, zusammen mit van Boschaft. Danach würde die zweite Abteilung mit einem Sergeanten und vier Soldaten die DC-3 verlassen, und die dritte Gruppe bildete die Nachhut. Malcolm sollte mit einem deutschen Söldner und dem Maschinengewehr an Bord bleiben und erst herauskommen, wenn die Aktion bereits in vollem Gange war. Laurie mußte an der hinteren Tür sitzenbleiben, weil Harouna Yousouf Sidebey hierher kommen würde, um sich zu vergewissern, wer sie waren.

Die Männer griffen nach ihren Waffen, drückten ihre Zigaretten aus und überprüften die Patronengurte. Sie würden keine andere Ausrüstung brauchen, nur van Boschaft hatte zur Vorsicht noch ein paar Granaten in seinen Gürtel gesteckt.

Mit einem metallischen Geräusch fuhren die Räder aus, und die Maschine setzte auf der unbefestigten Piste auf. Sie bremste hart, eingehüllt in eine Staubwolke, und kam dann zum Stillstand. Sie wendete, bis sie mit der Nase wieder in Startrichtung stand.

Lauries Fenster ging jetzt nach Westen, und sie sah genau auf Bilma. Die Tür lag nach Osten, für Bilma vom übrigen Teil des Flugzeugs verborgen, was van Boschaft nicht gefiel, weil er direkten Zugang zur DC-3 wollte. Er beugte sich ins Cockpit vor und rief ein paar Befehle, worauf das Flugzeug langsam weiter bis zum anderen Ende der Laufbahn rollte. Zwischen einer Reihe von kleinen Häusern ein paar hundert Yards vom Rollfeld entfernt tauchte jetzt ein großer Landrover auf. Sobald das Fahrzeug auf offenes Gelände kam und den Schutz der Bäume verließ, wirbelten die Räder Staubwolken auf. Das Flugzeug hatte das Ende der Piste erreicht und wendete wieder. Der Pilot stellte die Motoren auf Leerlauf, schaltete sie aber nicht ab.

Laurie ging auf die andere Seite der Maschine, um sich den Landrover anzusehen, während Malcolm die Tür aufklappte und die kleine Treppe herausschob. Der Landrover war einer der großen Typen mit acht Sitzplätzen. Das Dach war abgenommen und durch Metallstangen ersetzt worden, die an der Karosserie befestigt waren. Sie waren offensichtlich dafür gedacht, daß man eine Leinwand darüberspannen konnte, aber jetzt war das Fahrzeug offen. Auf dem Vordersitz saßen zwei Männer – der Fahrer und ein Offizier, den Laurie aus dieser Entfernung nicht erkennen konnte.

Der Landrover hielt auf das Heck der DC-3 zu und stoppte davor. Der Offizier stieg aus. Es war der Haussa-Korporal. Jetzt erkannte ihn Laurie von dieser schrecklichen Nacht vor zwei Monaten her. Nur, daß er diesmal eine Offiziersuniform mit einer schicken schwarzen Mütze und Orden auf der Brust trug. Er ging zur Leiter und blickte ins Innere des Flugzeugs. Laurie stellte sich in die Tür. *»Ina kwana, maiguida?«*

Yousouf lächelte. Er erkannte sie ebenfalls wieder und stieg jetzt die vier Stufen der Treppe hinauf ins Flugzeug. Van Boschaft, der sich wegen der niedrigen Decke bücken mußte, streckte ihm die Hand entgegen und stellte sich vor.

»Es ist alles vorbereitet; können wir anfangen?«

»Ja. Nehmen Sie ein paar Ihrer Männer mit in meinen Landrover und lassen Sie die anderen in der Maschine warten. Vielleicht schaffen wir es, ohne daß es zu einer Schießerei kommt. Die anderen stehen gerade erst auf, und ich habe den Befehl über die Nachtwache. Meine übrigen Leute sind in der Stadt und werden nicht begreifen, was passiert. Aber wir müssen vorsichtig sein. In dem Haus dort sind fünf französische Soldaten.« Er deutete nach Süden, auf das andere Ende der Landebahn. »Normalerweise schlafen sie lange, also könnten wir Glück haben. Sie haben einen Landrover, und wenn sie vom Lärm des Flugzeugs geweckt worden sind, werden sie mißtrauisch sein. Ihre restlichen Männer halten sich am besten bereit herauszuspringen, um uns im Notfall bei unserer Rückkehr Deckung zu geben.«

Van Boschaft schüttelte den Kopf. »Nein. Wir gehen mit der ersten Abteilung. Die anderen folgen uns sofort, um uns Deckung zu geben. Das Maschinengewehr muß aufgebaut werden, sonst bleibt uns nicht genug Zeit, falls wir es wirklich brauchen sollten.«

Yousouf blickte auf Laurie und lächelte wieder. »Können wir diesen Männern trauen?« fragte er sie auf Haussa.

»Ja. Sie sind Koulibalys Freunde. Der große Mann hier macht so etwas nicht zum erstenmal. Er weiß, was zu tun ist.«

Yousouf wandte sich wieder an van Boschaft, und Laurie war überrascht, wie gut er Französisch sprach. Während des Putsches im Palast hatte er sich wirklich gut zu verstellen gewußt. *»Allons-y«*, sagte Yousouf.

Er verließ das Flugzeug, gefolgt von van Boschaft und den sechs Männern des ersten Trupps. Die anderen stellten sich hinter ihnen an, um nach ihnen auszusteigen. Laurie war zu dem Fenster neben der Tür gegangen und blickte hinaus. Sie sah, wie Yousoufs Fahrer ungläubig auf die Soldaten starrte, die aus dem Flugzeug strömten. Yousouf sagte etwas zu ihm, der Mann protestierte, und plötzlich hatte Yousouf eine Pistole in der Hand, zielte auf ihn und schoß ihn in den Kopf. Der Fahrer warf die Arme in die Luft, sackte zusammen und fiel halb aus dem Wagen heraus. Yousouf schob ihn ganz hinaus und nahm auf dem Fahrersitz Platz, während sich die anderen in den Landrover zwängten. Vollbesetzt schoß er mit Höchstgeschwindigkeit in Richtung des Ortes los. Jetzt sprangen auch die anderen aus der DC-3. Die zweite Abteilung fächerte aus in Richtung des Ortes, während die dritte einen großen Halbkreis zwischen dem Ort und dem Flugzeug bildete. Malcolm und der Deutsche hoben das Maschinengewehr heraus und stellten es unmittelbar vor der Tür auf seinen drei Füßen auf. Sie schoben einen Patronengurt ein und legten mehrere andere griffbereit neben sich auf den Boden, um Nachschub zu haben, falls es nötig sein sollte.

Für Laurie war das Ganze wie ein Film. Alles kam ihr so irreal vor, die Palmen waren so prachtvoll, daß sie meinte, gleich Hintergrundmusik zur Handlung hören zu müssen. Sie wünschte, sie würde jetzt draußen in dem beschleunigenden Landrover sitzen. Sie war so erregt von dem, was sie sah, daß sie noch nicht einmal Mitleid für den Soldaten empfand, der tot am Heck der Maschine lag.

Fünf Minuten verstrichen, dann zehn. Schließlich tauchte der Landrover wieder zwischen den Bäumen auf; er ließ eine Staubwolke hinter sich. Es saßen viele Männer im Wagen, und Laurie konnte sie nicht voneinander unterscheiden. Als er auf halbem Weg zwischen den Bäumen und dem Landestreifen war, sah sie ein zweites Fahrzeug zwischen den Bäumen herauskommen, und von Süden her kam ein drittes auf sie zu, aber es war noch zu weit weg, um zu erkennen, wer in ihm saß. Als der Landrover näherkam, rückten die Männer der zweiten Abteilung zurück zum Flugzeug, ihre Waffen schußbereit in Hüfthöhe. Der Landrover schoß an ihnen vorbei. Das Verfolgungsfahrzeug holte auf, und Laurie sah, daß kleine Rauchstreifen von ihm kamen. Die

Männer der zweiten Abteilung knieten sich und feuerten. Aufgrund des Lärms, den die leerdrehenden Motoren verursachten, konnte Laurie im Innern der Maschine die Schüsse nicht hören. Der zweite Landrover kam näher, und plötzlich hielt er an. Laurie sah, daß van Boschaft aus dem Wagen gesprungen war und jetzt bei den Soldaten der zweiten Abteilung stand. Er warf etwas in die Luft, und seine Männer ließen sich zu Boden fallen. Es gab eine Rauchwolke, eine Stichflamme und eine donnernde Explosion, die Laurie hören konnte. Die Männer aus dem zweiten Landrover waren herausgesprungen, liefen in alle Richtungen auseinander und warfen sich zu Boden, als die Explosion kam. Aus dem Landrover schoß ein Feuerball in die Luft, und dann war er verschwunden. Als er Augenblicke später wieder zu sehen war, stand er in Flammen. Ein Teil der Männer, die in ihm gesessen hatten, lag immer noch reglos auf dem Boden, aber zwei fingen an, die Maschine unter Beschuß zu nehmen. Die zweite Abteilung eröffnete das Feuer auf sie, und sie stürzten in den Sand.

Inzwischen hatte der große Landrover das Flugzeug erreicht. Laurie rannte zur Tür. Draußen im Wagen saß Moussa.

Er sah verwirrt aus und hatte eine Schramme im Gesicht. Malcolm zog ihn heraus und schob ihn auf die Einstiegsleiter zu. Moussa schien zu zögern und blickte sich um. Dann entdeckte er Laurie. »Laurie! Laurie! Ich kann es nicht glauben . . .« rief er. Er war so überrascht, daß er sich nicht von der Stelle rührte.

»Hol ihn rein!« rief Malcolm.

»Moussa.« Laurie streckte die Hand aus, und Moussa ergriff sie und zog sich in die DC-3.

Er stolperte in die Maschine, und Laurie half ihm zu einem Platz. Moussa versuchte, etwas zu sagen, aber er konnte es nicht. Laurie nahm ihn in die Arme, und er begann, still zu zittern. Auch Laurie konnte nichts sagen. Draußen wurde weitergeschossen, und die Männer der ersten Abteilung sprangen ins Flugzeug. Laurie hörte, wie das Maschinengewehr zu knattern begann. Es waren Schreie zu hören, dann explodierte etwas neben dem Flugzeug. Sie ließ Moussa los und stellte sich vor das Fenster neben der Tür.

Der Landrover, der aus dem Süden herangekommen war, war stehengeblieben, und Laurie konnte sehen, wie sich drei Franzosen in Uniform mit Maschinenpistolen in den Händen in den Sand warfen. Dreißig Yards vor der DC-3 auf dem Landestreifen explodierte wieder etwas. »Sie kommen mit einem Mörser. Beeilt euch!« hörte sie Malcolm auf Englisch schreien, aber die anderen wußten auch so, was los war.

Van Boschaft war jetzt bei der Maschine, und die zweite Abteilung sprang an Bord, während die dritte in Hockstellung weiter feuerte. Malcolm richtete das Maschinengewehr auf die Franzosen, und Laurie sah, wie es sie vom Boden riß und sie rückwärts hinfielen. Sie hatten aufgehört zu schießen.

Der Mörser feuerte nicht mehr, aber Laurie hörte jetzt eine Reihe von Schüssen und bemerkte, daß eins der Fenster der DC-3 zersplittert war. Im Norden entdeckte Laurie plötzlich einen Lastwagen, der etwa dreihundert Yards vor der Maschine zum Stehen gekommen war. Um ihn herum knieten oder lagen Männer, die die DC-3 unter Beschuß nahmen. Van Boschaft gab eine Salve auf sie ab und kletterte dann die Leiter hinauf. Mit Ausnahme von Malcolm und dem Deutschen waren jetzt alle an Bord. Malcolm feuerte auf den Lastwagen, und Laurie konnte seine dramatischen Erfolge sehen. Männer stürzten zu Boden, und einer, der praktisch von Kugeln durchsiebt war, versuchte, aufzustehen, sackte dann aber wieder zusammen. Blut spritzte auf den Sand. Wo war der Deutsche? Als Laurie genauer hinsah, entdeckte sie ihn neben Malcolm. Er lag auf dem Rücken, und seine Augen starrten in den Himmel. Sie mußte an Molly auf dem Teppich denken, als sie in ihre Wohnung gekommen war. Aber mit dem Deutschen schien alles in Ordnung zu sein, nur, daß er tot war.

Van Boschaft lehnte sich aus der Tür. »Steig ein!« brüllte er Malcolm zu.

Laurie sah, wie Malcolm aufstand, doch plötzlich fiel er zu

Boden. Blut durchtränkte die Seite seiner Jacke, als er versuchte, die paar Schritte bis zur Treppe zu kriechen. Laurie begann zu schreien, schnappte sich von einem der Soldaten eine M-16 und stürzte zur Tür. Van Boschaft stand mit dem Gesicht zum Cockpit und zu den Piloten und bedeutete ihnen, zu starten. »Los!« brüllte er. »Los!«

»Was ist mit Malcolm?« schrie Laurie in sein Ohr.

»Zu spät. Es hat ihn erwischt.«

Die Motoren der DC-3 drehten sich immer schneller; ohne genau über die Folgen ihres Handelns nachzudenken, stieß Laurie van Boschaft zornentbrannt den Lauf der M-16 in den Bauch. »Holen Sie Malcolm.«

Van Boschaft sah sie überrascht an. Der kleine französische Copilot im Cockpit hatte sich umgedreht und bedeutete jetzt dem Piloten abzuwarten. Van Boschaft hatte unwillkürlich die Hände gehoben, und er musterte Laurie, während er überlegte, was er tun sollte.

»Holen Sie ihn, oder ich schieße Sie über den Haufen«, drohte sie.

Er winkte mit einer Hand den Copiloten, der die Bremsen betätigte. Die DC-3, die sich bereits in Bewegung gesetzt hatte, blieb stehen. Der Pilot drehte sich um, als van Boschaft aus der Tür sprang. Malcolm lag ein paar Schritte hinter dem Heck der Maschine, und van Boschaft verschwand. Wieder waren Schüsse zu hören, und eine Mörsergranate explodierte keine zwanzig Yards von der DC-3 entfernt auf der anderen Seite. Die Maschine erbebte. Van Boschaft kam mit Malcolm im Arm zurück zur Tür. Die Treppe war abgefallen. Er hob Malcolm hoch, und Yousouf, der gerade dort stand, zog ihn hinein. Dann streckte er die Hand aus, um van Boschaft hereinzuhelfen. Die Bremsen wurden gelöst, und ohne auf ein Zeichen zu warten, rollte die DC-3 an und den Landestreifen entlang. Als sie abhoben, hörte Laurie ein metallisches Surren. Ein Soldat in der Mitte des Flugzeugs schrie auf und fiel zur Seite in den Gang. Schüsse schlugen in den Rumpf. Dann waren sie in der Luft. Die Tür stand noch offen, und van Boschaft hatte Mühe, sie gegen den Druck zu schließen. Endlich war sie zu, und im Innern der Maschine wurde es ruhig, mit Ausnahme des Heulens der Motoren.

Das Flugzeug drehte langsam nach links, und Laurie konnte einen raschen Blick zum Fenster hinaus werfen. Unter ihnen lag Bilma mit der Rollbahn, und von dem Landrover, der immer noch brannte, stieg eine Rauchwolke auf.

Dann war der Ort auch schon hinter Felsen verschwunden, und die Sanddünen der Sahara traten an die Stelle des üppigen Grüns der Oase.

Van Boschaft saß außer Atem und schwitzend auf dem Boden, aber sein Mund war zu einem breiten Grinsen verzogen. »Das war knapp«, rief er Yousouf zu.

Yousouf grinste zurück. »Sie müssen irgendwie damit gerechnet haben. Ich war überrascht. Sie waren alle wach. Aber Sie hatten recht. Wenn Ihre Männer nicht da draußen gewesen wären, wären wir jetzt alle tot.«

Moussa sah sich kopfschüttelnd um. »Sie müssen sicher ein Dutzend Wachen erschossen haben, um mich zu befreien. Überall lagen Tote.« Er redete mit Laurie, aber sie hatte sich über Malcolm gebeugt, der im Gang lag.

Malcolm sah sie an und lächelte. »So schlimm ist es nicht. Die Schmerzen haben mich bloß ohnmächtig werden lassen. Zieh mir die Jacke und das Hemd aus und leg mir einen Verband an. Ich werde schon okay sein, wenn ich nicht zuviel Blut verliere. Van Boschaft hat einen Erste-Hilfe-Koffer. Gieß anständig Alkohol auf die Wunde.«

Laurie tat, was er ihr gesagt hatte, brachte es aber nicht fertig, ihm das Hemd auszuziehen. Van Boschaft schnitt es mit einem Messer auseinander. Malcolm hatte eine große, offene Wunde auf der Brust, die von seiner linken Brustwarze quer über die Rippen lief und noch blutete. Er biß sich auf die Unterlippe, als Laurie ihn berührte und schrie auf, als van Boschaft Alkohol auf die Wunde goß. Dann zerschnitt Laurie das Hemd und legte mit den Stoffstreifen einen provisorischen Verband an.

Van Boschaft ging durch das Flugzeug und zählte seine Männer. Sie waren noch ziemlich gut weggekommen. Von den siebzehn Männern hatten fünfzehn wieder an Bord der

DC-3 kommen können. Der Deutsche war tot auf dem Rollfeld zurückgeblieben, und ein Mann des ersten Trupps war von Wachen getötet worden, als sie in das Haus eingedrungen waren, wo Koulibaly festgehalten worden war. Ein Mann lag tot im Flugzeug, fünf weitere waren verwundet, einer von ihnen schwer. Sie konnten von Glück sagen, daß sie nicht von bereitstehenden Maschinengewehren erwartet worden waren, als die Maschine gelandet war. Und ohne Malcolms präzises Feuer wären sie nie vom Boden weggekommen.

Trotz des Blutbads entspannten sich die Männer, und ein paar holten Zigaretten aus den Taschen. »Du kannst verdammt von Glück sagen, daß du so eine Frau hast«, meinte van Boschaft grinsend zu Malcolm. »Sie hat mir eine Kanone in den Bauch gedrückt und mich gezwungen, rauszuspringen und dich zu holen. Als ich die Mündung der M-16 im Bauch gespürt und ihr Gesicht gesehen habe, habe ich nicht lange überlegt. Ich hätte dich liegenlassen, weißt du das?« Er lachte. »Du elender Lügner. Und uns wolltest du weismachen, zwischen euch wär nichts Ernstes.« Er lachte wieder und zündete sich eine Zigarette an. Malcolm lächelte schwach und schloß die Augen.

Laurie setzte sich neben Moussa, der immer noch benommen zu sein schien. Van Boschaft beugte sich zu Laurie hinüber. »Wir sind jetzt fünfzehn Minuten in der Luft und werden auf unserem Kurs nach Libyen bald in den Luftraum des Tschad kommen. Wenn sie uns jetzt noch keine Flugzeuge nachgeschickt haben, sind wir in Sicherheit. Wir rechnen zwar nicht damit, daß sie Flugzeuge in Bilma haben, aber man weiß ja nie, nicht?« Er zwinkerte ihr zu. Laurie hatte ihn während ihres ganzen Aufenthalts im Fessan noch nicht so fröhlich erlebt.

Nach weiteren zehn Minuten ging die DC-3 auf einen nördlichen Kurs.

Moussa hatte sich inzwischen wieder etwas beruhigt, und Laurie, die neben ihm saß, erklärte ihm schreiend – damit er sie verstehen konnte –, welche Ereignisse zu dieser Rettungsaktion geführt hatten. Er betrachtete sie stirnrunzelnd.

»Was ist los?« wollte sie wissen. »Was hast du, Moussa?«

»Sie haben Hawa umgebracht, weißt du das?«

»Ja, Moussa, ich war dabei. Es war Katsinawa.«

»Ich weiß.«

»Aber du bist frei, Moussa. Du bist frei!«

»Sie werden dafür bezahlen, alle. Ich werde sie kriegen – die Franzosen, Katsinawa und den ganzen dreckigen Haufen.«

Laurie war nicht sicher, ob sie ihn bei dem lauten Dröhnen der Motoren richtig verstanden hatte. »Du wirst einen Arzt bekommen, Moussa. Keine Sorge, es kommt schon alles wieder in Ordnung. Oh, Moussa, ich bin so froh.«

Durch die offene Tür zum Cockpit konnte sie sehen, wie der Copilot aufstand und herauskam. Er winkte van Boschaft und rief ihm etwas zu. Laurie konnte es nur mit Mühe verstehen. »Das Funkgerät. Sie werden am Funkgerät verlangt, Colonel. Kommen Sie schnell. Es ist der Chef, Monsieur Rodney.«

Van Boschaft drückte seine Zigarette, es war seine dritte, im Aschenbecher auf seiner Armlehne aus, stand auf und ging nach vorn ins Cockpit. Auf seinem Gesicht lag noch immer ein zufriedenes Lächeln.

Laurie sah, wie er auf dem Sitz des Copiloten Platz nahm und sich die Kopfhörer aufsetzte. Er saß eine lange Zeit dort und sprach laut in das Mikrofon. Dann machte er dem Pilot ein Zeichen und deutete zurück. Der Pilot zuckte die Achseln, worauf der Copilot ein paar Luftkarten zum Vorschein brachte. Als Van Boschaft aufstand und zurück in die Kabine kam, war das Lächeln aus seinem Gesicht verschwunden und hatte einem unerfreulichen, finsteren Stirnrunzeln Platz gemacht.

23

Als das Telefon in ihrer Suite klingelte, waren Harry und Rodney Bigelow beide schon wach. Sie waren im Salon auf- und abgegangen, hatten immer wieder auf ihre Uhren geblickt, aber kein Wort gesagt. Beide wußten, daß die Befreiungsaktion inzwischen vorbei sein mußte und daß sie erst später erfahren würden, wie sie ausgegangen war. Rodney wollte Paris gegen zehn wieder verlassen, während Harry die Gespräche mit Foujac und Lévi-Rougon wiederaufnehmen würde. Rodney hatte vor, mit dem Lear-Jet der U.I.M., der nach Paris nachgekommen war, nach Tripolis zu fliegen, um dort die zurückgekehrten Söldner und Koulibaly zu treffen.

Sie waren erschrocken, als das Telefon dann plötzlich zu klingeln begann.

Rodney nahm ab, lauschte ein paar Sekunden und legte dann wieder auf. Er war blaß.

»Was gibt's?« wollte Harry wissen.

»Das war Lévi-Rougon. Er kommt in ein paar Minuten mit einem Beamten vom Außenministerium her. Foujac ist zwar noch zu Hause, aber er ist bereits informiert und wird in einer halben Stunde ebenfalls hier eintreffen.«

»Informiert? Worüber?«

»Sie wissen, daß Koulibaly geflohen ist, und Lévi-Rougon beschuldigt uns dahinterzustecken.«

Bevor Harry etwas dazu sagen konnte, klopfte es an ihrer Tür, und ohne auf Antwort zu warten, trat Lévi-Rougon in Begleitung von zwei anderen Männern ein. Einer war ein Soldat in der Uniform eines Majors, der andere trug einen gut geschnittenen grauen Anzug. Lévi-Rougon sah aus, als hätte er nicht viel geschlafen. Ohne die beiden Männer vorzustellen, griff er Harry und Rodney sofort an.

»Sie haben uns hintergangen. Die ganze Zeit, während Sie hier mit uns geredet und verhandelt haben, haben Sie genau gewußt, daß dieses Unternehmen ablaufen würde. Jetzt ist es aus. Aus und vorbei.«

»Immer mit der Ruhe«, erwiderte Harry. »Was ist aus und

vorbei? Jetzt können wir anfangen, uns richtig zu unterhalten.«

Der französische Major war ruhiger als Lévi-Rougon, aber er klang genauso verbittert. »Aus und vorbei«, wiederholte er mit einem starken französischen Akzent. »Sie werden nicht ein einziges Kilo Uran aus Gobir bekommen, dafür werden wir sorgen. Aber wahrscheinlich werden Sie verhindern, daß wir es bekommen, Sie Narren.«

Der Mann vom Außenministerium klärte sie auf. »Wenn Sie glauben, Sie hätten Koulibaly unter Kontrolle, wenn er in Libyen ist, irren Sie sich. Wir wissen, daß es darauf hinausläuft. Endlich ergeben unsere Geheimdienstberichte über Sie und Ghadafi einen Sinn. Aber Sie sind nur benutzt worden. Sobald Koulibaly dort ist, hat er eine Entschuldigung, einen Krieg gegen Gobir zu beginnen. Wir werden alle Verlierer sein. Nur die Russen werden dabei gewinnen.«

»Einen Augenblick«, unterbrach ihn Harry. »Koulibaly ist jetzt unser Mann, und wenn Sie und die U.I.M. zu einer Einigung kommen könnten, braucht es keinen Ärger zu geben.«

»Foujac wird es Ihnen sagen, wenn er herkommt«, antwortete Lévi-Rougon. »Wir brauchen zwar Ihre Bergbautechnologie, aber so dringend nun auch wieder nicht. Wovor wir Angst hatten, war, daß Sie uns Ärger mit Ghadafi machen könnten, und das haben Sie. Unser Geschäft ist damit vorbei. Es wird keine Einigung geben.«

»Wenn Sie es unbedingt so wollen, bitte«, mischte sich Rodney wütend ein. »Der Uranpreis wird sowieso bald wieder fallen, und wir kommen auch ohne Sie zurecht.«

»Sie werden bankrott sein, bevor Sie von den sinkenden Preisen profitieren können«, entgegnete Lévi-Rougon verächtlich. »Wenn Ghadafi diesen Teil von Gobir unter seine Kontrolle bekommt, wird es für niemanden Uran geben, und die Lieferungen werden für eine lange Zeit knapp bleiben.«

Der Mann vom Außenministerium sah auf seine Uhr. »Koulibaly ist vor zirka einer halben Stunde entkommen.

Unsere Leute haben uns über Funk mitgeteilt, daß Sie eine DC-3 hatten. Die Maschine dürfte anderthalb bis eindreiviertel Stunde bis Libyen brauchen. Können Sie sie über Funk stoppen?«

»Natürlich nicht«, antwortete Rodney.

Harry streckte die Hand aus. »Warte, Sohn, das hat keinen Zweck. Ja, wir können mit ihr Kontakt aufnehmen und sie stoppen. Nur, warum sollten wir das tun?«

Der Major legte die Hand auf seine Stirn. »Warum? Warum?« Dann redete er in Französisch weiter, und Lévi-Rougon übersetzte.

»Koulibaly haßt uns. Er wurde gefoltert. Er wird einen Krieg beginnen, und Libyen ist nichts lieber als das. Und in ganz Afrika wird bekannt werden, wie machtlos wir sind. Unsere Position in Afrika wird dadurch untergraben werden. Ihr Amerikaner werdet alles für uns verderben, und nicht nur für uns, auch für euch selbst. Um Gottes willen, setzen Sie sich endlich mit Ihrem Flugzeug in Verbindung und lassen Sie Koulibaly zurück nach Gobir bringen!«

Unten waren die Sirenen von Polizeifahrzeugen zu hören, und Lévi-Rougon blickte auf seine Uhr. »*C'est Foujac.* Er wird Ihnen alles erklären.«

Minuten später kam Foujac in die Suite gestürzt. Er war noch im Pyjama und hatte sich nur schnell einen Mantel übergezogen. Er hatte einen roten Kopf und war wütend. Mit wenigen Worten erklärte er den Bigelows, daß alles verloren sein würde, wenn Koulibaly erst in Libyen sei. Er schwor, daß Frankreich dafür sorgen würde, daß die United International Minerals soviel Uran bekommen würde, wie sie brauchte, um ihren Verpflichtungen nachzukommen, wenn die Bigelows nur veranlaßten, daß Koulibaly nach Gobir zurückgebracht wurde. Sollten sie sich weigern, würde es zu keiner Einigung kommen.

Zu Rodneys Überraschung hörte Harry ruhig zu und war einverstanden. »Wir haben, was wir wollen. Ich glaube Ihnen. Besorgen Sie uns ein Funkgerät, dann werden wir Kontakt mit dem Flugzeug aufnehmen.«

Rodney protestierte. Es war Wahnsinn. Die Söldner im Flugzeug würden nie im Leben mitmachen.

»Wir garantieren für ihre Sicherheit«, erklärte Foujac. »Wir haben Truppen auf dem Flughafen von Maradi, die sie bewachen werden, bis wir ein Flugzeug herunterschicken können, das sie abholt. Wir können sie nach Europa zurückfliegen. Bezahlen Sie sie, dann ist alles in Ordnung. Wir sind nicht böse auf sie. Wir wollen nur Koulibaly.«

»Und was ist mit Laurie?« wandte sich Rodney an Harry.

»Diese Anthropologiedozentin? Sie ist auch dabei?« fragte Lévi-Rougon. »Das kann ich nicht glauben.«

»Es ist aber wahr«, erwiderte Harry.

»Sie ist schuld an dem ganzen Ärger«, erklärte Foujac. »Wir werden sie ein für alle Male aus dem Weg räumen. Nachher würde sie die ganze Geschichte noch an die Öffentlichkeit bringen, und wir wären in einer peinlichen Situation.«

»Nein!« donnerte Rodney dazwischen. »Kommt nicht in Frage.«

Als Harry nichts dazu sagte, drehte sich Rodney zu ihm um und weigerte sich mit geballten Fäusten, die DC-3 zu stoppen.

Foujac, Lévi-Rougon, der Major und der Mann vom Außenministerium sahen einander an und schüttelten dann mit einem grimmigen Lächeln die Köpfe. »Sie können die Frau behalten«, sagte Foujac. »Wir schwören, daß weder ihr noch den Söldnern etwas passieren wird. Das alles ist unbedeutend. Nur Koulibaly ist wichtig. Begreifen Sie denn nicht, selbst wenn Koulibaly nichts unternehmen würde, was unwahrscheinlich ist, wird allein die Tatsache seiner Flucht unsere Marionette Katsinawa so erschrecken, daß die ganze Regierung von Gobir zusammenbrechen wird. Wir brauchen Koulibaly. Wenn Sie uns den Mann geben, versprechen wir Ihnen volle Unterstützung für das Uran. Was meinen Sie, warum der Präsident gestern abend hier war? Weil er ein paar Geheimnisse über den Uranabbau hören wollte? Bestimmt nicht. Wir sind besorgt über den Schaden, den Ghadafi anrichten könnte, und über den, den Sie anrichten könnten. Wenn diese Sache gut ausgeht, müssen wir nicht unbedingt Konkurrenten sein. Er hat Ihnen ja erklärt, daß wir zusammenarbeiten können.«

Alle sahen auf ihre Uhren. Es war Viertel vor acht. Die DC-3 war auf halbem Weg zurück nach Libyen.

»Vielleicht habe ich einen Fehler gemacht«, meinte Harry. »Ich habe angenommen, daß wir Ghadafi einfach benutzen könnten. Aber möglicherweise ist er tatsächlich unberechenbar. Nur, woher soll ich wissen, daß ich Ihnen trauen kann?« fragte er Foujac.

»Hier ist ein Brief des Präsidenten von Frankreich. Sie haben sein Wort und seine Unterschrift.« Foujac reichte ihm einen Umschlag.

Harry öffnete ihn, las den Inhalt rasch durch und sagte dann: »Besorgen Sie uns ein Funkgerät. Rod hat den Code; wir werden dem Flugzeug durchgeben, daß es umkehren soll, und Sie bekommen Koulibaly. Aber wenn irgend jemandem sonst etwas passiert, wird es Ärger geben.«

»Sie meinen, daß Sie nie wieder Söldner anwerben können, ist es das?« entgegnete Lévi-Rougon ironisch.

»Halten Sie den Mund«, brüllte Rodney.

Zusammen gingen sie eilig hinunter in einen Funkraum.

Rodney sagte dem Funker die Frequenz der DC-3, und die Maschine wurde über den starken französischen Sender in Zinder angepeilt. Innerhalb weniger Minuten hatten sie Kontakt mit dem Piloten.

Rodney identifizierte sich mit dem für einen Notfall vereinbarten Codewort und gab dann Instruktionen auf Französisch: »Drehen Sie um. Fliegen Sie zurück nach Gobir. Koulibaly soll den französischen Behörden in Maradi übergeben werden.«

Der Pilot holte van Boschaft ans Funkgerät, und Rodney wiederholte seine Anweisungen, worauf sich der Copilot mit dem Einwand meldete, daß sie nicht genügend Treibstoff für den ganzen Weg zurück nach Maradi hätten. Bis Bilma ja, aber nicht bis Maradi. Der französische Major nickte. »Das wissen wir. Er soll nach Ngigmi fliegen. Da kann er auftanken.«

Rodney gab die Anweisung weiter, doch van Boschaft protestierte, daß es unmöglich sei. Schließlich flüsterte Harry seinem Stiefsohn etwas ins Ohr. »Wenn Sie Koulibaly nach Maradi zurückbringen und ihn den Franzosen übergeben«, erklärte Rodney in das Funkgerät, »wird für Ihre Sicherheit und die Sicherheit Ihrer Männer volle Garantie übernommen. Sie werden den doppelten Bonus bekommen. Sorgen Sie dafür, daß der Amerikanerin nichts passiert. Wir werden sie in Maradi abholen.«

Dann war es vorbei. In dem kleinen Funkraum vom Quai d'Orsay breitete sich ein Lächeln auf den Gesichtern der Anwesenden aus, und alle schüttelten sich die Hände. »Es wird Ihnen nicht leid tun«, sagte Foujac. »Ihr Unternehmen hat sich gerade soviel Uranoxid wie nötig gesichert, ganz gleich, was auch passiert.«

Rodney fuhr kurz darauf zum Flughafen, um zu veranlassen, daß der Lear-Jet der U.I.M. nach Maradi flog und dort Malcolm und Laurie abholte. Außerdem wurde ein französischer Truppentransporter losgeschickt, der die Söldner zurück nach Brüssel fliegen sollte. Schließlich wurde die französische Garnison in Maradi alarmiert, daß sie sich auf dem Flughafen bereithalten sollte für die Ankunft der DC-3.

Harry frühstückte zusammen mit Foujac und Lévi-Rougon in seiner Suite. Er war entspannt und zufrieden mit sich. Das Unternehmen war gerettet, und das mit weniger Zeit und Unkosten, als er erwartet hatte. Er gönnte sich den ungewöhnlichen Luxus, ein Glas Wein zu seinem Kaffee und den Croissants zu trinken. Dann bereitete er sich auf den Rückflug nach New York noch an diesem Tag vor. Foujac versicherte ihm, daß man ihm alle Papiere zuschicken würde, sobald die Kooperationsvereinbarungen ausgearbeitet waren. Es würde natürlich ein paar Tage in Anspruch nehmen, aber wenn Harry einige U.I.M.-Leute aus New York herüberschickte, könnte die Angelegenheit rasch erledigt werden. Sie schüttelten sich die Hände und gingen auseinander. Die Atmosphäre war entspannt und freundlich.

24

Laurie unterhielt sich mit Moussa, als van Boschaft wieder aus dem Cockpit kam, aber Yousouf, der nach vorn sah, merkte sofort, daß etwas nicht stimmte. Er erhob sich, um auf den Colonel zuzugehen, als das Flugzeug plötzlich eine scharfe Linkskurve beschrieb. Yousouf stand schon halb, und die unerwartete Drehung ließ ihn in den Gang stolpern. Als die Maschine wieder gerade war, rappelte sich Yousouf hoch. Die Sonne war plötzlich auf der linken Seite statt auf der rechten, und er begriff sofort, daß sie auf dem Weg zurück waren. Noch während er sich aufrichtete, fuhr seine Hand an seinen Pistolengürtel, doch van Boschaft stand schon über ihm, eine Pistole in der rechten Hand. Er drückte sie Yousouf ins Gesicht und schoß. Yousoufs Wange hatte auf einmal ein Loch, und Blut spritzte heraus, als er vornüber über eine Armlehne fiel.

Laurie hörte den Schuß neben sich und sah auf. Sie sah, wie Yousouf auf den Platz vor ihr fiel und van Boschaft mit der Pistole über ihm stand. Ein Blick aus dem Fenster zeigte ihr, daß sich die Sonne auf der falschen Seite befand. Laurie begann zu schreien und stürzte sich auf van Boschaft, doch er schlug sie mit der linken Hand hart ins Gesicht und schleuderte sie in den Gang.

Van Boschaft brüllte ein paar Befehle, worauf zwei der Söldner aufstanden und ihre Waffen auf Moussa richteten.

Mühsam kam Laurie wieder auf die Füße. Sie versuchte, einem der Männer eine M-16 abzunehmen, doch er drückte sie zur Seite. »Verräter! Verdammter Verräter!« schleuderte sie van Boschaft entgegen. Er schlug ihr die Faust ins Gesicht, und sie fiel rückwärts auf Malcolm.

Malcolm versuchte, sich freizumachen, doch seine Wunde brach wieder auf. Blut kam durch den Verband, und mit schmerzverzerrtem Gesicht sackte er zurück.

Van Boschaft kniete sich neben sie, die Pistole noch immer in der Hand und rief ihnen über den Lärm der Motoren zu, still liegenzubleiben. »Es geschieht auf Anweisung von Monsieur Rodney. Es gefällt mir genausowenig wie euch, aber er bezahlt uns. Euch beiden passiert nichts. Es geht nur um Koulibaly. Die United International Minerals will, daß er an die französische Garnison in Maradi ausgeliefert wird. Sie sind in Paris zu einer Einigung gekommen. Es tut mir leid, daß es so kommen mußte.«

Als er Lauries haßerfüllten Blick sah, schüttelte er betrübt den Kopf. »Es tut mir leid, daß ich Sie geschlagen habe, aber wir können hier im Flugzeug keine Schießerei gebrauchen. Seien Sie ganz ruhig, dann wird Ihnen nichts geschehen.«

Dann wies van Boschaft einen seiner Leute an, Laurie zu bewachen, und einen anderen, auf Malcolm aufzupassen, und setzte sich neben Koulibaly. Moussa hatte alles schweigend verfolgt. Nachdem van Boschaft ihm erklärt hatte, was weiter geschehen würde, verzog sich sein Mund zu einem bitteren, resignierenden Lächeln. Dann wandte er den Kopf ab und sah zum Fenster hinaus.

Nach zweieinhalb Stunden landeten sie in Ngigmi am Ufer des Tschadsees. Einer der Soldaten klappte die Tür auf und schob die Leiche Yousoufs hinaus. Ein Lastwagen kam heran, um die Maschine aufzutanken. Keiner sprach ein Wort. Die Söldner waren nervös und hielten ihre Waffen schußbereit. Laurie, die neben Malcolm auf dem Boden saß, begann zu weinen.

Der Mann, der sie bewachte, versuchte, sie zu trösten. Sein Französisch hatte einen starken flämischen Akzent, und seine Stimme klang, als ob er auch gleich anfangen würde zu weinen. Als er merkte, daß Laurie nicht reagierte, brach er ab.

Die Landebahn von Ngigmi war ebenfalls unbefestigt, und als die DC-3 ihre Motoren wieder anließ, wirbelte sie Sandwolken hinter sich auf. Langsam rollte sie zum anderen Ende der Piste, wendete in der Staubwolke, die sie verursachte und fuhr zum Start an.

Zwei Stunden später hatten sie Maradi erreicht. Als das Flugzeug zur Landung herunterging, machte Laurie van Boschaft ein Zeichen. Ihr Gesicht war beherrscht und unbewegt. Er kam zu ihr herüber, während ein anderer Mann die Bewachung von Koulibaly übernahm.

»Kann ich mich von Moussa verabschieden?« fragte sie.

»Ja.«

Sie stand auf und setzte sich neben Moussa. Er sagte nichts. Laurie nahm seine Hand und küßte sie. Moussa nahm ihr Gesicht in die Hände und küßte sie väterlich auf die Stirn.

»Es tut mir leid, Moussa. Es tut mir so schrecklich leid.«

»Diesmal wird es nicht so schlimm werden. Sie werden mich sofort erschießen. Keine Folter, kein Gefängnis, nur eine schnelle Hinrichtung. Du hast es versucht, Laurie, und dafür möchte ich dir danken. Vielleicht schreibst du eines Tages einmal ein Buch über mich. Sag der Welt, daß ich kein so schlechter Präsident war. Gegen die Franzosen sind wir machtlos. Irgendwann einmal wird Afrika stark sein, aber noch spielen die Weißen mit uns, als wären wir ihre Puppen. Es ist nicht deine Schuld.«

Er küßte sie noch einmal auf die Stirn, und mit Tränen in den Augen wandte er sich ab und starrte hinunter auf den näherkommenden Flugplatz. Laurie hielt seine Hand, bis die DC-3 zum Stillstand kam und ihre Motoren ausschaltete. Als sie aus dem Fenster blickte, sah sie, daß der Flugplatz von französischen Militärlastwagen umringt war.

Eine kleine Gangway wurde herangerollt. Jemand öffnete die Tür der Maschine, und französische Soldaten erschienen im Rahmen. Als van Boschaft sie anbrüllte, blieben sie in der Tür stehen. Alle Söldner hielten ihre Waffen schußbereit in den Händen.

Dann erschien Colonel de la Roche; er war unbewaffnet. Er lächelte van Boschaft zu und hielt ihm die Hand hin.

»Colonel Lucien van Boschaft. Willkommen in Maradi.«

»Kennen wir uns?« fragte van Boschaft. Er hielt mißtrauisch die Pistole in der rechten Hand und ignorierte de la Roches ausgestreckte Hand.

»Sie haben vergangenes Jahr für uns in Zaire gearbeitet. Wir hatten nie das Vergnügen, Sie persönlich kennenzulernen, aber ich erkenne Sie von Fotos her wieder. Sie genießen einen exzellenten Ruf, lieber Colonel. Ich möchte Ihnen versichern, daß Sie und Ihre Leute sicher sind. In etwa einer Stunde wird eine Maschine hier eintreffen, die Sie zurück nach Brüssel bringt. Wir bedauern, daß Sie diesmal auf der anderen Seite stehen, aber Krieg ist nun einmal Krieg. Wir können einem Berufssoldaten nicht zum Vorwurf machen, daß er die Befehle seiner Vorgesetzten befolgt. Das nächste Mal werden wir wieder auf derselben Seite stehen, also gibt es keinen Grund, gemein zu sein, oder?«

Die Söldner entspannten sich sichtbar, und van Boschaft wies sie an, sich um die Verwundeten zu kümmern und das Flugzeug zu verlassen. Langsam stiegen sie einer nach dem anderen aus, ohne einen Blick zurück auf Laurie, Malcolm und Moussa zu werfen. Van Boschaft kam noch einmal zurück und verabschiedete sich mit Handschlag von Malcolm. Laurie weigerte sich, ihm ebenfalls die Hand zu geben, und ohne noch etwas zu sagen, verließ van Boschaft die Maschine.

Fünf französische Soldaten waren eingestiegen und übernahmen die Bewachung. De la Roche trat vor Moussa. »So sehen wir uns also wieder, Präsident Koulibaly. Ich wünsche, es wäre unter anderen Umständen. Keine Sorge. Diesmal wird es nicht so hart. Ich wünsche, es wäre anders für Sie ausgegangen, aber so ist nun einmal der Krieg, nicht?«

Moussa sah ihn kalt an und schwieg. De la Roche wandte sich an Laurie. »Mademoiselle Spencer, es ist mir ein Vergnügen, Sie kennenzulernen, nachdem ich schon soviel von Ihnen gehört habe. Mein Gott, Sie sind genauso schön, wie man sagt. Und mutig. Ich bewundere Sie. Dafür, daß Sie aus Amerika kommen, sind Sie außergewöhnlich hart.« Er zuckte die Achseln. »Wenn man bedenkt, daß Sie nur eine Frau sind. Fast hätten Sie gewonnen. Aber irgendwann werden Sie lernen, daß wir Europäer mehr miteinander gemeinsam haben als mit den Afrikanern. Es ist eine Frage des Überlebens. Wir müssen lernen, in Frieden miteinander zu leben, um unser Lebensinteresse zu verteidigen. Trotzdem bewundere ich Sie. Auch wenn es falsch war, haben Sie doch etwas Heroisches getan.«

De la Roche drehte sich zu Malcolm um und befahl einem

seiner Männer, einen Arzt zu holen. »Sie werden beide gut behandelt werden. Ein Flugzeug der United International Minerals wird Sie in ein paar Stunden hier abholen und in die Staaten zurückbringen. Man hat mir gesagt, daß wir von jetzt an Verbündete in Gobir sind. Das hoffe ich.«

Moussa wurde abgeführt. Laurie verfolgte durch das Fenster, wie er in einen offenen Jeep geschoben wurde, umringt von drei Soldaten. Als sie losfuhren, drehte er sich noch einmal um und winkte ihr zu. Sein Gesicht war verbissen, aber ruhig.

Laurie und Malcolm warteten eine halbe Stunde in dem heißen Flugzeug, das von Soldaten bewacht wurde. Keiner sprach. Dann steckte ein junger Lieutenant den Kopf durch die Tür und forderte sie auf, auszusteigen. Vor der DC-3 wartete ein alter Peugeot 404 auf sie. Sie wurden vom Hauptgebäude des Flughafens gebracht, das bis auf eine Reihe französischer Soldaten leer zu sein schien, und in einen Warteraum geführt. Laurie erkannte ihn sofort wieder. Hier hatte sie ihre letzten Stunden in Gobir nach dem Putsch verbracht und auf das Flugzeug nach Paris gewartet.

Ein Arzt kam herein und nahm Malcolm den blutdurchtränkten Verband ab. Die Wunde fing wieder an zu bluten, und er wischte sie mit einem in eine antiseptische Flüssigkeit getauchten Schwamm aus.

Malcolm stöhnte vor Schmerzen. Der Arzt tastete seine Rippen und die Brust ab. »Sie sind ganz gut davongekommen«, meinte er. »Es scheint nichts gebrochen zu sein.« Dann ging er hinaus.

Sie waren allein. Malcolm saß auf einer Bank; er sah völlig deprimiert aus. Er mied Lauries Blick und starrte vor sich auf den Fußboden. Sie hörten Düsenmotoren, und ein großes Flugzeug landete. Kurz danach startete es wieder. Die Söldner waren fort.

Da die Klimaanlage nicht richtig funktionierte, waren Laurie und Malcolm bald naßgeschwitzt. Eine Stunde verging. Fliegen schwirrten um Malcolm herum und versuchten, sich auf seinen blutigen Verband zu setzen.

Laurie setzte sich neben ihn und begann, die Fliegen von

ihm zu verscheuchen. Er versuchte zu lächeln, konnte es aber nicht.

»Glaubst du, daß Moussa schon tot ist?« fragte sie.

»Ja.«

»Wie denkst du jetzt über deinen Arbeitgeber?«

»Ich hasse ihn.«

»Wußtest du es?«

»Glaubst du, ich hätte mein Leben riskiert, wenn ich es gewußt hätte?«

»Nein.«

»Haßt du mich, Laurie?«

»Nein.«

»Was wirst du tun?«

»Ich weiß es nicht. Ich habe noch nicht darüber nachgedacht. Glaubst du, sie werden uns wirklich gehen lassen?«

»Ja, sonst hätten sie uns schon längst erschossen. Rodney liebt dich. Moussa würde er bedenkenlos verkaufen, aber nicht dich.«

»Es ist nicht Rodneys Schuld. Harry ist der Schuldige.«

»Sie sind beide verantwortlich.«

»Was wirst du tun, wenn wir wieder zurück sind?«

»Mein Geld kassieren und kündigen. Vielleicht gehe ich wieder zur Uni und fange an, Jura zu studieren. Ich habe gedacht, ich wüßte, was ein zäher Bursche ist, aber ich habe gesehen, daß ich noch eine ganze Menge lernen muß. Vielleicht kann ich es auf diese Weise lernen.«

»Ich werde mich auch um mein Geld kümmern müssen, wenn wir wieder zurück sind. Glaubst du, sie werden ihr Versprechen halten?«

»Natürlich. Sie haben doch einen Vertrag unterzeichnet. Wenn sie es dir nicht geben wollten, hätten sie den Franzosen gesagt, sie sollten dich erschießen. Ich glaube, wir haben verdammt Glück, daß Rodney dich so sehr liebt. Wirst du zu ihm zurückgehen?«

Laurie lachte bitter. »Du machst wohl Witze. Bist du eifersüchtig?«

»Vielleicht. Ich wünsche, ich könnte so glatt sein wie er, und so cool wie ein Betrüger.«

Sie schwiegen wieder, und nach einer langen Zeit hörten sie das Motorengeräusch eines kleinen Jets, der auf dem Flughafen landete. Die Tür zur Rollbahn ging auf, und ein französischer Offizier forderte sie auf, an Bord zu gehen.

Der Pilot des U.I.M.-Jets begrüßte sie und erklärte, daß der Flug nach New York zwölf Stunden dauern würde. Sie würden in Dakar und auf den Azoren zwischenlanden, um zu tanken. Ein Steward brachte sie zu ihrem Platz. Malcolm legte sich auf ein Klappbett. Die Kabinentür wurde geschlossen, die Klimaanlage ging an, und der Jet startete. Während er an Höhe gewann, schaute Laurie aus dem Fenster hinunter auf Maradi. Das letzte, was sie sah, war der Palast am Fluß.

25

Gegen sieben Uhr abends erreichten sie den Kennedy-Flughafen. Laurie hatte die erste Zeit unruhig geschlafen, war aber die letzten Stunden wach gewesen und hatte nachgedacht. Sie wußte, daß Rodney sie am Flughafen abholen würde, und sie wußte nicht, was sie ihm sagen wollte. Wenn es sich eben vermeiden ließ, würde sie überhaupt nicht mit ihm sprechen. Sie mußte daran denken, wie sie mit ihm in jenem Restaurant in San Francisco gewesen war, als sie ihn für so perfekt gehalten hatte. Es schien in einem anderen Leben gewesen zu sein.

Laurie blickte zu Malcolm, der schlafend auf dem Bett lag. Warum liebte sie ihn? Noch bis vor ein paar Wochen hätte sie sich nicht vorstellen können, daß sie einmal einen Mann so begehren könnte. Jetzt wußte sie, daß sie Malcolm nicht nur begehrte, sondern, daß sie so war wie er.

Als das Flugzeug aufsetzte, stieß sie Malcolm sanft an. Er war noch etwas benommen von dem Kodein, das er genommen hatte.

»Sind wir schon in New York?«

»Ja.«

»Und was jetzt?«

»Das weiß ich nicht genau. Ich könnte mir vorstellen, daß uns jemand von der U.I.M. . . .«

»Du meinst Rodney?«

»Ich hoffe nicht, aber ich könnte mir denken, daß er uns abholt. Was wirst du tun?«

»Das habe ich dir doch schon gesagt.«

Der Steward kam mit einem frischen Hemd, das Malcolm eine Nummer zu klein war. Das Flugzeug rollte zu einem kleinen Nebengebäude des Flughafens. Der Steward öffnete die Tür, worauf zwei Männer hereinkamen, ein Beamter der Einwanderungsbehörde und ein Zollinspektor. Sie überprüften die Pässe und das Gepäckabteil und gingen dann wieder hinaus.

Laurie nahm Malcolm am Arm und half ihm die Stufen hinunter. Unten wartete Rodney auf sie. Er sah immer noch sehr gut aus.

»Mein Wagen wartet«, begrüßte er sie.

»Verschwinde«, erwiderte Laurie. »Ich will dich nie wiedersehen.«

Er verzog gequält das Gesicht.

»Steigt in den gottverdammten Wagen. Beide. Wir haben noch einiges Geschäftliche zu erledigen, oder hast du beschlossen, daß du davon auch nichts mehr wissen willst, Laurie Spencer?«

»Malcolm ist verletzt, siehst du das nicht?«

»Wir werden uns um ihn kümmern. Komm mit.«

Sie folgten ihm und stiegen in die wartende Limousine, die das Flughafengelände verließ und über die Autobahn in Richtung Manhattan fuhr. Malcolm schwieg. Rodney räusperte sich und ergriff das Wort.

»Ich weiß, daß du jetzt wütend auf mich und die U.I.M. bist, Laurie, aber es war nichts zu machen. Die Franzosen hatten die besseren Karten.«

»Du meinst das Uran?«

Seine Stimme und sein Gesichtsausdruck wurden kühler. »Sei nicht so verdammt selbstgerecht. Du hast die Papiere doch gestohlen, oder? Und du hast das alles nicht umsonst mitgemacht. Ich bin nicht der einzige, dem man etwas vorwerfen könnte.«

»Stimmt. Ich wollte Geld. Aber ich habe niemanden betrogen. Ich habe versucht, Moussa das Leben zu retten, und fast hätte ich es geschafft. Ihr und Harry, ihr beide habt ihn verkauft, ihr Schweine.«

»Ich habe euch euer teures Leben gerettet.«

Laurie sah ihn direkt an. »Danke. Ich bin dir überaus verbunden.«

Rodneys Ausdruck veränderte sich. »Bitte, Laurie, ich liebe dich.«

»Dazu ist es zu spät. Es war schon zu spät im Fessan, und jetzt ist es erst recht zu spät. Wenn ich dich ansehe, sehe ich Moussa vor mir und Yousoufs zerschossenes Gesicht. Du hast so etwas sicher noch nie gesehen, oder?«

»Nein.«

»Angenommen, ich ginge jetzt los und würde die ganze elende Geschichte an die Öffentlichkeit bringen. Bestechung ausländischer Beamter, Anwerbung von Söldnern, Deckung von Mord. Die United International Minerals würde nicht besonders gut dastehen, nicht?«

»Das würdest du nicht tun. Was gut ist für die U.I.M., ist auch gut für Laurie Spencer. Oder willst du, daß deine Aktienoptionen wertlos werden? Wenn wir verlieren, verlierst du auch.«

»Ich weiß.«

»Überschlaf es. Wir werden morgen noch mal darüber reden.«

Als Laurie zum Fenster hinaussah, stellte sie fest, daß der Wagen in Richtung der Triboro-Brücke fuhr. »Wohin fahren wir? Ich dachte, du brächtest uns zum U.I.M.-Gebäude.«

»Nein. Wir haben ein nettes Haus etwa fünfzig Meilen nördlich von hier, in der Nähe von Croton. Da können wir bleiben. Harry kommt morgen früh nach.«

»Sag deinem Fahrer, er soll mich beim La Guardia herauslassen. Ich fliege zurück nach Seattle.«

»Jetzt? Sei nicht albern. Du kannst jetzt nicht einfach

wieder nach Hause fliegen, so wie du es damals in San Francisco getan hast. Dafür ist es jetzt zu spät.«

»Bring mich zu irgendeinem Flughafen. La Guardia oder Kennedy, ganz egal.« Rodney schwieg.

»Es ist mir ernst. Wenn du mich für irgendwelche geschäftlichen Dinge brauchst, weißt du, wo ich zu finden bin.« Rodney ließ die Scheibe herunter, die sie vom Fahrer trennte. »Fahren Sie zum La Guardia.«

Als der Lincoln vor dem Flughafengebäude anhielt, öffnete Laurie die Tür.

»Laurie, überleg es dir. Du handelst emotional, nicht rational. Du hast ja noch nicht einmal Geld.«

»Und ob. Ich bin doch eine reiche Frau, oder? Auf Wiedersehen, Rodney.« Laurie stieg aus. Sie trug noch immer ihre schmutzigen Jeans und die Bluse. Malcolm stieg hinter ihr aus. Er hatte noch die Hose seines Tarnanzugs an, die voller Blutflecken war. Sein Hemd spannte sich über der Brust, und darunter waren die Konturen des Verbandes zu erkennen. »Wie wär's mit einer Kreditkarte? Ich gehe mit.«

»Ihr müßt verrückt sein!« rief Rodney. »Ihr seht aus wie zwei Terroristen. Ihr könnt doch nicht einfach so unter die Leute gehen.«

»Geben Sie mir jetzt eine Kreditkarte oder nicht?«

Rodney zögerte, doch dann griff er in die Innentasche seines Jacketts, zog seine Brieftasche heraus und gab Malcolm eine Kreditkarte der Firma. »Sie arbeiten noch immer für uns, McGovern. Kaufen Sie ihr ein Ticket und kommen Sie dann zurück. Ich werde hier auf Sie warten.«

Die Leute, die an ihnen vorbeikamen, starrten sie an. Malcolm nahm Laurie beim Arm und ging mit ihr auf das Flughafengebäude zu. Als die Glastüren vor ihnen zurückglitten, rief Rodney aus dem Innern des Wagens: »Haben Sie mich verstanden, McGovern? Kaufen Sie ihr nur ein Ticket und kommen Sie dann zurück.«

Malcolm drehte sich um. »Du kannst mich mal, Rodney!«

Laurie grinste. »Ich glaube, das heißt, er kündigt.«

Sie betraten das Gebäude, und die Türen schlossen sich hinter ihnen.